궁예 이야기

궁예 이야기

원재길 장편소설

1

단강

이 세상에 백성만큼 두려운 건 없다.

물과 불, 호랑이와 표범보다도 두렵다.

— 허균

차례

어린 왕자

단오제

860년 음력 오월 오일 단옷날 새벽, 서라벌 동궁 앞 연못에 안개가 짙게 꼈다. 이 연못은 달빛이 비칠 때 더욱 아름답다고 해서 월지로 불렸다. 안개 때문에 달빛은커녕 별빛도 비치지 않아 한 치 앞이 보이지 않았다. 월지에 인기척이 끊긴 지 오래되었고 풀벌레들이 모두 잠들어 주위가 더없이 고요했다. 이따금 잠을 설친 잉어들이 하품하며 올라와 지느러미로 물을 가르면서 퍼덕거렸다.

동궁 뒤쪽 빈터는 연못 쪽과 전혀 딴판이었다. 빙 둘러 장대를 세우고 등을 매달아 환하게 불을 밝혔다. 수많은 아낙네와 사내들이 뜬눈으로 밤을 지새우며 일하고 있었다. 제사상에 올리고 왕족과 귀족들에게 먹일 음식을 만드느라 바삐 손을 놀리며 서로 외쳐 댔다.

"여봐요, 굴비는 몽땅 이리로 가져와요!"

"왜 이리 꾸물대? 곰탕 끓이는 가마솥에 물 좀 더 갖다 부으라니까!"

빈터에 기둥을 세우고 삼베와 갈포로 만든 널찍한 그늘막을 스무 채 쳐 놓았다. 맨바닥에 닭 열댓 마리를 한꺼번에 삶을 수 있는 가마솥이 쉰 개나 걸렸다. 지난 한 달 동안 백성들에게서 특별세라는 이름으로 걷은 음식 재료를 싣고 서라벌로 들어온 마차가 가마솥 숫자와 비슷했다. 모든 가마솥에서 부글부글 지글지글 소리를 내며 뿌옇게 김이 올랐다. 고기와 채소와 나물을 삶고 볶고 지지고 데치고 끓여 산해진미를 만드는 냄새가 허공을 가득 채웠다. 오늘 만드는 음식 양이 얼마나 될지는 아무도 알지 못했다. 그저 넉넉하게 만들라는 지시가 있었다. 오늘 잔치에 초대 받은 관리와 귀족 숫자는 이백 명 남짓이었다.

월지 남쪽 마찻길에서 마부가 말을 모는 소리가 들려왔다.

"워어이―워이―워워―워워."

말들이 따각따각 땅을 딛는 소리가 점점 가까워졌다. 말 열 필이 수레를 하나씩 끌고 동궁 뒤뜰로 들어왔다. 말들은 고개를 흔들어 갈기털에 묻은 이슬을 털었다. 말 주둥이에 음식을 건드리지 못하게 칡넝쿨과 대나무로 짠 입마개를 씌워 놓았다. 말들은 음식 냄새를 못 견디고 요란하게 푸우푸우 입술을 떨었다. 입마개 밑으로 끈끈한 침이 길게 매달렸다.

마부들은 그늘막 앞에 말을 세우고 내렸다. 일꾼들과 함께 음식을 차곡차곡 잘 담아서 붉고 푸른 비단으로 감싼 대소쿠리들을 수레에 실었다. 이른 아침에 제사가 열릴 월지 너머 황룡사로 가져갈 음식이었다. 마부와 일꾼들이 툴툴대며 주고받았다.

"어이, 소쿠리를 앞쪽으로 밀어 붙여야지 수레 끝에 겨우 걸쳐 놓으면 어떡해."

"이게 얼마나 무거운지 알아요?"

"그 사람 참, 보기보다 힘을 못 쓰네."

"어서 수레에 올라가서 소쿠리 좀 받아 줘요."

동이 트면서 월지에선 한바탕 세차게 바람이 불었다. 안개가 곧 말끔히 걷혔고 푸르스름한 빛이 온 하늘로 번졌다. 아침거리를 찾아 바삐 돌아다니는 잉어들로 온 연못이 꿈틀거렸다. 맑은 냇물이 흘러드는 연못 남쪽 섬에서 소나무에 내려앉은 두루미들이 다리를 곧게 펴며 시원스럽게 날개를 퍼덕거렸다. 저 멀리 황룡사 쪽 들판에서 일찍 깨어난 종달새들이 수직으로 허공을 오르내리며 삐리삐리 울었다.

헌안왕은 월지에서 엎어지면 코 닿을 곳에 있는 월성 왕궁 침방에 홀로 누워 있었다. 조카 문성왕이 갑자기 병들어 세상을 뜨며 삼촌 이름을 부르는 바람에 얼떨결에 왕위를 물려받은 지 세 해가 지났다. 두어 달 전부터 왕은 정신이 이승과 저승 사이를 오락가락했다. 유난히 몸이 안 좋을 때 잠을 자다가 꿈을 꾸면 저승에 가 있곤 했다. 오늘 새벽부터 꾼 꿈에서도 저승 감옥에 갇혀 잇달아 비명을 질렀다. 사람보다 곱절로 큰 수탉한테 곡괭이 같은 부리에 뒤통수를 쪼이다가 염라대왕 앞에 불려나갔다.

왕이 무릎을 꿇고 엎드려 머리를 조아리며 빌었다.

"소인이 죽을죄를 지었습니다. 제발 목숨만 살려주십시오."

염라대왕이 물끄러미 왕을 바라보았다.

"이놈아, 이미 목숨이 다해 저승에 왔는데 뭔 헛소리를 지껄이느냐."

왕이 멈칫하더니 눈물을 쏟았다.

"제가 죽었다는 말씀이세요? 이 일을 어쩌나."

소매로 눈물을 닦으며 훌쩍이다가 두 손으로 얼굴을 덮고 엉엉 울었다. 침방 밖에 있던 궁녀가 문을 열고 달려 들어왔다. 동쪽으로 난 창을 활짝 열고 왕의 얼굴을 가까이 들여다보았다.

"마마, 악몽을 꾸신 모양입니다. 어서 눈을 뜨시지요."

왕이 콩닥콩닥 뛰는 가슴을 손바닥으로 눌렀다. 살며시 눈을 뜨고 여기가 어디인지 한참 조심스레 살폈다. 눈부신 햇살이 날아 들어와 왕이 누운 침상 끝을 비추었다. 새파란 하늘로 뭉게구름이 느릿느릿 흘러가고 있었다. 왕이 길게 숨을 내쉬었다.

"휴우, 내가 아직 살아 있구나."

침방 문으로 환관이 나타났다.

"전하, 황룡사로 가셔서 단오제를 치르실 때가 되었사옵니다. 모두가 전하를 기다리고 있사옵니다."

왕은 올 들어 건강이 부쩍 나빠져서 혼자 할 수 있는 일이 크게 줄었다. 손발 한 번 들고 내릴 때도 도움을 받아야 했다. 궁녀 여럿이 들어와 왕을 이리저리 돌려 누이며 잠옷을 벗겼다. 대야를 왕 곁에 놓고 물을 떠서 얼굴과 목과 손을 씻겼다. 수건으로 물기를 닦아낸 뒤에 똑바로 세워 면복을 입히고 면류관을 씌웠다. 궁녀들은 양쪽 겨드랑이에 손을 넣어 왕을 번쩍 들고 침방 밖으로 나갔다.

왕은 가마를 타고 월지 너머 황룡사에 가서도 계속 부축을 받았다. 몇 번이나 다리가 풀려서 궁녀들의 팔에 매달리며 겨우 제사를 치렀다. 왕궁으로 돌아와 궁녀가 떠 주는 전복죽을 몇 술 받아먹었으며, 검정색 면복을 황금빛 비단옷으로 갈아입고 눈부시게 빛나는 금관을 머리에 썼다. 다시 궁녀들의 부축을 받아 가마를 타고 월지로 갔을 땐 이미 해가 하늘 복판에 떠오른 뒤였다.

월지 동궁은 왕세자가 지내는 궁전이었다. 지금 신라엔 왕세자가 없었다. 그래서 동궁이 텅 비어 있었다. 연못 곁엔 누각이 세 채 있었는데 모두 연못과 잇닿게 지어 놓았다. 단옷날을 맞아 누각마다 상을 차려 놓았다. 삼백 가지가 넘는 음식이 접시에 수북하게 담겨 있었다. 참새 다리 튀김에서 암소 채끝 육회와 고래 염통 구이에 이르기까지 없는 고기 요리가 없었다. 능이와 송이와 표고로 만든 탕, 산더덕과 산삼을 듬뿍 넣은 무침과 온갖 찌개와 볶음이 붉고 노랗고 푸르고 흰 빛깔로 온 상을 뒤덮었다.

왕은 맨 왼쪽 누각으로 들어가 왕비와 나란히 앉았다. 연못을 정면으로 바라보는 자리였다. 한쪽에 물러서 있던 관리와 귀족들이 상으로 다가가 앉았다. 아내와 자식들을 데리고 온 이들이 많았다. 모두가 수저를 놀리며 음식을 들기 시작했다. 남자들은 관등에 따라 자주색과 붉은색, 청색 옷을 입었다. 옷 빛깔이 아주 밝고 또렷해서 신분을 금세 알 수 있었다. 거만하게 굴거나 쩔쩔매는 모습에서도 누가 윗사람이고 아랫사람인지가 드러났다.

귀족 부인들은 보랏빛이 도는 남색이나 붉은색 저고리와 치마를 입었다. 하나같이 황금 장신구를 귀에 달고 목에 두르고 머리에 꽂았다. 어떤 부인들은 금관을 쓰고 한껏 뽐내는 얼굴로 턱을 높이 들었다. 거의 고개를 뒤로 젖힌 거나 다름없었다. 그런 자세에선 입에 음식을 넣기 어려웠다. 하지만 양 볼이 미어지게 음식을 탐하며 무척 만족스런 표정을 지었다.

누각 뒤쪽 뜰엔 전혀 다른 풍경이 펼쳐졌다. 너나없이 빛깔이 누렇고 칙칙하며 거친 삼베옷을 입은 사람들이 땀을 뻘뻘 흘리며 일하고 있었다. 모두가 비쩍 말랐고 눈이 퀭했으며 뺨이 홀쭉했다. 아직 아침을 들지 않은 채 귀족들이 식사를 마친 뒤에 즐길 놀이를 준비하느라 눈코 뜰 새 없이 바빴다. 한 무리는 영차 하고 외치며 그네줄을 팽팽히 당기고 조였다. 빈 통에 화살을 던져 넣는 투호놀이와 온갖 벌칙이 적힌 주사위 던지는 놀이를 준비하는 사람들도 보였다. 모두가 따가운 햇살 아래 얼굴이 빨갛게 달아올랐다.

곡예단도 뱃속에서 줄기차게 꼬르륵 소리가 울리긴 마찬가지였다. 모두가 그 소리를 박자 삼아 공연을 준비했다. 어떤 이는 죽마를 타고 달리며 목을 길게 빼고 수탉 울음소리를 냈다. 또 어떤 이는 높이 공을 던져 올리고 공중제비를 넘은 뒤에 되받았다. 바퀴를 굴리며 달리는 사람도 보였고, 뒤로 누워 두 발로 물통을 굴리는 난쟁이도 보였다.

헌안왕은 누각 뒤쪽 풍경엔 아무런 관심이 없었다. 새가슴을 파닥거리며 겨우겨우 숨을 쉬면서도 귀족 부인들의 옷차림을 유심히 살폈다. 오랜만에 가늘게 웃음 짓는 얼굴로 입을 열고 느릿느릿 말했다.

"다른 나라에선 우리를 황금의 나라라고 부른다지. 이렇게 황금 장식이 넘치는 걸 보니 전혀 틀린 말이 아니로다."

왼쪽에 붙어 앉은 귀족회의 의장 상대등이 덩달아 웃으며 맞장 구쳤다.

"게다가 온갖 귀한 음식으로 상다리가 부러지려고 하니 태평성대가 따로 없사옵니다."

왕이 고개를 끄덕였다.

"그래요, 태평성대라는 말이 꼭 맞아요."

상대등 맞은쪽에서 중앙 관서들을 지휘하는 시중이 한마디 거들었다.

"모두가 주상 전하께서 큰 강과 바다와 같은 은혜를 베풀어 주신 덕이옵니다. 여기가 바로 극락이 아닐까 하옵니다."

왕비가 수리취떡을 들어 왕의 입 앞에 댔다. 예로부터 단옷날 멥쌀가루에 수리취를 넣어 만든 이 떡을 먹으면 온갖 재앙을 막을 수 있다고 했다. 왕이 고개를 가로저었다.

"아까 황룡사에 다녀와서 전복죽 먹었어요."

"전복죽은 전복죽이고 수리취떡은 수리취떡이지요. 오늘 같은 날은 이 떡을 드셔야 하옵니다."

왕이 낯을 찌푸리며 입을 벌려 떡을 받아서 우물우물 씹었다. 별안간 목이 메어 헉하고 숨을 멈추며 손을 들고 흔들었다.

"어머나, 너무 급히 삼키셨나 봅니다."

왕비가 얼굴이 하얘진 왕의 등을 손바닥으로 탁 쳤다. 왕의 입에서 떡 조각이 툭 튀어나왔다. 떡 조각은 상대등 곁에 앉은 김응렴 앞에 놓인 해물전 접시에 떨어졌다. 응렴이 움찔하더니 잠자코 떡을 바라보았다. 스무 살 청년으로 화랑들을 이끄는 국선 출신인 응렴은 헌안왕보다 4대 앞선 희강왕의 손자이기도 했다. 나이답지 않게 성격이 매우 차분하면서 점잖았다. 어려서부터 누구 앞에서 화를 내거나 투덜댄 적이 없었다. 늘 책을 끼고 살았고 여자를 멀리했으며 술자리에 나가지 않았다.

헌안왕에겐 아들은 없고 딸만 둘이 있었다. 딸 가운데 하나에게 옥좌를 물려주려고 했으나 둘 다 손을 내저었다.

"아바마마, 저는 이대로가 좋습니다. 언제까지나 공주로 살고 싶사옵니다."

"제 생각도 같사옵니다. 왕이 될 만한 그릇은 따로 있다고 생각합니다."

헌안왕의 후궁 하나가 아기를 낳을 날을 앞두고 서원경(지금의 충북 청주) 변두리에 있는 친정집에 가 있었다. 이번 달이 산달이라고 했다. 신하들 가운데 적지 않은 이들이 만일 후궁이 아들을 낳는다면 곧바로 세자로 책봉하라고 왕에게 청했다. 그러나 왕은 저승 꿈을 꾸는 날이 늘면서 갈수록 더욱 마음이 조급해졌다. 후궁이 아들을 낳더라도 그 아이가 나라를 다스릴 만큼 자랄 때까지 자기가 이 세상에 살아 있을 것 같지 않았다.

'어서 딸을 시집보내 사위를 들이고 몸이 더 안 좋아지면 사위에게 왕위를 물려주어야겠어.'

그렇게 다짐한 왕은 오늘 응렴을 다시 앞에 두고 찬찬히 살피던 중에 마음이 아주 편안해졌다. 응렴은 국선으로 화랑을 이끌 때 덕이 높고 통솔력이 뛰어나다는 소문이 널리 퍼져 있었다. 한결 외모가 나은 둘째 공주를 제쳐 두고 첫째 공주를 좋아한다는 소문도 있었다.

'어느 모로 보나 보통 청년이 아니야.'

왕이 고개를 끄덕이며 속으로 중얼거렸다.

'보면 볼수록 든든하고 듬직하단 말이지. 너끈히 나라를 다스리고도 남겠어.'

춘섬

춘섬은 올해 스무 살 난 여자였다. 보통 키에 뼈대가 굵었고 무척 튼튼하면서 다부셨다. 아무리 힘든 일도 꾹 참고 잘 견뎠다. 불볕더위에 땀을 비 오듯이 흘리며 짐을 나르면서 조금도 낯을 찌푸리거나 툴툴대지 않았다. 한겨울 골짜기에서 얼음을 깨고 빨래하다가 미끄러져 옷이 흠뻑 젖어도 호호 웃었다. 사시사철 볕에 그을리고 바람에 시달려 살갗이 나무껍질같이 두껍고 거칠었다. 두꺼비 같은 손은 아주 넓적하고 두툼했으며 마디가 굵었다. 뜨거운 쇠붙이를 만져도 데지 않았고, 웬만큼 굵은 나무막대는 손날로 가볍게 내리쳐 동강냈다.

두 눈이 툭 불거진 춘섬은 왕방울로도 불렸다. 함께 일하던 노비들이 춘섬에게 물었다.

"왕방울, 무슨 일 있니? 어디서 호랑이라도 보았어? 깜짝 놀란 토끼 눈이네."

춘섬이 입 꼬리를 살짝 올리며 웃었다.

"호랑이는 무슨 호랑이. 어찌나 따분한지 놀랄 일이라도 있으면 좋겠네."

춘섬은 세상에 날 때부터 노비였다. 어머니와 아버지도 노비였고 할머니와 할아버지도 노비였다. 집에 있을 때 어느 쪽으로 고개를 돌려도 노비만 보였다. 그러나 열 세대를 거슬러 올라가면 신분이 전혀 달랐다. 춘섬네 조상은 서라벌 남쪽 대가야국에서 대대로 아주 높은 귀족으로 살았다. 어느 날 신라 화랑 사다함이 이끄는 기병 오천 명이 기습 작전을 펼쳐 이 집안과 대가야를 함께 몰락시켰다. 춘섬네 조상은 포승줄에 두 손이 묶인 채 채찍에 맞아 가며 서라벌로 끌려갔다. 그 뒤로 일백여 년이 지나서 신라는 삼국을 통일했고 작은 서울을 뜻하는 소경을 다섯 군데 지방에 두었다. 그 가운데 하나가 서원경이었다.

춘섬은 이런 집안 내력을 열 살 때 아버지한테서 처음 들었다. 아버지는 푹푹 찌는 여름날 무슨 일로 누명을 쓰고 곤장 서른 대를 맞았다. 지게에 실려 집에 돌아와 궁둥이 맨살을 내놓고 엎드려 지냈다. 어느 날 한숨을 길게 내쉬며 딸아이에게 말했다.

"조상님들은 서라벌 관아에서 오래도록 노비로 지냈어. 밥 짓고 빨래하고 청소하고 짐 나르는 일을 했지. 서원경이 생기자마자 서라벌을 떠나 이곳 관아로 옮겨왔어."

파리들이 엉덩이에 난 상처에 알을 슬려고 덤벼들었다.

"아휴, 요 못된 녀석들 좀 보게."

춘섬이 오늘 들어 이백 번째로 파리를 쫓으려고 휘두른 삼베 천이 엉덩이 상처를 스쳤다.

"아야야! 춘섬아, 좀 조심해라. 너무 쓰라리잖니."

아버지는 이를 악물고 눈을 꾹 감았다 뜨며 몇 마디 보탰다.

"우리는 비록 신분이 노비지만 지조 있는 집안이란다. 예로부터 세 가지 가훈을 마음 깊이 새기며 살아왔어. 첫째, 누구와 어떤 약속을 하든지 끝까지 지켜라. 둘째, 힘닿는 데까지 모자라고 어려운 사람들을 도와주어라. 셋째, 은혜를 입으면 반드시 갚아라."

춘섬은 코흘리개 때부터 서원경 관청에서 부엌일을 하는 어머니를 도왔다. 설거지와 잔심부름을 했고 불쏘시개를 날라 아궁이에 불을 피웠다. 열일곱 번째 생일을 맞은 뒤로는 몸종이 되어 소윤 집에서 지냈다. 소윤은 서원경에서 사신 다음으로 높은 벼슬이었다. 소윤에겐 아내와 첩이 있었다. 기생 출신인 첩의 이름은 명귀였다. 소윤의 아내는 명귀를 볼 때마다 눈에서 불꽃이 튀었고 버럭버럭 소리를 질렀다.

"간밤에 소윤 나리께 무슨 짓을 했니? 다리에 힘이 하나도 없어 겨우 걸어 다니시잖아!"

한번은 열 손가락을 갈퀴처럼 벌리고 명귀에게 와락 달려들어 머리칼을 한 움큼 잡아 뜯어 대머리독수리로 만들었다. 그러고도 성이 풀리지 않자 마당으로 명귀를 질질 끌고 나가 냅다 패대기쳤다.

"내가 얼마나 더 네 잘난 상판대기를 견뎌야겠니? 이젠 멀리 떠나갈 때가 되지 않았어?"

그날 밤 춘섬은 명귀 곁에 붙어 앉아 꾸벅꾸벅 졸며 신세타령을 들어 주었다.

"나도 여기 더 있고 싶지 않아. 하지만 어디 갈 데가 있어야지."

"아, 그런가요?"

"진짜라니까? 틀림없이 길에서 굶어죽거나 호랑이한테 잡아먹힐 거야."

"아, 그렇군요."

이튿날 아침에 소윤의 아내가 춘섬을 안방으로 불렀다.

"간밤에 저년하고 늦도록 속닥거렸다며?"

"저는 그저,"

"저쪽 벽을 바라보고 똑바로 서서 무릎까지 치마를 걷어 올려라."

"듣기만 했습니다."

"이게 어디서 말대꾸야?"

소윤의 아내는 소매를 걷고 회초리를 들었다. 춘섬의 종아리를 열 대 때리고 잠깐 쉬었고 다시 열 대 때리고 또 쉬었다. 왼손으로 오른쪽 어깨를 살짝 주무르며 몰래 앓는 소리를 냈다.

'아휴, 어깨뼈가 너무 아프다.'

춘섬의 종아리에 겹겹이 회초리 자국이 났다. 붉은 자국은 푸르게 바뀌었고 핏물이 배더니 방울방울 맺혔다가 또르르 굴러 내렸다. 춘섬은 매를 맞는 내내 신음소리 한번 내지 않았다. 전혀 엄살을 피우지 않았고 자세가 흐트러지지 않았다. 윗니로 아랫입술을 꼭 깨물고 눈을 꾹 감은 얼굴이었다.

'요년 좀 보게나. 독종이 따로 없네!'

회초리 일백 대를 때린 소윤의 아내는 더는 팔을 들어 올릴 힘이 없었다. 춘섬이 너무 무서워져서 말이 나오지 않았다. 발을 쭉 뻗어 춘섬의 다리를 툭 찼다. 춘섬이 눈을 뜨고 돌아보자 그만 나가보라고 턱짓을 했다.

　서원경 관청에 이름이 들뫼인 노비가 있었다. 들뫼는 관청 건물을 고치고 축대를 쌓거나 다리를 놓는 일을 했다. 오로지 힘을 쓰는 일밖에 하지 못했다. 어렸을 때 들뫼는 길에 멍하니 서 있다가 변을 당했다. 마차를 타고 다가오는 서원경 사신을 미처 보지 못했다.

　"아니, 이놈이? 저리 안 비킬래?"

　병졸이 달려와서 냅다 양쪽 뺨을 짝짝 때렸다.

　"이놈아, 이놈아!"

　계속 박자를 맞추며 발로 아랫배를 연거푸 걷어찼다.

　"요놈, 요놈, 요놈!"

　내장이 터진 여섯 살짜리 아이는 한 달째 항문으로 피를 쏟았다. 겨우 살아났으나 뺨을 맞을 때 고막이 찢어지는 바람에 청력을 잃었다. 귀머거리에 반벙어리가 된 들뫼는 갈수록 아둔해져서 칠푼이 소리를 들었다. 늘 입을 헤벌리고 지냈는데 성격 하나는 더없이 착하고 온순했다.

　춘섬 또래 여종들은 들뫼 이야기가 나오면 고개를 저으며 웃었다.

　"저렇게 멍청하기도 쉽지 않을걸. 제대로 할 줄 아는 게 있어야지."

　그러나 춘섬은 들뫼를 볼 때마다 아버지가 들려준 가훈을 떠올렸다.

　'힘닿는 데까지 모자라고 어려운 사람들을 도와주어라.'

　어느 날 춘섬은 자기와 눈이 마주치자 수줍게 웃는 들뫼를 보았다. 그 순간 자기에게 들뫼한테 나눠줄 게 있음을 깨달았다. 그것은 바로 청력과 두뇌였다. 얼마 뒤에 춘섬은 들뫼와 결혼했고 한 해 지나서 딸아이를 낳았다. 들뫼가 서원경 관청 창고에게 쌀을 훔치다가 붙들린 건 딸아이가 세상에 난 지 한 달밖에 안 되었을 때였다. 아내에게 쌀밥을 먹이려는 욕심 때문에 벌인 일이었다.

형방이 밧줄에 묶여 마당에 던져진 들뫼에게 물었다.

"누가 시켰느냐?"

들뫼는 무슨 말인지 알아듣지 못했다. 느닷없이 아내가 보고 싶어져서 중얼거렸다.

"춘섬이."

곧바로 춘섬까지 붙들려가서 들뫼와 함께 감옥에 갇혔다. 들뫼는 하루건너 밖으로 끌려 나가 곤장을 열 대씩 맞았다. 곤장 한 대에 한 번씩 박자를 맞추듯이 엉뚱한 소리를 외쳤다.

"아이고, 시원해라!"

들뫼 머리가 이상하다는 걸 알아챈 형방은 춘섬을 풀어 주었다. 오래지 않아 들뫼 목이 날아가리라는 소문이 널리 퍼졌다.

"언제까지나 절도범 노비를 재우고 먹여 줄 순 없다는 얘기겠지."

"이곳에서 마지막으로 참수형을 집행한 지 세 해만이네. 구경꾼이 구름같이 모여들 거야."

서원경 관청에서 삼십 리 떨어진 곳에 영촌이라는 마을이 있었다. 이 마을 촌주 이름이 송현이었다. 관청에 가서 일을 보고 나오던 송현은 우연히 소윤을 만났다.

"나리, 잘 아시다시피 우리 딸아이, 아니 임금님의 후궁께서 곧 왕자님을, 아니, 공주님일 수도 있겠구나, 어쨌든 아기님을 낳게 되었지 않습니까? 자기 아이한테 먹이고도 남아돌 만큼 젖이 많이 나오는 여종을 하나 구할 수 있다면 참 좋겠는데요."

소윤은 서라벌 사람이었다. 서라벌 관리로 일하다가 이곳에 와서 지낸 지 꽤 오래되었다. 하루라도 빨리 서라벌로 돌아가고 싶은 마음뿐이었다. 어쩌면 산달을 앞둔 후궁의 아버지인 송현이 자기를 도와줄 수도 있겠다는 생각에 선뜻 대꾸했다.

"여부가 있겠습니까. 곧 알아볼 테니까 저기 정자에 가서 쉬고 계세요."

집으로 달려간 소윤은 아내에게 송현의 뜻을 전했다. 벌써부터 눈엣가시 같던 춘섬을 내보낼 생각이던 아내가 활짝 웃었다.

"춘섬이가 얼마 전에 애를 낳았잖아요. 젖이 얼마나 많이 나오는지 몰라요. 걔를 보내세요."

소윤은 춘섬을 불러 송현에게 데려가며 일렀다.

"유비를 찾는 집이 있어 그리로 너를 보내려 한다. 그 집 어른께서 와 계시니 깍듯하게 인사드리고 묻는 말에 대답 잘하거라."

송현은 첫눈에 아주 튼튼해 보이는 춘섬이 마음에 쏙 들었다.

"소윤 나리, 이 아이를 하루라도 빨리 우리 집으로 보내 주세요."

"예, 그렇게 하지요."

춘섬이 대뜸 무릎을 꿇고 땅바닥에 이마를 댔다. 입으로 흙먼지를 불어 날리며 송현에게 빌었다.

"제 남편이 도둑질한 죄로 감옥에 갇혀 있습니다. 그이가 풀려나서 같이 가게 해 주신다면 죽을 때까지 은혜를 잊지 않겠습니다. 천지신명께 맹세하건대 무슨 일이든지 시키는 대로 다 하겠습니다."

송현은 이렇게 반듯하고 조리 있게 말하는 노비를 처음 보았다.

눈을 동그랗게 뜨고 춘섬을 내려다보다가 소윤에게 고개를 돌렸다.

"나리, 어떻게 생각하시는지요?"

소윤이 곧바로 대꾸했다.

"둘 다 보내드릴게요."

사흘 뒤에 춘섬은 아기를 업고 남편과 함께 길을 나섰다. 엉덩이가 너덜너덜해진 들뫼가 굼뜨게 발을 옮긴 탓에 한나절이면 갈 길이 이틀 걸렸다. 춘섬네 세 식구는 영촌 마을 촌주 집 별채에 짐을 풀었다. 그날 저녁때 춘섬은 송현의 아내에게서 그 집 딸아이가 누구인지 듣고는 기절할 뻔했다.

"바로 임금님의 후궁이셔. 온 정성을 다해 돌봐 드려라."

기쁜 소식

송현은 영촌뿐 아니라 이웃한 점촌과 새재마을 등 다섯 마을을 다스렸다. 모든 마을에 뽕밭과 삼밭이 있었다. 여기에서 나는 명주실과 삼베는 품질이 좋기로 이름났다. 누에를 쳐서 명주실을 자아내는 대로 모두 나라에 바쳤으며 삼베는 일부만 세금으로 냈다. 나머지는 마을 사람들이 입을 옷과 이불을 만드는 데 쓰고 시장에 싣고 나가 생활용품과 맞바꾸었다. 화폐가 없던 시절에 삼베만큼 가벼우면서 값어치 있는 물건은 드물었다.

송현네 집은 마을이 한눈에 내려다보이는 언덕 위에 있었다. 초가집이었지만 본채에 낸 방이 다섯 칸이나 되었다. 머슴과 여종들이 지내는 별채가 본채 뒤쪽에 따로 있었다. 본채 앞에 지은 정자는 한꺼번에 열댓 명이 앉을 수 있을 만큼 널찍했다. 안방 툇마루에서 마당을 건너면 바로 정자에 오를 수 있었다.

여러 날 전부터 송현은 아침을 먹고 뒷간에 다녀올 때마다 정자 곁에서 우뚝 걸음을 멈추었다. 탱자나무 울타리에 바짝 붙어 서서 마을을 휘 둘러보고 개울을 가로지른 다리 건너 언덕으로 눈길을 주었다. 그곳엔 바깥세상과 이어지는 마찻길이 나 있었다. 송현이 수염을 쓰다듬으며 한숨을 폭 쉬었다.

'도대체 어떻게 된 일이람. 서라벌 임금님께서 보낸 마차가 길을 잃었나? 온갖 해산물과 비단 이불과 아기 옷을 가득 실은 마차가 벌써 저 언덕을 넘어왔어야 하지 않나?'

단옷날 아침에 송현네 집에서 아기가 태어났다. 산모가 몸을 풀려고 서라벌 왕궁을 떠나 친정에 온 지 꼭 두 달이 지났을 때였다. 이 아기는 송현의 외손자이자 왕의 아들이었다. 딸만 둘을 둔 왕에겐 첫 번째 아들이니 온 나라에서 만사 제쳐 두고 어깨춤을 추며 축하할 일이었다. 그날 송현은 서원경에 사람을 보냈다.

"어서 가서 이 기쁜 소식을 알려라."

이튿날 서원경 관리가 말을 타고 달려왔다. 관리는 송현만큼이나 환한 얼굴로 웃고 또 웃었다.

"어제 서라벌에 기쁜 소식을 전하려고 천리마를 보냈습니다. 우리 사신 나리께선 곧 관청에서 잔치를 베풀겠다고 하십니다. 마을 어른들을 모두 모시고 다녀가세요."

서원경 사신이 일부러 잔치를 베풀 것도 없었다. 영촌에선 단옷날부터 열흘 동안 하루도 쉬지 않고 잔치가 열렸다. 송현은 마을 오른쪽 언덕에 있는 목장 한쪽에 별장을 갖고 있었다. 이곳에서 날마다 마을 어른들과 멀리서 찾아온 벗들이 따라주는 술을 쭉쭉 들이켰다.

"축하하네. 자, 어서 마시게."

"나도 축하하네. 자, 한 잔 또 마시게나."

마지막 날엔 술을 마셔도 너무 많이 마셨다. 흠뻑 취해서 목장으로 들어가 말 등에 올랐는데 갑자기 말이 앞발을 높이 들고 울었다. 풀밭에 떨어진 송현은 정신을 잃었다.

"어휴, 이게 무슨 일이람. 여보게, 눈 좀 떠 보게나."

친구들이 물통을 들고 달려가 송현의 얼굴에 물을 끼얹었다. 그래도 송현이 꼼짝하지 않자 친구들이 돌아가며 따귀를 때렸다. 송현은 신라 사람 모두가 지난 한 달 동안 맞은 횟수보다도 많게 따귀를 맞은 뒤에야 겨우 정신이 돌아왔다.

다음 날부터 지금까지 사흘에 걸쳐 영촌에선 희한한 일이 꼬리를 물고 벌어졌다. 첫날엔 논 일을 마친 청년들이 개울로 천렵을 하러 나갔다가 족대가 아니라 몽둥이로 어마하게 큰 물고기를 잡았다.

"이게 물고기야, 괴물이야?"

돼지보다 크고 소보다 작은 검은색 물고기였다. 청년들은 물고기를 모래펄로 끌어 올려 억지로 입을 벌렸다. 오징어와 고등어와 갈치, 거북과 상어 새끼와 가자미가 쏟아져 나왔다. 한때 동해에서 고깃배를 탔던 노인이 아들이 멘 지게에 업혀 왔다. 노인은 이가 하나도 없는 잇몸을 드러내고 한참 깔깔 웃었다. 눈물이 그렁그렁한 눈으로 검은색 물고기를 한 번 더 쳐다보고 웃으며 말했다.

"이런 데서 저 녀석을 다시 보게 될 줄이야. 반갑다, 고래야! 그동 안 잘 지냈니?"

고래가 어떻게 해서 바다를 떠나 그곳에 오게 됐는지는 아무도 알지 못했다. 마을 사람들이 고래를 에워싸고 고개를 갸웃거렸다.

"개울을 거슬러 올라왔나?"

"말도 안 돼. 여기서 바다까지가 얼마나 먼데."

"그럼 누가 일부러 수레에 실어와 여기에 버렸다는 얘긴데, 왜 그 랬을까?"

둘째 날엔 두루미 스무 마리가 송현네 집 뒤쪽 솔숲에 날아와 울 었다. 하도 시끄러워 송현이 머슴을 데리고 가 보았다.

"두루미 빛깔이 참 이상하네."

하나같이 푸른빛을 띤 두루미들이 소나무 우듬지에 앉아 있었다. 울음소리에 사람 소리가 섞였다.

"어쩌나 어쩌나, 이 일을 어쩌나."

송현이 낯을 찡그리며 머슴에게 일렀다.

"뭐 하느냐. 어서 두루미들을 쫓아라."

머슴이 나뭇가지를 흔들며 달려가서 돌멩이를 여러 개 주워 잇달 아 힘껏 던졌다. 퍽, 소리가 나면서 돌멩이에 맞은 두루미 한 마리가 땅바닥으로 툭 떨어졌다. 두루미는 날개를 파닥거리며 힘없이 울었 다. 바짝 다가선 머슴이 나뭇가지로 두루미를 마구 내리쳤다. 숨이 넘어간 두루미는 푸른빛이 누렇게 바뀌었다. 원래 붉은색인 머리꼭 지는 턱 밑과 목처럼 검은색을 띠었고, 바람 한 점 없는데도 온몸 털 이 저절로 빠져 포르르 날렸다.

송현이 머슴에게 마을 건너 돌산을 가리켰다.

"지금 댁에 계시는지 모르겠구나."

이름난 도인이 돌산에 오두막을 짓고 살았다. 도인은 앞으로 벌어질 좋지 않은 일을 잘 알아맞혔다. 며칠 뒤에 우박이 내린다고 하면 진짜로 그날 우박이 쏟아져 모든 곡식 잎사귀에 구멍을 냈다. 오늘 안에 호랑이가 나타난다고 하면 그날 밤 호랑이들이 동네 개들을 모조리 잡아갔다.

"어서 가서 도인을 모셔 오너라."

송현은 머슴이 떠나간 뒤에 솔숲에서 물러나 떡갈나무 그늘에 앉았다. 부채를 흔들며 줄곧 두루미들을 지켜보았다. 땀을 뻘뻘 흘리며 돌아온 머슴이 편지를 내밀었다.

"너무 바쁘셔서 다녀갈 수 없다고 하십니다."

도인이 쓴 편지엔 이런 내용이 적혀 있었다.

'서라벌 월지에서 살던 두루미들인데 좋지 않은 소식을 전하러 왔군요. 그게 어떤 소식인지는 잘 모르겠어요. 미리 잘 대비하셔야겠습니다.'

셋째 날엔 온종일 맑은 하늘에 번개가 쳤고 날카로운 번갯불이 땅으로 길게 내려왔다. 하늘나라 거인이 창으로 땅을 푹푹 찌르는 듯했다. 이 집 저 집에서 벼락을 맞은 닭들이 까맣게 타 죽었다. 번갯불은 목장에도 떨어져 암소를 쳤다. 산달을 앞둔 암소는 탯줄에 목이 감겨 죽은 송아지를 밑으로 쏟아 냈다. 비틀거리며 물통으로 다가가 물을 다섯 말 마시더니 픽 쓰러져 꼼짝도 하지 않았다.

번갯불에 등줄기를 빗맞은 수말 하나는 눈이 시뻘개져서 암말들이 몰려 있는 곳으로 달려갔다. 암말들이 꼬리털을 궁둥이 사이로 내려 샅을 가리고 이리저리 흩어져 달아났다. 암말들을 모두 놓친 수말은 하늘을 보고 벌러덩 눕더니 네 다리를 달달 떨다가 영원한 잠에 들었다. 바로 어제 오후에 벌어진 일이었다.

남편에게서 이런저런 얘기를 들은 송현의 아내는 야무지게 입을 다물고 속으로 중얼거렸다.

'가만히 뒷짐 지고 있다가 당할 수는 없어.'

춘섬을 불러 일렀다.

"내 말 잘 들어라. 만일 무슨 일이 벌어지면 곧장 아기님을 안고 목장 뒤쪽 참나무 숲으로 달아나거라. 숲 복판에 있는 움집에서 꼼짝하지 말고 나를 기다려야 한다."

"예, 마님. 그렇게 하겠습니다."

궁정 사자

송현은 이레 전에 서라벌 월성 왕궁에서 무슨 일이 있었는지 전혀 알지 못했다. 그날 아침에 헌안왕은 조정에서 신하들에게 큰딸과 김응렴을 곧 결혼시킬 것이며 사위에게 왕 자리를 물려주겠노라고 선언했다. 바로 그날 오후에 서원경에서 온 관리에게서 아들이 태어났다는 소식을 듣고 낯을 찌푸리며 속으로 중얼거렸다.

'이런, 골치 아프게 생겼네.'

눈을 끔벅이더니 빙긋 웃으며 혼잣말했다.

"골치 아플 게 뭐 있어. 간단한 해결책이 있는데 말이야."

궁정 사자와 무사들을 서원경 영촌에 보내며 딱 잘라 말했다.

"어서 가서 없애라."

탱자나무 울타리 너머로 개울 쪽을 바라보던 송현은 눈을 크게 떴다. 개울 건너 언덕 위로 뽀얗게 먼지가 일었다. 먼지 구름 앞쪽으로 날래게 말 세 마리가 뛰쳐나왔다. 검은색과 흰색, 갈색 말이었다. 말들은 미끄러지듯이 비탈을 달려 내려왔다. 냇물에 비쳐 눈부시게 반짝이는 햇살을 뚫고 다리를 건너 논밭 사이로 곧게 뚫린 길을 쏜살같이 달려왔다.

송현이 어깨를 파닥 떨며 속으로 외쳤다.

'서라벌에서 보낸 사람들이 틀림없어.'

말들이 따각따각 달리는 소리가 귀에 잡혔다. 말 세 마리와 사내 셋이 눈에 들어올 뿐이었고 선물을 가득 실은 마차는 어디에도 없었다. 논밭 사잇길을 지난 말들은 송현네 집이 있는 언덕으로 달려 올라와서 활짝 열어 놓은 사립문을 지나 마당으로 들어왔다. 사내들이 힘껏 고삐를 당기자 말들이 앞발을 높이 들었다 내리며 힘차게 울었다. 모두 거칠게 숨을 몰아쉬며 뒷발로 흙을 차 올렸다. 흙덩이가 휙휙 날아가 울타리를 때렸다.

마당 복판으로 나섰다가 뒷걸음치던 송현은 발뒤꿈치로 섬돌을 잘못 밟고 엉덩방아를 찧었다. 손바닥으로 땅을 짚고 앉아 말을 탄 이들을 올려다보았다. 두 사람은 저마다 말과 같은 빛깔인 검은색과 갈색 옷을 입었고, 백마를 탄 이는 보랏빛 옷을 입었다. 셋 다 옷과 빛깔이 같은 띠를 머리에 둘렀다. 말들이 어찌나 큰지 하늘에서 송현을 내려다보는 듯했다.

검은색 무사는 눈빛이 이글거리는 붉은색 용이 그려진 깃발을 들고 있었다. 말에서 훌쩍 뛰어내려 땅바닥에 깃대를 곧게 세웠다. 뒤이어 보랏빛 궁정 사자가 헛기침하며 아주 느리게 말에서 내렸다. 오른손에 든 두루마리를 앞으로 내밀고 왼손으로 두루마리 한쪽 끝을 잡아 힘껏 옆으로 당겼다. 그러나 착 소리를 내며 두루마리가 멋지게 펼쳐지지 않았다. 바랑 속에서 줄곧 다른 짐에 눌려 납작해진 탓이었다.

"젠장, 이거 왜 이래?"

궁정 사자는 인상을 쓰며 손가락을 바삐 움직여 두루마리를 펼쳤다. 두루마리엔 왕이 불러주어 받아쓰게 한 글이 적혀 있었다. 눈으로 두루마리 글을 읽은 사자는 다리를 좀 더 넓게 벌렸다. 바닥에 무릎을 꿇고 납작 엎드린 송현에게 쩌렁쩌렁한 목소리로 물었다.

"아기가 태어날 때 흰색 띠가 나타나서 무지개처럼 지붕 위에 드리워졌다고 들었다. 내 말이 맞느냐?"

송현이 덜덜 떨며 대꾸했다.

"예, 그러하옵니다."

사자는 다시 두루마리 글을 두어 줄 읽고 송현에게 물었다.

"이 아기는 하필이면 오(午)자가 두 번 들어 있는 중오일(重午日)에 태어났다. 게다가 날 때부터 이빨이 있었다고 들었다. 내 말이 맞느냐?"

중오일은 오월 오일이자 단옷날이었다. 코흘리개들도 복되고 좋은 일이 많이 일어난다고 믿는 날이었다. 두루마리 글에서 왕은 그날을 불길한 날로 보고 있었다. 송현이 속으로 외쳤다.

"'하필이면'이라니, 말도 안 돼!'

궁정 사자는 송현이 아무런 대꾸를 하지 않았는데 다음 문장으로 넘어갔다.

"또한 얼굴이 눈부시게 빛났고 눈에서 불꽃이 번득였다고 들었다. 내 말이 맞느냐?"

송현은 너무 억울하고 답답한 마음에 목이 메었다. 고개를 조금 들고 말똥말똥한 눈으로 사자가 신은 가죽신을 바라보았다. 사자가 송현을 노려보며 한 발을 높이 들었다가 힘차게 내리 디뎠다.

"왜 대꾸하지 않느냐? 내 말이 말 같지 않느냐? 내 말이 곧 주상 전하 말씀임을 모르느냐?"

송현이 온몸을 파닥 떨었다.

"예, 예, 옳은 말씀이옵니다."

사자가 두루마리를 펼쳐 든 손을 부르르 떨었다. 얼굴에서 눈썹과 수염뿐 아니라 길게 삐져나온 코털까지 꼿꼿이 일어섰다. 다리를 한껏 벌리고 서서 송현을 내려다보는 눈에 짜증과 분노가 가득 들어찼다. 사자 곁에서 깃대를 잡고 선 검은 옷 무사, 아직 말 등에 앉아 있는 갈색 옷 무사마저 무척 성난 표정을 지었다.

궁정 사자가 피를 토하듯이 감정을 듬뿍 넣어 마지막 문장을 읽었다.

"이 모두가 아주 좋지 않은 징조로다. 이 아기는 앞으로 나라에 이롭지 못하리라. 따라서 당장 아기를 죽일 것을 명하노라."

그 소리에 송현은 심장이 거의 멎었고 낯빛이 하얗게 바뀌었다.

궁정 사자가 두루마리를 돌돌 말며 송현에게 물었다.

"지금 아기가 어디 있느냐?"

송현은 이마를 땅바닥에 대고 꼼짝도 하지 않았다.

"어서 대꾸하지 못할까!"

사자가 칼집을 앞으로 들고 칼을 뺐다. 스스륵 하고 쇳소리가 울리자 송현이 고개를 번쩍 들었다. 사자는 대뜸 팔을 쭉 뻗으며 송현의 목에 칼끝을 댔다. 목에서 핏방울이 맺혀 구르더니 옷깃 속으로 흘러 들어갔다. 송현이 덜덜 떨리는 손을 들어 뒤쪽을 가리켰다.

"저, 저, 저기 있습니다."

안방에 있던 송현의 아내와 딸은 줄곧 마당에서 무슨 일이 벌어지는지 문틈으로 지켜보았다. 송현의 아내가 새파랗게 질린 얼굴로 딸 연화에게 바짝 다가앉았다.

"애야, 이제 어쩌면 좋으냐?"

아기를 품에 안은 연화가 바들바들 떨며 눈을 끔벅거렸다.

"어머니, 세상에 이런 날벼락이 또 있을까요."

포대기에 싸인 아기는 깊이 잠들어 쌕쌕 소리를 냈다. 세상에 난 지 보름밖에 안 된 아기치고는 몸집이 무척 컸다. 연화는 가늘게 신음하면서 땡볕에 던져진 물고기처럼 온몸을 파닥거렸다. 지금껏 아기와 함께 서라벌 월성으로 갈 날만 기다리며 지냈는데 이게 어떻게 된 일인지 알 수 없었다.

궁정 사자가 말에서 내리는 갈색 옷 무사에게 일렀다.

"뭐 하느냐? 어서 가서 아기를 데려다가 멀리 던져 버려라."

"예, 알겠습니다."

갈색 옷 무사는 마당을 건너가서 단번에 섬돌을 밟고 마루로 껑충 뛰어올랐다. 냅다 안방으로 달려 들어가자 송현의 아내가 비명을 질렀다.

"안 돼요, 이러지 마세요!"

두 팔을 벌려 아기와 연화를 감싸 안았다.

"저리 비키지 못하겠느냐!"

무사는 송현의 아내에게 팔을 뻗어 어깨를 거칠게 잡아챘다. 아기가 잠에서 깨어나 앙, 하고 울었다. 무사는 엄마 품에서 포대기째 아기를 낚아챘다. 마당 쪽 방문을 활짝 열고 툇마루로 나가서 다시 껑충 뛰어 마당을 건너 정자로 올라갔다. 포대기를 벗겨 내던지며 정자 난간으로 다가간 무사는 무언가를 잘못 밟고 휘청거렸다. 두 팔을 길게 뻗고 아기를 높이 들어 올린 채였다. 아기를 저 멀리 벼랑으로 힘껏 던질 생각이었지만 그만 손에서 놓쳤다.

춘섬은 아까 송현네 집 마당으로 말들이 달려 들어올 때 부엌에서 행주로 그릇을 닦고 있었다. 부엌문을 살며시 닫고 궁정 사자와 송현이 서로 말을 주고받는 소리를 엿들었다.

'어머나, 엊저녁에 마님께서 그냥 하신 말씀이 아니었네! 저들이 아기님을 죽이러 왔어!'

앞치마를 벗은 춘섬은 부엌 뒷문으로 나가 뒤뜰을 건넜다. 울타리에 오솔길 쪽으로 사람 하나가 겨우 드나들 문이 나 있었다. 춘섬은 그 문을 나서 오솔길로 내려갔다. 송현네 집 마당은 오솔길 옆으로 높이 쌓은 돌 축대 위쪽에 있었다. 마당가에 정자가 있었는데 오솔길에서 보면 어른 키 곱절 되는 높이에 난간을 두른 정자 마루가 있었다.

춘섬은 누군가 정자 마루로 올라서는 발소리를 들었다. 곧이어 무언가 난간을 넘어 떨어지는 걸 보고 얼떨결에 두 팔을 쭉 뻗었다. 춘섬이 받아든 것은 아기였다. 그 순간 춘섬은 오른손 가운데손가락이 아기를 쿡 찌르는 느낌을 받았다. 아기 왼쪽 눈을 찔러 멀게 만들었는데 그때는 그걸 알지 못했다. 춘섬은 아기가 울음소리를 내지 못하게 손으로 입을 막았다. 오솔길 옆에서 자라는 대나무를 헤치고 벼랑 끝으로 다가서며 숨을 깊이 들이쉬었다.

'아기님, 힘들어도 조금만 참으세요.'

옷섶을 헤치고 아기를 가슴에 품은 뒤에 앞으로 몸을 날렸다. 찔레나무와 옻나무, 두릅나무 같은 가시나무가 많이 자라는 곳이었다. 춘섬은 온몸을 가시에 찔려 가며 옆걸음과 앉은뱅이걸음으로 벼랑을 타고 내려갔다. 몇 번 돌을 잘못 밟고 미끄러져 데굴데굴 굴렀다. 바위에 부딪힌 무릎과 팔꿈치와 뒤통수에서 피가 줄줄 흘렀다. 질끈 깨문 아랫입술에서도 핏방울이 떨어져 저고리를 붉게 물들였다.

삼밭을 지난 춘섬은 웅덩이를 돌아서 다시 비탈을 타고 목장으로 올라갔다. 그때 해가 뭉게구름 속으로 들어갔다. 구름 그림자는 춘섬이 목장을 지나 참나무 숲으로 들어갈 때까지 따라왔다.

'휴우, 이제 다 왔다.'

숲속 움집으로 들어간 춘섬은 얼굴에 흥건한 피와 땀을 소매로 닦으며 옷섶 속에서 아기를 꺼냈다. 그제야 다시 아기가 앙, 하고 울었다. 춘섬이 젖을 물리자 울음을 그치고 볼이 터지게 젖을 빨았다.

한낮이 지나고 어둠이 내릴 때까지 시간이 아주 더디게 흘러갔다. 춘섬이 느끼기에 한 달은 더 되는 듯했다. 아기는 한참 잠을 자다가 깨어나서 다시 젖을 먹고 또 잠들었다. 가까이에서 뱀이 풀숲을 헤치며 스르륵 지나갔고, 오랫동안 움집을 굴로 삼고 지내온 오소리 가족이 바스락거리며 다가왔다가 한숨을 쉬고 고개를 흔들며 돌아갔다.

자정이 지났을 때 송현의 아내가 움집 앞으로 나타났다.

"나다. 이리 나오너라."

나뭇잎 사이로 손바닥만 하게 뚫린 하늘에서 별들이 초롱초롱 빛났다. 춘섬이 아기를 안고 별빛을 받으며 움집 앞으로 나갔다. 송현의 아내가 잔뜩 쉰 목소리를 냈다.

"아기를 이리 줘 봐라."

아기를 받아서 품에 꼭 안고 볼을 맞비볐다. 춘섬 등에 아기를 업힌 뒤에 집에서 가져온 포대기를 잘 둘러 주었다. 춘섬이 가슴 밑으로 포대기 끈을 당겨서 꼭 묶었다.

"저들은 아직도 우리 집에 머물고 있단다. 아기 시체를 눈으로 꼭 봐야겠다며 종일토록 집 앞 벼랑과 온 마을을 이 잡듯이 뒤졌어. 무사 하나가 도움을 청하러 서원경 관아에 갔는데, 내일 아침이면 병사들이 떼 지어 몰려올 거야."

송현의 아내는 바랑을 열고 삼베 주머니에서 금가락지 한 개를 꺼내 보였다.

"내가 시집올 때 친정어머니께서 주신 반지란다. 급할 때 쓰도록 해라."

바랑을 내밀어 춘섬 어깨에 끈을 걸어 주고 덧붙였다.

"주먹밥하고 물병, 부싯돌, 그리고 문서 한 장이 들어 있다. 이 문서는 네 신분증이다. 이제부터 너는 노비가 아니다. 시간이 없으니 어서 떠나거라."

춘섬은 울먹이는 얼굴로 머뭇대며 좀처럼 발을 떼지 못했다. 춘섬의 머릿속에서 예전에 가훈을 들려주던 아버지 목소리가 울렸다.

'누구와 어떤 약속을 하든지 끝까지 지켜라. 힘닿는 데까지 모자라고 어려운 사람들을 도와주어라. 은혜를 입으면 반드시 갚아라.'

촌주 송현을 처음 만난 자리에서 남편을 구해 달라며 했던 말도 떠올랐다.

'그이가 풀려나서 같이 가게 해 주신다면 죽을 때까지 은혜를 잊지 않겠습니다. 천지신명께 맹세하건대 무슨 일이든지 시키는 대로 다 하겠습니다.'

춘섬이 이를 악물고 숨을 깊이 들이쉬었다가 내쉬며 물었다.

"마님, 우리 아기와 남편은 어찌 되나요?"

송현의 아내가 춘섬 어깨를 토닥였다.

"우리가 한 식구처럼 잘 돌봐주마. 언젠가 다시 만날 날이 있을 것이다."

춘섬의 뺨으로 눈물이 주르륵 흘러내렸다.

"네, 마님. 안녕히 계세요."

춘섬은 손등으로 눈물을 닦았다. 이미 터지고 갈라진 아랫입술을 윗니로 다시 질끈 깨물었다. 곧 돌아서서 잰걸음으로 어둠을 뚫고 사라졌다.

추격전

영촌 촌주네 집 정자에서 난간 너머로 아기를 떨어뜨린 갈색 옷 무사는 서라벌로 돌아가지 못했다. 무사 이름은 칡으로 짠 거친 베를 뜻하는 '갈포'였다. 갈포는 서라벌 토함산 기슭에 있던 갈포를 만드는 집에서 태어났다. 이른 봄 한창 칡을 캘 때여서 아버지는 길게 생각하지 않고 아기 이름을 그렇게 지었다.

갈포는 열 해 전에 군인이 된 뒤로 줄곧 신라 수도에서 어깨를 쭉 펴고 아주 당당하게 살았다. 그런데 중요한 순간에 실수를 저지르는 바람에 별안간 자부심이 밑바닥으로 곤두박질쳤다. 서원경에서 온 병사들과 함께 아기를 찾아다니는 동안, 궁정 사자한테서 인류가 석기시대부터 만든 모든 욕을 다 들었다. 게다가 줄기차게 뺨을 얻어맞고 발길질을 당했다. 얼굴이 곱절로 부풀어 오르고 다리를 절뚝거려 전혀 딴 사람처럼 보였다. 궁정 사자마저 누군지 못 알아보고 고개를 갸웃거렸다.

"너, 이리 와 봐라. 이름이 뭐냐?"

갈포가 또 얻어맞을까 봐 잔뜩 겁먹은 얼굴로 온몸을 웅크렸다. 전날 궁정 사자한테 뒤통수를 연거푸 맞은 뒤로는 기억력까지 나빠졌다. 자기가 누구이며 왜 여기에 와 있는지 떠오르지 않을 때마저 있었다.

겨우 자기 이름을 생각해 내고 모깃소리로 대꾸했다.

"갈포입니다."

궁정 사자가 흠칫 놀라며 혀를 끌끌 찼다.

"난 또 누군가 했네. 얼굴이 엉망이구나."

궁정 사자는 서원경에서 온 병졸 하나를 갈포에게 붙여 주었다.

"같이 다녀라. 사냥개보다 냄새를 잘 맡는단다."

이 병졸은 개코라는 별명으로 불렸다. 주둥이가 툭 튀어나온 모습이 개를 빼닮았다. 개코는 가끔 네 발로 기어 다니며 멍멍 짖었다. 개코가 지나가면 암캐들이 수줍은 얼굴로 따라가며 살랑살랑 꼬리를 흔들었다.

"아기를 찾아내기 전엔 서라벌 가족을 다시 만나는 건 꿈도 꾸지 마라."

갈포는 궁정 사자가 그 말을 남기고 검은 옷 무사와 함께 서라벌로 떠난 뒤에 마을을 한 번 더 샅샅이 뒤졌다. 개코를 데리고 처음으로 목장 뒤쪽 참나무 숲에 들어가 보았다. 움집 앞에 이른 개코가 킁킁 냄새를 맡더니 폴짝폴짝 뛰었다.

"아기가 여기에 숨어 있었네요! 아기를 데리고 있던 사람은 여자예요. 두 사람은 저리로 달아났어요!"

그날부터 영촌 밖에서 쫓고 쫓기는 추격전이 펼쳐졌다. 춘섬이 이틀 먼저 떠났기에 갈포와 개코는 늘 한발 늦게 춘섬이 거쳐 간 곳에 이르렀다. 개코가 콧김을 뿜으며 툴툴거렸다.

"처음부터 똑같이 출발했어야 하지 않나요? 이건 너무 불공평해요."

갈포가 말을 잘못 알아듣고 손바닥으로 개코 등을 탁 때렸다.

"이 녀석아, 지금 우리가 불공드리러 갈 때냐? 헛소리 그만하고 어서 가자!"

춘섬은 영촌을 떠난 뒤로 거의 잠을 자지 못했다. 춘섬 스스로 목적지를 알지 못했다. 오로지 달아나고 또 달아날 뿐이었다.

"먹을 거라고는 풀밖에 없네."

날마다 풀을 뜯어 먹었더니 풀처럼 푸른 젖이 나왔다. 푸른 젖을 먹은 아기 몸이 푸르게 바뀌어 갔다.

"아가야, 미안하다."

푸른 아기가 푸른 주먹을 앙증맞게 쥐고 흔들며 옹알거렸다.

"음마음마, 푸르름마."

어느 날부터 푸른빛을 띤 두루미 스무 마리가 머리 위쪽 하늘을 날며 함께 여행했다. 서라벌 월지를 떠나 영촌으로 왔던 두루미들이었다.

"쟤들이 있어 덜 외롭구나."

두루미들은 냇물이나 강에서 물고기를 잡아다가 춘섬 앞에 떨어뜨렸다.

"어머나, 고마워라!"

바랑에서 부싯돌을 꺼낸 춘섬은 불을 피워 물고기를 구워먹었다. 아기에게 물린 젖에서 물고기 비린내가 났고 아기 몸에 비늘이 자잘하게 돋아나 반짝거렸다.

"자, 그럼 또 가 볼까."

춘섬은 서원경에서 태어나 내처 그곳에서 살았다. 서원경을 벗어난 곳은 전혀 알지 못해서 방향 감각을 잃고 헤매기 일쑤였으며 한 곳에서 한 달 내내 빙빙 돌기도 했다. 계절이 가을로 접어들 때 두루미들은 어디론가 사라졌다. 상주(지금의 경북 상주) 가까이까지 달아났던 춘섬은 다시 길을 돌아가서 비풍군(지금의 대전)에 이르렀다. 서원경 영촌에서 일백여 리밖에 떨어지지 않은 곳이었다.

추격자들도 줄곧 길을 잃고 헤맸다.

"인마, 이 길이 맞냐?"

"예, 맞아요. 근데 참 이상하네요. 왜 기껏 갔던 길을 되돌아갔을까요?"

"내가 그걸 어찌 알겠냐. 잔말하지 말고 어서 따라잡으란 말이다."

춘섬은 아기를 업은 채 허리를 구부리고 도토리와 밤을 주우며 계룡산 속으로 깊이 들어갔다. 기온이 뚝 떨어지고 싸락눈이 날리면서 겨울이 왔다. 두 사람은 겨울잠을 자러 바위굴로 들어갔다. 이미 터를 잡고 있던 너구리 가족이 한쪽으로 물러나 앉았다.

이듬해 봄이 왔을 때였다. 이른 아침에 갈포는 구덩이를 파고 나뭇가지를 엮어 지붕을 만든 집에서 잠을 자다가 깨어났다. 늘 안개 속처럼 뿌옇던 머리가 맑아진 느낌에 기지개를 켜고 일어나 앉으며 빙그레 웃었다. 기억력이 제대로 돌아왔음을 깨달은 갈포는 지난 일을 돌아보았다. 궁정 사자가 가족을 볼모로 삼고 갈포를 윽박지르며 마지막으로 했던 말이 머릿속을 흘러갔다.

'아기를 찾아내기 전엔 서라벌 가족을 다시 만나는 건 꿈도 꾸지 마라.'

갈포는 나뭇가지 사이로 날아드는 아침 햇살을 두 손으로 받아 얼굴을 닦았다. 천천히 서라벌에 두고 온 가족을 떠올려 보았다.

'아버지와 어머니는 여러 해 전에 돌아가셨고 형제들은 뿔뿔이 흩어졌어. 나는 아직 장가를 가지 않았으니까 아내가 없고 자식도 없어.'

갈포는 손바닥으로 무릎을 탁 치며 벌떡 일어났다. 나뭇가지 사이로 머리를 쑥 내밀며 두 손을 높이 들고 외쳤다.

"야호, 서라벌엔 내 가족이 아무도 없다! 이제부터 나는 자유다!"

개꿈을 꾸며 자던 개코가 눈을 번쩍 떴다.

"형님, 많이 아프세요?"

갈포는 대꾸하지 않고 밖으로 나갔다. 시원스럽게 가슴을 열어젖히고 봄날 따사로운 햇살과 싱그러운 공기를 깊이 들이쉬었다. 독수리처럼 날개를 활짝 펼치고 훨훨 나는 듯 길을 떠났다.

구레 주막

구레는 귀밑에서 턱까지 길고 두툼하게 구레나룻을 길렀다. 콧수염과 턱수염을 짧게 잘랐기에 구레나룻이 더욱 돋보였다. 사냥꾼 생활을 오래 했으며 웅주(지금의 충남 공주)에서 서해로 가는 길목에 있는 주막거리에서 한 여자를 만나 주막을 연 지 열 해가 지났다. 이곳에선 서원경까지 걸어서 이틀이 걸렸고 신읍현(지금의 충남 보령) 앞바다까지도 꼭 그만큼 걸렸다. 서원경과 서해 사이를 오가는 상인들이 하룻밤 묵고 가기에 딱 좋은 곳이었다.

겉보기에 구레는 아주 예의 바르고 더없이 온순한 사람이었다.

"어이쿠, 미안합니다."

"저런, 죄송하게 됐습니다."

늘 그런 말을 입에 달고 살았다. 심지어 상대가 잘못했을 때도 그렇게 말했다. 누가 돌담을 쌓다가 휙 던진 돌에 옆머리를 얻어맞은 적이 있었다. 머리가 터져 핏물이 줄줄 흘렀다. 그런데도 구레는 손바닥으로 상처를 덮고 일어나 고개를 조아리며 연거푸 중얼거렸다.

"미안합니다, 정말 미안합니다."

구레는 언제나 웃는 얼굴로 모든 손님들을 친절하게 맞았고 상냥하게 보냈다.

"어서 오세요. 댁에 별고 없으신지요?"

"국밥 맛있게 드셨나요? 조심해서 잘 돌아가세요. 다음에 또 들러주시면 큰 영광으로 알겠습니다."

그런데 가슴속엔 아주 사나운 야수가 들어앉아 있었다. 이 야수는 도무지 생명을 귀하게 여길 줄 몰랐으며, 살아서 움직이는 걸 보면 닥치는 대로 죽였다. 사냥꾼으로 지낼 때 그가 지나간 곳엔 다람쥐와 새끼 너구리 같은 작은 짐승 한 마리도 남아 있지 않았다. 길을 걸을 때 가만히 걸어가지 않고 발바닥으로 개미와 벌레들을 마구 밟아 짓이기며 걸었고, 싸리 빗자루를 미친 듯이 휘둘러 꽃에서 꿀을 모으는 나비와 벌을 모조리 죽였다. 한마디로 머리끝부터 발끝까지 살기가 가득 들어찬 사람이었다.

구레 주막은 주막거리에 늘어선 스무 채가 넘는 주막 가운데 가장 장사가 잘되었다. 아침부터 저녁까지 주막 안채뿐 아니라 마당 평상에도 빈자리가 없었다. 세 칸짜리 바깥채 방은 한 해 열두 달 투숙객들로 북적거렸다.

막걸리를 곁들여 국밥을 먹는 손님들 모두가 감탄사를 빠뜨리지 않았다.

"와, 정말 기막히게 맛있네요!"

"이 집 국밥은 언제 먹어도 입에 착착 달라붙어요. 도대체 비결이 뭐예요?"

손님들의 물음에 구레는 말없이 미소로 대꾸했다. 어떤 손님은 끈덕지게 묻고 또 물었다. 멀리 떨어진 다른 주막거리에서 소문을 듣고 온 이였다. 이 사람도 주막을 열고 있었다.

"살짝 나한테만 일러 주면 안 돼요? 혼자만 알고 지낼게요."

구레가 두 손을 맞비비고 무척 쑥스러워하며 작게 말했다.

"비결이 따로 있겠습니까? 첫째도 정성, 둘째도 정성,"

손님이 말을 탁 자르며 외쳤다.

"셋째도 정성이라고 그럴 거지요? 에이, 싱거운 사람!"

그러나 비결이 따로 있었다. 구레 부부만 드나드는 부엌에 딸린 방에 비결이 숨어 있었다. 그 방엔 모든 서까래에 촘촘하게 대못을 박고 쇠고리를 걸어 놓았다. 온갖 짐승 뼈와 말린 고기가 고리에 꿰여 허공에 길게 매달려 있었다. 오소리와 너구리, 멧돼지, 삵, 고라니, 꿩, 송골매, 독수리 같은 동물이었다. 안쪽 구석엔 곰 발바닥과 호랑이 꼬리뼈도 고리에 꿰여 있었다. 모든 짐승 뼈와 고기가 육수를 내서 국밥 국물을 만드는 데 쓰였다.

구레는 육수를 내는 일엔 조합 기술이 매우 중요하며 한 가지 짐승만으로는 맛이 깊고 부드러우며 구수한 육수를 내기 어렵다고 믿었다. 그래서 날마다 여러 짐승 육수를 섞어 맛보는 일로 혓바닥을 괴롭혔다. 반드시 뭍에서 사는 짐승만으로 육수를 내지는 않았다. 서너 달에 한 번꼴로 나귀를 타고 집을 나서 신읍현 앞바다에 갔다. 생선 비린내가 코를 찌르는 어시장을 거닐며 꾸덕꾸덕하게 말린 서대와 조기 같은 물고기들을 샀다.

한번은 초여름에 그곳에 갔다가 까치복을 샀는데 육수 맛이 무척 궁금했다. 까치복 산란기여서 독성이 가장 셀 때였다. 그걸 알지 못한 구레는 가까운 집에 들어가 솥을 빌렸다. 독이 많이 들어 있는 내장까지 넣어 끓이다가 육수를 한 숟갈 떠먹었다. 곧바로 온몸에 독이 퍼져 픽 쓰러졌고, 저승 문턱까지 갔다가 가까스로 살아 돌아왔다.

어느 날 상어 지느러미와 오리 궁둥이 육수를 섞어 맛보던 구레가 고개를 갸웃거렸다.

"하나가 모자라는데 그게 무얼까?"

밤새 머리를 다섯 움큼이나 쥐어뜯어 날리며 잠을 이루지 못했다. 이튿날 아침에 새빨개진 눈으로 맞은쪽 주막 너머 먼 산을 바라보았다. 용이 자주 내려와 입으로 구름을 뿜고 뒹굴며 논다는 용미산이었다.

"그래, 맞아. 용 꼬리뼈 육수가 함께 들어가야 해!"

죽창을 들고 길을 나선 구레는 용미산에 올랐지만 용 그림자 비슷한 것도 보지 못했다. 무척 실망해서 산꼭대기 바위에 넋을 잃고 멍하니 앉아 있는데 구름 한 자락이 가까이 다가왔다. 구름은 갑자기 용 꼬리로 바뀌어 파다닥 소리를 내더니 구레 얼굴을 철썩 내리쳤다. 허공을 붕 날아간 구레는 벼랑 아래로 데굴데굴 굴렀다. 이때 바위에 부딪혀 어깨뼈와 다리가 부러진 구레는 지금껏 한쪽 어깨가 축 처진 몸으로 다리를 절뚝거리며 살아왔다.

"와, 날씨가 참 좋네! 어느새 겨울이 갔어."

활짝 갠 봄날 구레는 주막 앞에 내놓은 평상에 앉아 있었다. 눈을 가늘게 뜨고 따사로운 햇살을 즐기며 찬찬히 지난날을 돌아보았다.

'네 발 짐승 가운데 푹 고아서 육수를 내어 보지 않은 짐승은 사람 하나만 빼고는 없어. 그런데도 가슴 한 구석이 영 허전하네.'

언젠가부터 다른 주막들도 어떻게 비결을 알았는지 구레처럼 여러 육수를 만들어 섞어 썼다. 단골을 많이 빼앗긴 구레는 갈수록 장사가 잘되지 않아 걱정이 많았다. 걱정은 꼬리를 물고 끝없이 이어졌다.

'어서 새로운 육수를 개발해야 해. 안 그랬다간 파리를 날리게 될 거야. 그러면 마누라와 서로 괜히 신경질을 내며 티격태격하는 일이 늘겠지. 마누라가 집을 나가 버리기라도 해 봐. 나 혼자 국밥을 끓여 손님상에 내고 설거지하는 일까지 도맡아야 해. 머잖아 골병이 들어 폭삭 늙어서, 번데기처럼 온몸이 오그라들고 새우처럼 등이 휘고 말 거야.'

주막거리로 들어서는 대여섯 사내들이 보였다. 무척 부피가 큰 바랑을 짊어진 상인들이었다. 이들은 이 주막 저 주막 둘러보더니 구레 주막이 아니라 다른 주막으로 몰려 들어갔다. 고개를 떨군 구레는 한숨을 폭 쉬었다. 오늘 아침만 해도 몇 번이나 눈을 꾹 감고 도리질하며 뿌리쳤던 유혹이 구레를 다시 휘감았다. 머릿속에 방실방실 웃는 아기가 떠올랐다.

'번듯한 집안 아기를 건드릴 수는 없어. 손님상에 새로운 국밥을 올리기도 전에 붙들려 목이 잘릴 거야.'

머릿속에서 살갗이 뽀얗고 포동포동한 아기가 방실거리던 웃음을 뚝 그쳤다. 아기는 비쩍 마르고 새까만 아기로 바뀌었다. 한쪽 눈을 꾹 감은 아기였다.

'아하, 이 아기는 애꾸눈이구나.'

다시 고개를 든 구레의 눈에 저 멀리서 다가오는 새까만 형체가 들어왔다. 때에 전 베옷을 입은 여인이 새까만 아이를 품에 안고 있었다. 젖먹이는 아니었고 세 살쯤 돼 보였다. 아이는 엄마가 어디로 가는지 궁금한 듯 엄마와 같은 방향으로 고개를 돌리고 눈을 끔벅거렸다.

구레는 손으로 눈을 비비고 다시 똑바로 아이를 바라보았다. 화들짝 놀라며 뒤로 드러누웠다가 도로 앉았다.

'좀 전에 떠올렸던 아이와 똑같이 생겼어!'

여인과 아이는 곧 구레 주막에 이르렀다. 여인은 새까만 얼굴에서 흰자위가 유난히 하얀 눈을 반짝거렸다. 아이도 오른쪽 눈을 반짝거렸는데 왼쪽 눈은 그대로 감겨 있었다. 여인이 아이를 곁에 내려놓았다. 앞으로 두 손을 모으고 허리를 구부리며 구레에게 꾸벅 절했다. 겨우 기운을 내어 죽어가는 목소리로 애원했다.

"자비로운 어르신, 불쌍한 우리 모자에게 피죽 한 대접만 주세요."

곰분이

구레의 아내는 어렸을 때 마마를 심하게 앓아 얼굴이 얽죽얽죽한 곰보자국으로 뒤덮인 탓에 곰분이로 불렸다. 부모한테 버림받은 뒤에 이 다리 저 다리 밑을 떠돌며 거지로 자랐다. 스무 살 넘어 이곳 주막거리로 들어와 어느 주막에서 일을 거들었다. 무척 손이 빠르고 국밥과 반찬 간을 잘 보아서 주인 여자 눈에 들었다. 그때부터 열다섯 해 남짓 부지런히 일하며 품삯으로 받은 삼베를 차곡차곡 쌓아 두었다.

곰분이는 우연히 만나 정이 통한 구레와 합쳐서 함께 주막거리 끝에 주막을 새로 열었다. 모든 짐승 고기 맛을 아는 구레가 새로운 육수를 만들어 내면서 주막 문턱이 나날이 눈부시게 반질해졌다. 비로소 삶에 여유가 생긴 곰분이는 오래 꾸어 온 소박한 꿈을 이루기로 마음먹었다. 그것은 아기를 하나 낳아 기르는 꿈이었다. 그런데 좀처럼 몸속에 아기가 들지 않았다. 온갖 약초를 구해서 달여 먹었지만 살이 찔 뿐이었고, 새벽마다 정화수를 떠 놓고 빌었지만 손바닥에 열이 날 뿐이었다.

그렇게 십여 년이 흐르면서 폐경을 맞게 된 곰분이는 마음을 고쳐먹고 다른 방법을 쓰기로 했다. 주먹밥 열 덩이를 넣은 바랑을 지고 주막을 나서는 아내를 남편이 불러 세웠다.

"여보, 어디 가?"

곰분이가 둘러댔다.

"며칠 친정에 다녀올게요."

"친정? 당신한테 친정이 있었나?"

고개를 확 돌린 곰분이는 매섭게 구레를 쏘아보았다.

"당신, 그동안 나한테 심했다는 생각 안 들어요? 어떻게 단 한 번도 장모님 장인어른 안부를 물어보지 않을 수 있어요?"

"어이쿠, 미안해요. 조심해서 잘 다녀와요."

곰분이는 산을 넘고 개울을 건너며 여러 마을을 샅샅이 훑었다. 빨랫줄에 아기 기저귀를 널어놓은 집이 나타나면 우뚝 걸음을 멈추었다. 이레에 걸쳐 아기 여덟 명을 보았는데 모두가 엄마 품에 꼭 안겨 있었다. 엄마들이 잠깐도 아기를 떼어놓으려 하지 않은 까닭은 온 나라에 흉흉한 소문이 퍼져 있었기 때문이었다. 먹을 게 떨어진 사람들이 굶주림을 못 이기고 아기를 잡아먹는다는 소문이었다. 실제로 아기를 잡아먹다가 붙들려 처형을 당한 사람들이 각 지방마다 여럿씩 있었다.

곰분이는 번번이 몰래 숨어 아기와 엄마가 서로 떨어질 때를 기다리다가 지쳐서 돌아섰다. 양 발에 물집이 잔뜩 잡혔고 주먹밥이 떨어진 뒤로 끼니를 제대로 못 이으면서 속병이 생겼다. 그리고 느닷없이 심장이 쿵덕쿵덕 뛰게 된 곰분이는 고개를 흔들었다.

'이러다가 타고난 목숨을 다하지 못하고 죽겠어.'

그만 집으로 돌아가려고 터벅터벅 산 하나를 넘는데 대여섯 집이 모여 있는 마을이 눈에 들어왔다. 그 마을을 쓱 쳐다보고 산길 앞쪽으로 고개를 튼 곰분이는 눈을 크게 뜨며 다시 마을로 얼굴을 돌렸다. 어느 집 앞마당에 느티나무가 서 있었는데, 나무 그늘에 놓인 평상에서 엄마와 아기가 잠들어 있었다. 둘 다 나란히 하늘을 보고 누운 자세였다.

'엄마 품에서 떨어져 나온 아기는 처음 보네!'

곰분이는 여느 때보다 심장이 사납게 뛰는 바람에 돌담 너머에 잠자코 서 있었다. 심장이 뛰는 소리에 엄마와 아기가 깨어날까 봐

겁났다. 하늘을 떠가는 뭉게구름을 올려다보며 다른 생각을 하려고 애썼다.

'그래, 그때가 참 좋았지.'

다리 밑에서 거지로 지낼 때 동냥을 나갔다가 운 좋게 따뜻한 밥한 덩이를 얻은 날, 구레와 혼인해 깃털처럼 가벼운 세모시 치마저고리를 입고 신방에 들었던 날, 비풍군 태수가 주막에 들러 국밥을 먹다가 와아 하고 외치며 혀를 내두르던 날을 떠올렸다.

겨우 두려움을 가라앉힌 곰분이는 돌담을 돌아 살금살금 느티나무로 다가갔다. 아기 얼굴이 점점 가까워졌다. 엄마처럼 비쩍 말랐지만 눈과 코와 입과 귀가 무척 커 보였다.

'고 녀석, 아주 잘 생겼네!'

곰분이는 문득 자기가 낳은 아기가 낯선 여자와 나란히 누워 있다는 느낌이 들었다. 입을 헤벌리고 잠든 여자한테 화가 치밀었다. 와락 달려들어 여자 얼굴을 마구 때리고 할퀴고 싶었다. 어금니를 악물고 다시 아기를 쳐다보며 두 팔을 뻗었다.

'아가야, 엄마가 왔다. 어서 집으로 돌아가자.'

곰분이는 살며시 아기를 들어 올렸다. 부드럽고 달큰하며 비릿한 젖 냄새가 물씬 풍겼다. 이제 얌전히 돌아서서 돌담까지 살금살금 걸어가 잰걸음으로 비탈을 올라 언덕을 넘으면 되었다. 곰분이 얼굴에 흐뭇한 미소가 흘렀고 입이 헤벌어졌다.

아기를 안고 뒷걸음치려는데 무언가 아기를 탁 하고 잡아당겼다. 곰분이는 속으로 비명을 지르며 자기 쪽으로 힘껏 아기를 당겼다. 아기가 깨어나서 앙 하고 울었다. 그제야 곰분이는 아기 한쪽 발목에 감긴 칡 끈을 보았다. 칡 끈은 아기 발목을 벗어나면서 팽팽하게 당겨졌다. 맞은쪽 칡 끈은 엄마 허리에 묶여 있었다.

잠에서 깬 엄마가 벌떡 일어나 앉았다.

"어머나, 누구야? 우리 아기를 어쩌려고!"

곰분이는 앞으로 내뻗은 엄마 손에 아기를 떨어뜨렸다. 휙 돌아서서 젖 먹던 힘을 내어 달아났다. 돌담을 돈 뒤에 헐레벌떡 산길을 달려 올라갔고, 산꼭대기에 이르러 허리를 꺾고 숨을 몰아쉬며 마을을 돌아보았다. 마을 사람들이 쇠스랑과 몽둥이를 휘두르고 소리치면서 비탈을 올라오고 있었다.

"저기 있다! 아기 도둑 잡아라!"

그 아기는 한 여자의 아기가 아니라 온 마을 사람들의 아기였다. 저들에게 붙잡혔다간 두 손이 닳도록 용서를 빌더라도 맞아 죽는 일을 피할 수 없을 듯했다. 곰분이는 다시 주먹을 꼭 쥐고 달리기 시작했다. 숨 한 번 들이쉬는 사이에 다음 골짜기에 이르렀고, 숨 한 번 내쉬는 사이에 또 다른 산을 넘었다.

주막에 돌아간 곰분이는 대문으로 들어서자마자 다리가 풀려 털썩 무릎을 꿇고 두 손으로 바닥을 짚었다. 한껏 상냥해진 얼굴로 다가온 구레가 아내 어깨에 손을 얹고 후끈한 입김을 뿜으며 물었다.

"그래, 장모님 장인어른은 평안하시던가요?"

곰분이는 곧 기절해서 모로 쓰러졌다. 춘섬이 아이 하나를 업고 구레 주막에 나타난 건 그 뒤로 사흘이 지났을 때였다. 아이를 본 구레와 곰분이는 서로 다른 이유에서 하늘을 날 듯이 기뻐했다.

불난리

춘섬은 아이와 함께 구례 주막에서 피죽이 아니라 고깃국을 얻어먹었다. 둘 다 대접에 얼굴을 바짝 대고 허겁지겁 숟갈로 입에 국을 떠 넣었다. 땀을 뻘뻘 흘리며 따끈따끈한 국을 먹는 사이에 쑥 들어갔던 양 볼이 눈에 뜨이게 올라왔고 새까맣던 얼굴은 발갛게 바뀌었다.

구례가 밥을 다 먹고 물을 마시는 춘섬에게 간절한 목소리로 부탁했다.

"아이가 필요하니, 아니, 일손이 모자라니 우리 집에 좀 있어 줘요."

곰분이가 곁에서 얼른 한마디 보탰다.

"음식을 나르고 설거지하는 일을 도와주면 돼요."

춘섬이 영촌을 떠나온 뒤에 처음으로 밝게 웃었다.

"예, 그렇게 하겠습니다. 고맙습니다, 정말 고맙습니다."

그렇게 해서 춘섬은 구례 주막 부엌에서 일하게 되었다. 잠은 아이와 같이 주막 뒷방에서 잤다. 춘섬은 무엇보다도 더는 배를 곯지 않게 되어 기뻤다. 아이도 밥다운 밥을 먹게 되면서 낯빛이 부쩍 밝아졌고 하루가 다르게 무럭무럭 자랐다.

춘섬은 아이에게 따로 이름을 지어 줄 겨를이 없었다. 또래보다 덩치가 커서 '큰애'라고 불렀다. 한낮에 큰애는 뒷방에서 나무토막과 솔방울로 집을 지으며 혼자 놀았다. 이따금 목마를 때 밖으로 나와 물을 마신 뒤에 바로 방에 들어가지 않고 미적거렸다.

"엄마, 심심해."

손님들에게 국밥을 나르던 춘섬이 눈치를 주었다.

"큰애야, 엄마가 손님들이 계실 땐 나오지 말랬지?"

흰 수염을 멋지게 기른 노인이 주막으로 들어서다가 그 소리를 들었다. 노인은 안마당 평상에 앉아 삿갓을 벗었다. 천천히 국밥을 다 먹고 나서 춘섬에게 물었다.

"아이 이름이 남다르네요. 활을 잘 쏘는 민족의 후예라는 뜻이겠지요?"

노인은 큰애를 '궁예'로 잘못 들었다. 춘섬이 고개를 갸웃거렸다.

"무슨 말씀이신지요?"

노인은 바랑에서 붓과 벼루를 꺼냈다.

"여기에 물을 조금만 받아 오세요."

벼루에 먹을 간 노인은 납작하고 긴 나무판에 글씨를 쓰며 중얼거렸다.

"활 궁(弓), 후예 예(裔)."

춘섬 곁에서 큰애가 눈을 끔벅이며 노인을 바라보았다. 노인이 큰애를 돌아보더니 이름 밑에 한 문장을 곁들여 적고 소리 내어 읽었다.

"외눈으로도 너끈히 세상을 꿰뚫어보리라."

나무판을 뒤집은 노인은 꼬불꼬불한 길과 산 몇 개를 그려 넣었다. 어느 산기슭에 커다란 점을 찍고 춘섬에게 나무판을 주었다. 평상 끝에서 짚신을 신고 지팡이를 짚으며 일어났다.

"아이에게 공부를 시켜야 할 때가 오리니, 그때 내게 보내세요."

춘섬은 아이를 신경 써 주는 노인이 더없이 고마웠다. 앞으로 두 손을 모으고 꾸벅 절했다.

"예, 어르신. 그렇게 하겠습니다."

다시 고개를 든 춘섬 앞에 노인은 없었다. 춘섬은 평상에 놓인 삿갓을 바라보았다.

"이걸 놓고 가셨으니까 곧 다시 오시겠네."

그렇게 중얼거리자마자 삿갓이 흔적도 없이 사라졌다. 어딘가에서 노인 목소리가 들려왔다.

"내 이름은 '운악'이라고 해요. 구름에 덮인 바위산이라는 뜻이지요. 나무판에 그렸듯이 여기서 남쪽으로 쭉 내려가면 까막산이 나와요. 까마귀 우는 골짜기 밑에서 내 이름을 세 번 외쳐 부르세요."

그날부터 춘섬은 아이를 큰애라고도 부르고 궁예라고도 불렀다.

"큰애야, 이리 와 봐."

"얼굴에 뭐가 묻었네. 궁예야, 엄마가 닦아 줄게 가만히 있어 봐."

궁예는 외눈이 아주 컸으며 눈빛이 무척 밝았다. 어두침침한 곳에서 눈을 끔벅거리면 주위가 밝아졌다가 어두워지기를 되풀이했다. 비록 한쪽 눈밖에 안 보여도 몸짓과 걸음이 전혀 흐트러지지 않았다. 기둥에 부딪히거나 헛발을 딛지도 않았다. 왕복달리기를 즐겼으며 멀리뛰기와 높이뛰기 솜씨가 뛰어났다. 가끔 앞발을 척 들어 벽에 발바닥을 대고 한참 서 있었다.

구레는 몸놀림이 날랜 궁예를 볼 때마다 한숨이 나왔다.

'과연 저 아이를 붙잡을 수 있을까?'

몇 번 두 팔을 벌리고 살금살금 궁예에게 다가갔다. 궁예가 수상한 낌새를 알아차리고 멀리 달아났다. 구레는 이미 궁예가 소실점이 되어 사라진 곳을 멍하니 바라보며 또 한숨을 쉬었다. 그러나 얼마 뒤에 다시 주먹을 그러쥐고 입을 꾹 다물며 각오를 다졌다.

해가 두 번 더 바뀌면서 다섯 살이 된 궁예는 덩치가 일고여덟 살짜리만 했다. 한낮엔 늘 주막 바깥에 나가 놀았다. 주막거리에 사는 아이는 모두 여섯 명이었다. 부모들은 주막 일에 바빠서 아이들이 저들끼리 놀게 내버려두었다. 자기 나이에 걸맞은 놀이를 모르는 아이들은 어른 흉내 내기를 즐겼다. 깨어지고 금이 간 그릇을 땅바닥에 늘어놓고 둘러앉아서 그릇에 물을 따라 마시며 어른처럼 껄껄 웃었다.

"어허, 술맛 좋다."

궁예는 술에 취한 사람 흉내를 잘 냈다.

"끄윽. 취한다, 취해."

트림하고 일어나서 비틀거리며 저만치 갔다가 돌아왔다. 냅다 다른 아이 멱살을 잡고 흔들었다. 혀가 꼬인 목소리로 뜻도 모르는 욕을 입에 올렸다.

"염병할 놈, 배라먹을 놈, 지어미 붙을 놈아. 여기가 어디라고 까부냐?"

밭으로 새참을 나르던 춘섬이 그 모습을 보았다. 머리에 얹었던 소쿠리를 바닥에 내려놓고 소매를 걷으며 궁예에게 달려갔다.

"엄마가 그런 말 하지 말라고 했어, 안 했어?"

화들짝 놀란 궁예는 쏜살같이 달아났다.

"아휴, 저 녀석을 어떻게 해야 하나."

춘섬은 주막에서 일한 뒤로 배를 곯을 일이 없어져서 좋았다. 하지만 나날이 궁예 입이 거칠어지는 듯해서 걱정이 많았다.

'저러다가 아비 없는 자식이라서 버릇없다는 소리가 나오겠어.'

춘섬은 이미 그런 말이 다른 어른들 입에 오르내린다는 걸 알지 못했다. 그들은 여느 아이들이 짓궂은 행동을 하면 허허 웃었다.

"어렸을 땐 다 저렇지 뭐. 우리는 안 그랬나?"

하지만 궁예가 똑같은 장난을 하면 혀를 끌끌 찼다.

"쟤가 왜 저러겠어. 집안에 남자 어른이 없어서야. 갈수록 거칠어지니 언젠가는 큰일을 저지르고야 말겠어."

어떤 여자는 대놓고 자기 아이더러 궁예와 같이 놀지 못하게 했다.

"개똥아, 어서 이리 와."

"왜, 엄마?"

"엄마가 그랬지. 외눈박이에다가 누구 씨인지 알 수 없는 아이하고는 어울리지 말랬잖아."

가시가 돋은 말을 자분자분 입에 올리는 이 여자는 구레 주막 맞은쪽 주막 주인이었다. 콧등에 엄지손톱만 한 점 두 개가 있어 쌍점이로 불렸다. 겉보기엔 병아리처럼 순해도 가슴속에 살쾡이가 웅크리고 있었다. 쌍점이는 궁예를 돌아보고 머뭇거리는 개똥이를 낚아챘다. 팔목을 잡아끌고 집으로 데려가며 궁예를 노려보았다. 입을 크게 움직이고 손가락으로 허공을 쿡쿡 찌르며 아주 작게 소리 냈다.

"우리 애를 또 꾀어냈단 봐라. 다리몽둥이를 뚝 부러뜨릴 테다."

궁예는 누구보다 친한 개똥이와 개똥이 엄마를 멍하니 쳐다보다가 돌아섰다. 궁예 눈에 눈물이 비쳤다.

주막거리 어른들이 예언한 대로 기어코 궁예는 일을 벌였다. 사흙에 걸쳐 쌍점이네 주막에 가서 같은 소리를 연거푸 외친 뒤였다.

"개똥아, 놀자!"

첫날엔 개똥이 엄마 쌍점이 목소리가 대문으로 와락 터져 나왔다.

"개똥이 집에 없다!"

둘째 날엔 개똥이 엄마가 앞치마에 물 묻는 손을 닦으며 걸어 나왔다.

"개똥이 집에 없다고 했지?"

쌍점이는 손바닥을 펴서 높이 들었다. 옆걸음으로 반 발짝 움직이며 궁예 뒤통수를 탁 때렸다. 궁예 눈이 앞으로 툭 튀어나왔다가 돌아 들어갔다.

셋째 날엔 개똥이도 쌍점이도 밖에 나오지 않았다.

"개똥아, 놀자!"

대답 대신에 대문 안쪽에 커다란 대야가 나타났다. 대야에 담긴 구정물이 궁예를 덮쳤다. 물벼락을 맞은 궁예는 말없이 구레 주막으로 돌아갔다. 국밥이 보글보글 끓는 가마솥 화덕 아궁이에서 불이 잘 붙은 나뭇가지를 꺼내 들었다. 온 하늘에 곱게 붉은빛이 번지는 해거름이었다. 마을 어귀에 선 느티나무와 길게 뻗은 길, 어깨를 잇대고 늘어선 주막들이 노을에 물들었다.

주막거리 뒷길을 빙 돌아간 궁예는 좁은 골목을 지나 쌍점이네 주막에 이르렀다. 잠깐 뒤에 주막 사랑채 바깥벽에 층층이 쌓아 놓은 마른 장작이 활활 타올랐다. 불길은 초가지붕으로 옮겨 붙었고 금세 사랑채를 홀랑 태웠다.

"불이야! 불이야!"

"쌍점이네 주막에 불났어요!"

주막거리에 사는 모든 사람들이 몰려들었다. 나무로 짠 물통을
들고 다가가서 불길을 향해 물을 뿌렸다. 주춤거리던 불길은 주막
대문 기둥으로 번졌다. 따닥따닥 하고 나무가 타는 소리, 짚이 훨훨
타는 소리, 사람들이 외쳐 대는 소리가 서로 뒤섞였다. 사랑채가 폭
삭 내려앉았고 왼쪽 대문 기둥이 뚝 부러지면서 지붕이 무너져 내
렸다. 쌍점이가 두 손으로 머리를 감싸고 제자리 달리기를 하며 비
명을 질렀다.

"엄마야, 나 어떡해!"

불길은 오른쪽 대문 기둥까지 삼키고 머뭇거렸다. 이때를 놓칠세
라 여러 사내들이 한꺼번에 달려들었다. 힘껏 물통에 든 물을 끼얹
었고 삽과 괭이로 불길을 마구 때리고 긁어 댔다. 불길은 피식피식
소리를 내고 김을 높이 뿜어 올리며 어지럽게 춤추더니 힘없이 사
그라졌다.

궁예는 멀리 달아나지 않았다. 어른들 뒤쪽에 물러서서 잠자코 불
구경을 했다.

"요놈의 새끼, 꼼짝 말고 거기 서 있어!"

불길이 잡히자마자 개똥이 엄마 쌍점이가 소매를 걷으며 달려갔다.

"네가 한 짓인지 모를 줄 알아?"

쌍점이는 멱살을 잡아서 궁예를 번쩍 들어 올렸다. 궁예가 외눈
을 똑바로 뜨고 서로 코가 닿을 듯이 가까워진 쌍점이 얼굴을 빤히
쳐다보았다.

"어머머, 애 좀 봐. 눈 한번 깜박이질 않네."

쌍점이가 궁예를 바닥에 패대기치려는데 손 하나가 허공을 가르며 날아왔다. 그 손의 주인은 구례 주막 안주인 곰분이였다. 쌍점이 손목을 잡아 비튼 곰분이는 궁예를 받아서 땅에 내려놓았다.

"이봐, 어린애한테 무슨 짓이야?"

쌍점이가 크게 비틀렸다가 풀려난 손목을 다른 손으로 잡고 신음했다.

"애가 우리 주막에 불을 질렀다고요."

"봤어? 봤냐고."

쌍점이가 멈칫하더니 턱을 쳐들었다.

"예, 봤어요."

곰분이에게 궁예는 눈에 넣어도 아프지 않을 친자식이나 다름없었다. 궁예가 무슨 짓을 해도 예뻐 보였다. 돌멩이를 던져 장독을 깨뜨려도 예뻤고, 빨랫줄을 풀어 모든 빨래를 흙바닥에 펼쳐 놓아도 예뻤다. 맛있는 음식이 있으면 궁예에게 먼저 먹였으며, 값지고 고운 베로 옷을 지어 입혔고 늘 마른자리에 재웠다. 그런데 감히 이런 아이를 괴롭히다니, 너 오늘 잘 만났다 싶었다.

곰분이는 허리를 굽혀 궁예와 눈을 맞추고 부드러우면서 느린 목소리로 물었다.

"아니잖아. 그렇지? 네가 주막을 불을 낸 거 아니지?"

궁예가 선뜻 고개를 가로저었다.

"어머나."

곰분이는 흠칫하며 눈을 크게 떴다. 곰보 얼굴에 난 분화구 수백 개가 곧 폭발할 듯이 푸르르 떨렸다. 곰분이는 궁예가 잘못 알아들었다고 생각했다. 마른침을 삼키고 빙그레 웃은 뒤에 한결 알아듣기 쉽게 말을 다듬어 다시 물었다.

"네가 주막에 불을 냈니?"

궁예는 이번엔 선뜻 고개를 끄덕였다. 마치 무척 자랑스러운 일을 한 다음처럼 당당하면서 야무진 얼굴이었다. 누구나 들을 수 있게 또박또박하고 우렁차게 대꾸했다.

"예, 제가 그랬어요."

곁에서 쌍점이가 두 손을 번쩍 들고 흔들었다. 저만치에서 불을 끄고 쉬는 사람들을 돌아보며 외쳤다.

"모두 이리 와 봐요! 우리 주막에 불을 낸 범인을 잡았어요!"

쌍점이네 주막 방화 사건은 뜻밖에도 그 자리에서 쉽게 마무리되었다. 춘섬이 영촌 촌주의 아내이자 궁예 외할머니한테서 받은 금가락지가 도움을 주었다. 이웃 마을에 국밥을 배달하러 갔다가 돌아온 춘섬은 쌍점이한테서 무슨 일이 벌어졌는지 들었다.

"정말 죄송해요. 잠깐만 기다려 주세요."

종종걸음으로 구레 주막에 다녀온 춘섬은 쌍점이에게 금가락지를 내밀었다.

"이거면 되겠어요?"

금가락지 하나가 눈 깜짝할 사이에 살쾡이를 병아리로 바꾸어 놓았다. 쌍점이 눈에서 분노가 말끔히 사라지고 기쁨이 가득 들어찼다.

"흠, 좀 모자라지만 그냥 받을게요."

날카롭게 세웠던 손톱 열 개가 누그러졌다. 활짝 펼쳐진 쌍점이 손바닥에 금가락지가 톡 떨어졌다. 쌍점이는 파르르 떨리는 다른 손 엄지와 검지로 금가락지를 집었다. 금가락지를 손가락에 끼며 입꼬리가 귓불에 닿도록 웃었다.

이튿날 아침부터 쌍점이는 금가락지를 낀 손을 어깨 높이로 들고 돌아다녔다. 괜히 주막거리 이쪽 끝에서 저쪽 끝까지 걸어갔다가 돌아왔다.

"쪽, 쪽, 쪽, 쪽, 쪽―"

하루에 일천 번도 넘게 금가락지에 입을 맞추는 소리가 주막거리를 울렸다.

가마솥

쌍점이네 주막에 난 불은 구레의 가슴으로 옮겨붙었다. 온몸이 달아오르면서 정신이 한 바퀴 돈 구레는 얼굴이 빨개졌고 숨소리가 무척 거칠어졌다. 어린아이라고 해서 구레에게 생긴 변화를 못 알아챌 리 없었다. 더욱 정신을 바짝 차린 궁예는 밤에 외눈을 절반쯤 뜨고 잤다. 낮에 깨어 있을 땐 한껏 크게 뜬 눈으로 줄기차게 둘레를 살폈다. 멀리서 구레 그림자만 비쳐도 두 주먹을 꽉 쥐고 눈빛을 반짝거리며 언제든지 후다닥 달아날 수 있도록 가볍게 발을 굴렀다.

어느 날 아침에 궁예는 잠깐 마음을 놓았다. 마침 주막에 손님이 없어 곰분이는 방에서 늦잠을 자고 있었고 춘섬은 개울로 빨래하러 갔다. 궁예 혼자서 주막 안마당에 앉아 나무토막을 갖고 놀았다.

"어, 자꾸 쓰러지네."

그날따라 나무토막으로 집을 짓는 일이 뜻대로 되지 않았다. 궁예는 입을 동그랗게 오므리고 나무토막에 온 신경을 모으며 조심스레 손을 놀렸다. 뒤쪽에서 구레가 가마솥으로 다가가 뚜껑을 열었지만 알아채지 못했다. 가마솥에서 물이 펄펄 끓으며 김이 구름처럼 올라갔다. 구레는 궁예 뒤로 고양이처럼 살금살금 다가갔다. 두 팔을 독수리 날개처럼 펼치고 개구리같이 두 다리를 벌렸다. 숨을 멈추고 무릎을 한껏 구부리며 속으로 숫자를 셌다.

'하나, 둘, 셋.'

허공을 붕 날아간 구레는 궁예를 덮치며 외쳤다.

"요놈!"

궁예가 비명을 질렀다.

"엄마야!"

구레는 궁예를 번쩍 들고 가마솥으로 다가갔다. 버둥거리던 궁예가 고개를 돌려 구레 손등을 꽉 깨물었다. 구레도 큰소리로 비명을 질렀다.

"아야야!"

얼떨결에 궁예를 놓친 구레는 땅바닥에 떨어져 엎드린 궁예 어깨를 잡았다. 억지로 궁예를 일으켜 손목을 잡아서 질질 끌고 가마솥으로 다가갔다. 뜨거운 김이 두 사람 얼굴로 달려들었다. 바로 그때 누군가 번개처럼 날아와 궁예의 다른 쪽 손목을 잡았다. 구레의 아내이자 궁예를 스스로 배 앓으며 낳은 듯이 여기는 곰분이였다.

구레가 곰분이를 돌아보고 눈을 부라렸다.

"당신, 지금 뭐 하는 짓이야?"

곰분이가 받아쳤다.

"당신이야말로 왜 이래? 우리 아기를 어쩌려고?"

구레가 헛웃음을 지었다.

"우리 아기? 얘가 언제부터 우리 아기였지? 당장 그 손 놓지 못해!"

곰분이와 구레는 저마다 양쪽에서 궁예 손목을 하나씩 잡고 힘껏 당겼다. 줄다리기 밧줄 신세가 된 궁예가 목이 터질 듯이 외쳐 댔다.

"아악, 너무 아프다! 팔이 뽑힐 것 같아요! 가슴이 찢어지려 해요!"

아낌없는 사랑과 비뚤어진 욕망이 어린아이 하나를 놓고 벌인 줄다리기는 곧 승패가 갈렸다. 가마솥을 등진 구레는 물이 축축하게 밴 바닥을 밟고 발이 미끄러지면서 궁예 손목을 놓쳤다. 몸의 균형을 잃고 뒷걸음치더니 벌러덩 나자빠졌다. 머리부터 거꾸로 가마솥 속으로 들어간 구레 다리가 허공으로 번쩍 들렸다. 열탕 지옥에 빠져 온몸을 뒤틀며 버둥거리면서 뜬금없이 한 가지 의문을 떠올렸다.

'저승을 다스리는 임금이 염라대왕이라면, 이승을 다스리는 임금은 누굴까?'

당나귀 귀

때는 865년이었고 신라를 다스리는 임금 이름은 경문왕이었다. 헌안왕이 목에 걸린 수리취떡을 토해 내던 단옷날, 헌안왕 가까이에 앉아 있던 김응렴이 바로 경문왕이었다. 그해 가을에 응렴은 헌안왕의 큰딸과 결혼했다. 해가 바뀌면서 언 땅이 녹고 푸릇한 싹이 돋아날 때 헌안왕이 세상을 뜨자 옥좌에 올랐다.

경문왕은 어질기로 따질 때 둘째가라면 서러워할 사람이었다. 누구한테도 싫은 소리를 안 했고 좀처럼 화를 내지 않았다. 궁녀가 아침상을 나르다가 숟가락을 떨어뜨리고 쩔쩔매면 빙긋 웃었다.

"괜찮아. 도로 주워서 닦으면 돼."

게다가 무척 겸손했으며 위아래를 또렷이 가르지 않을 때가 많았다. 언제던가 궁궐 정원을 산책하던 왕은 쿨럭쿨럭 기침하며 빗자루로 낙엽을 쓰는 늙은 종을 보았다. 넙죽 엎드려 절하는 종에게 따뜻한 목소리로 말했다.

"어르신, 몸이 많이 편찮으신 듯해요. 그만 들어가 쉬세요."

경문왕은 조정에서도 자기가 신라에서 가장 높은 사람이라는 사실을 까맣게 잊은 듯이 행동했다. 늘 뒤쪽에 물러나서 신하들이 주고받는 얘기를 말없이 귀담아들었다. 이따금 추임새를 넣듯이 넌지시 말했다.

"참 좋은 말씀이네요. 그렇게 된다면 정말 좋겠습니다."

신하들은 이런 왕에게서 무언가를 조금이라도 배우고 본받으려는 마음이 없었다. 갈수록 거칠고 사납게 굴었으며 드러내 놓고 대들기 일쑤였다. "전하, 그건 절대로 아니 되옵니다. 어린애도 그런 짓은 하지 않습니다." 하고 낯을 붉히며 꾸짖었고, "나 원 참, 얼토당토않은 말씀을 하시는군요." 하고 절레절레 고개를 흔들며 코웃음을 쳤다.

신라에서 왕들의 권위가 곤두박질치기 시작한 지 오래되었다. 고관들은 마음만 먹으면 자기도 언제든 왕이 될 수 있다고 믿었다. 실제로 왕의 목숨이 파리 목숨보다 가볍게 날아가는 일이 꼬리를 물고 벌어졌다. 팔십여 년 전에 상대등이라는 최고 관직에 오른 김양상이라는 진골 귀족이 있었다. 그는 왕 앞에서 다른 신하들과 함께 고개를 숙이고 앉아 있을 때면 무척 자존심이 상했다. 어금니를 악물고 속으로 중얼거렸다.

'왕관을 벗어 내 머리에 씌워 봐. 당신보다 훨씬 더 나라를 잘 다스릴 자신이 있어.'

어느 날 김양상은 혜공왕과 단 둘이 앉아 있었다. 김양상이 보기에 그날따라 혜공왕은 말이 많았다.

"그건 이렇게 해야 하고 이건 저렇게 해야 하지 않겠어요? 저건 요렇게 해야 이치에 맞지 않나요?"

눈살을 찌푸리고 왕을 노려보던 김양상이 더는 못 참고 벌떡 일어나며 외쳤다.

"애들아, 어서 들어오너라!"

밖에서 기다리던 검객들이 문을 열고 달려 들어왔다. 검객들은 스스륵 소리를 내며 잘 벼린 칼을 빼어 들고 혜공왕에게 달려들어 목을 베었다.

"좋아, 아주 잘했다."

김양상이 소매를 걷으며 두 팔을 쭉 뻗었다. 피 묻은 왕관을 집어 머리에 쓰고 옥좌에 올라앉았다.

애장왕은 열세 살 때 옥좌에 올랐다. 열 해가 지나지 않아 작은아버지이자 병부(지금의 국방부) 장관 김언승한테서 왕 자격이 없다는 판정을 받았다. 김언승은 한 치도 어긋나지 않게 조카의 심장 복판을 칼로 푹 찔렀다. 그날 하루는 조카를 죽인 일로 무척 괴로운 표정을 지으며 보냈다. 이튿날 칼을 들고 나간 조정에서 아주 밝은 얼굴로 고관들에게 힘주어 말했다.

"오늘부터 내가 왕이다. 반대하는 사람은 높이 손을 들어라. 내가 그 손을 취해서 개한테 끓여 주겠다."

희강왕은 상대등 김명이 반란군을 이끌고 궁궐로 달려오자 침방 뒷문으로 달아났다. 뒤뜰 대추나무에 밧줄을 걸며 이를 갈았다.

'김명, 기다려라. 반드시 귀신으로 돌아와서 네 숨통을 끊겠다.'

희강왕은 올가미에 목을 매고 죽었다. 곧이어 옥좌에 오른 김명이 바로 민애왕이었다. 꼭 한 해가 지나서 권력 다툼에서 밀려난 민애왕은 완도에 있던 수군기지이자 무역기지 청해진으로 달아났다. 며칠 뒤에 해상왕 장보고에게서 빌린 병사들을 데리고 들이닥친 김우징한테 붙들렸다. 목이 절반쯤 베여 머리가 몸통에 겨우 붙은 채 청해진 앞바다에 던져져 물고기 밥이 되었다.

경문왕은 이런 피비린내 나는 왕조 역사 속에서 왕으로 살아가면서 늘 불안에 시달렸다. 어디서 가볍게 툭 소리가 들려와도 어깨를 높이 들었다 내렸다.

"헉, 이게 무슨 소리지?"

창밖으로 나뭇잎 한 장이 날아가도 깜짝 놀랐다.

"어이쿠, 난 또 뭔가 했네."

이런 왕과 함께 사는 왕비라고 마음이 편할 리 없었다. 온종일 화들짝 놀라 비명을 지르느라 볼일을 제대로 못 보았다.

"어머나, 이불에 뭐가 들어 왔나 봐."

어느 날 동틀 때 왕비는 잠을 자다가 온몸을 파닥 떨며 깨어났다. 무언가 축축하면서 끈끈한 것이 미끄러지듯이 겨드랑이로 지나갔다. 고개를 돌린 왕비는 아직 곤히 자는 왕을 보았다. 왕의 얼굴엔 늘 그랬듯이 고뇌와 불안이 짙게 드리워져 있었다. 왕비는 살며시 손을 내밀어 이불 귀퉁이를 잡고 들어 올려 한쪽으로 젖혔다.

"엄마야, 이게 뭐야?"

벌떡 일어나 앉으며 외쳤다.

"뱀, 뱀, 뱀이잖아!"

길이가 세 뼘이 넘는 잿빛 칠점사가 왕비와 왕 사이에서 고개를 빳빳이 들고 혀를 날름거렸다. 누구를 먼저 물면 좋을지 궁리하는 듯했다. 이 뱀한테 물리면 일곱 걸음밖에 못 걷고 쓰러져 죽는다고 했다.

"왜 그래요? 무슨 일이에요?"

왕비의 비명에 깨어난 왕이 윗몸을 일으켰다. 왕비를 돌아본 뒤에 왕비가 바라보는 침상 바닥을 내려다보았다.

"어이쿠, 이게 언제 들어왔지?"

왕비는 서둘러 침상을 떠나 꽁지 빠지게 밖으로 달아났다. 독사가 역삼각형 머리를 왕에게 돌렸다. 쉿쉿 소리를 내고 혀를 날름거리며 왕을 빤히 노려보았다. 온몸이 얼어붙은 왕은 눈도 끔벅이지 않고 가만히 앉아서 속으로 중얼거렸다.

'드디어 올 것이 왔구나. 누군가 나를 없애려 해.'

뱀은 잠깐 무언가를 곰곰이 생각하는 듯했다. 침상 머리맡으로 느리게 기어가서 침상과 높이가 비슷한 창턱으로 올라갔다. 계속 스르르 미끄러져 방구석에 놓인 도자기 받침대를 타고 방바닥으로 내려가 옷장 밑으로 사라졌다.

이튿날도 그 다음 날도 침방 바닥으로 뱀이 기어 다녔다. 왕이 침방을 떠나 밖에서 지내는 사이에 누군가 갖다 놓은 뱀이었다. 침방 바깥 마루 밑에서 뱀을 담았던 포대가 발견되었다. 왕비는 처음 뱀을 본 뒤로 다시는 왕과 함께 자던 침방에 발을 들이지 않았다. 밤마다 왕 혼자서 이불을 덮고 침상에 누웠다. 슬픈 얼굴로 그동안 자기가 잘못한 일들을 더듬어 보았다.

'신하들이 그릇된 결정을 내려 실행에 옮길 때 막지 않은 죄, 그들이 전하는 말을 의심하면서도 따지거나 캐묻지 않은 죄, 나를 윽박지르고 깔보는 자리에서 벌하지 않은 죄. 만일 오늘밤 뱀한테 물려 죽는다면 이런 죄를 지었기 때문이겠지.'

그 뒤로 두 해에 걸쳐 왕의 침방에 들어온 뱀은 삼백 마리가 넘었다. 한꺼번에 열 마리가 침방 바닥을 기어 다니다가 침상으로 올라온 날도 있었다. 뱀들은 왕의 겨드랑이뿐 아니라 얼굴과 아랫배와 종아리를 타고 돌아다녔다. 이미 마음을 비운 왕이 팔뚝을 칭칭 감고 머리를 들어 쳐다보는 독사와 눈을 맞추며 속삭였다.

"너는 겉모습만 독사이고 속에는 온순한 아이가 들어 있구나. 사람 탈을 쓴 저 독사들을 내가 어떻게 하면 좋겠느냐?"

그 소리에 뱀은 스르르 왕에게서 떨어져 나갔다. 다른 독사들을 모두 데리고 문턱을 넘어 사라졌고 다시는 나타나지 않았다.

오랜만에 기운을 차린 왕은 입을 꾹 다물고 눈을 부릅떴다. 전에는 어느 누구도 이런 모습을 본 적이 없었다. 이제 왕은 발 벗고 나서서 자기를 대하는 신하들의 태도를 바로잡고 나라를 바로세우는 데 온힘을 쏟아 붓기로 마음먹었다. 단단히 각오를 다지자 눈이 한층 밝고 날카로워졌으며 아주 멀리 있는 것들이 가깝게 보였다.

왕이 궁궐 뜰에 뒷짐 지고 서서 하늘 높이 날아가는 송골매를 올려다보며 낯을 찌푸렸다.

"저런, 왼쪽 다리가 부러졌구나. 땅에 내려앉을 때마다 얼마나 아플까."

저 멀리서 성문으로 들어오려다가 휙 사라지는 점 두 개를 보고는 고개를 갸웃거렸다.

"저들이 누군지 알겠네. 왜 나를 피하지?"

왕은 월성을 지키는 호위대장을 불러서 여러 관리 이름을 입에 올리고 덧붙였다.

"뭔 일을 벌일 것 같으니 잘 감시하도록 하라."

왕의 예언은 그대로 들어맞았다. 주로 관등이 이찬에 이른 고위 관리들이 잇달아 반란을 일으켰다. 이찬은 열일곱 관등 가운데 이벌찬 다음으로 높았다. 윤흥과 김예와 김현, 근종은 저마다 몇 해 사이를 두고 야밤에 병사들과 함께 왕이 잠든 침방을 습격했다. 반란자들은 침방 문을 여는 순간 번개처럼 허공을 가르며 날아온 호위 무사들의 칼에 등이 찔리고 심장이 꿰뚫렸다. 그들이 피를 토하고 쓰러지며 내뱉은 감탄사와 물음은 똑같았다.

"어, 어떻게 알았지?"

어느 날부터는 왕의 귀가 눈에 뜨이게 자라서 귓바퀴 위쪽이 당나귀처럼 뾰족해졌다. 귀를 쫑긋 세우고 백성들이 내는 소리를 귀담아들으려고 애쓰다 보니 저절로 그리 되었다. 왕은 귀를 만질 때마다 깜짝깜짝 놀랐다.

"이 나이에 귀가 더 자라기도 하네."

왕은 예전엔 여느 관리들처럼 머리에 복두라고 불리는 관모를 쓰고 지냈다. 멀리 나갈 때는 그 위에 왕관을 썼다. 귀가 커지기 시작한 뒤로는 머리칼을 한데 모으고 뾰족한 귓바퀴 위쪽이 덮이도록 머리에 두건을 둘렀다. 심지어 밤에 잠을 잘 때도 두건을 쓰고 잤다. 독사들이 사라진 뒤로 다시 왕과 같은 침방에 들던 왕비가 하루는 고개를 갸웃거렸다.

"그렇게 큰 두건을 쓰고 누우면 잠이 잘 오지 않으실 텐데요, 그냥 벗고 주무시지요? 올여름 들어 가장 더운 날이지 않습니까?"

왕이 이불을 당겨 목까지 덮으며 재채기했다.

"감기 기운이 있는지 온몸이 오슬오슬 떨리네요."

"오뉴월 감기는 개도 안 걸린다잖아요."

왕은 아예 이불로 얼굴과 머리를 덮으며 기침 소리를 섞어 대꾸했다.

"콜록, 내가 개만도, 콜록콜록, 못한가 보지요."

왕의 귀가 당나귀 귀처럼 크다는 사실을 아는 사람은 이 세상에 둘밖에 없었다. 하나는 왕이었고 또 하나는 재인바치라고도 불리는 복두장이였다. 한 달에 한 번꼴로 복두장이는 왕의 복두를 만들러 월성에 들어갔다. 왕이 줄자를 들고 머리 둘레를 재는 복두장이에게 물었다.

"자네, 술 마실 줄 아나?"

"예, 마실 줄 아옵니다, 마마."

"많이 마시나?"

"많이 마실 땐 많이 마시옵니다."

"설마 술에 취해서 누구한테 털어놓진 않았겠지?"

"무슨 말씀이신지요?"

"내 귀가 이렇게 크다는 사실 말이다."

복두장이가 윗몸을 뒤로 젖히며 눈을 둥그렇게 뜨고 고개를 흔들었다.

"마마, 절대로 그런 일은 있을 수 없사옵니다. 이 비밀은 무덤에 들때까지 가슴에 품고 지내겠사옵니다."

자기 집에서 복두장이는 몇 번 아내를 불러 세웠다. 입이 근질거려 더는 참기 힘들 때였다.

"여보, 잠깐만요."

"왜요? 밥 지으러 나가야 하니까 얼른 얘기하세요."

복두장이는 손가락으로 허벅지를 꼬집으며 어금니를 악물었다. 몰래 숨을 길게 내쉬며 아내에게 말했다.

"오늘도 밥 맛있게 지어 주세요."

복두장이는 별안간 큰 병이 들어 죽을 날을 앞두게 되었다. 이래 죽나 저래 죽나 마찬가지라는 생각에 지팡이를 짚고 집을 나섰다. 황룡사를 지나자 도림사가 나왔다. 뒤쪽 대숲으로 들어간 복두장이는 저고리 앞섶을 활짝 풀어 헤쳤다. 오랜 나날 가슴 깊이 간직했던 비밀을 입에 올려 힘껏 외치고 또 외쳤다. 며칠 뒤에 복두장이는 아주 편안한 얼굴로 빙그레 웃으며 영원한 잠에 들었다.

어느 날 아침에 침방 창문을 연 왕은 맑은 공기를 들이쉬다가 귀를 쫑긋 세웠다. 멀리서 바람을 타고 두 사람이 나누는 대화가 날아왔다.

"우리 도림사에도 멋진 탑이 세워지면 좋겠구먼."

"예, 큰스님. 꼭 그렇게 되리라 믿습니다."

그날 왕은 조정 회의를 마친 뒤에 가마를 타고 도림사로 갔다. 세차게 바람이 부는 날이었다. 도림사 경내로 들어서는데 절 뒤쪽에서 들려오는 소리가 귀에 잡혔다.

"임금님 귀는 당나귀 귀— 임금님 귀는 당나귀 귀—"

어디선가 많이 들어본 사람 목소리였다. 복두장이 얼굴이 머릿속을 스쳤다. 얼굴이 하얗게 질린 왕은 비틀거리며 가마에서 내렸다. 종종걸음으로 다가와서 합장하는 주지에게 물었다.

"언제부터 저 소리가 나기 시작했지요?"

"두어 달 되었사옵니다."

"보아 하니 대숲 같은데 모두 베어 버리고 산수유를 심도록 하세요. 그러면 이 자리에 멋진 탑을 하나 세워 드리리다."

곧 대숲은 산수유 숲으로 바뀌었고 도림사 법당 앞뜰엔 삼층 석탑이 세워졌다. 이듬해 봄에 노랗게 산수유 꽃이 피었을 때였다. 도림사 뒤쪽에선 바람이 많이 부는 날이면 다시 사람 목소리가 울렸다. 예전처럼 임금님이나 당나귀라는 단어가 들어가진 않았지만 내용이 엇비슷했다.

"귀가 아주 크다— 엄청나게 길고 뾰족하다— 이렇게 털어놓으니까 말도 못하게 후련하다—"

까막산

궁예는 구레가 가마솥에 빠져 버둥거리고 곰분이는 비명을 지르며 폴짝폴짝 뛸 때 쏜살같이 뒷방으로 달려갔다. 바랑을 질질 끌고 돌아 나와서 밖으로 나가 주막거리를 가로질렀다.

"애, 무슨 일이니? 왜 숨을 헐떡거리며 달려와?"

개울에서 빨래하던 춘섬이 빨랫방망이를 떨어뜨리며 벌떡 일어났다. 가까이 다가간 궁예가 숨을 몰아쉬며 더듬거렸다.

"구레 아저씨가, 나를 잡아 가마솥에 넣으려다가, 아저씨가 빠졌어."

"가마솥에? 물이 끓고 있었어?"

"응, 펄펄."

춘섬은 바랑을 받아서 어깨에 메고 궁예를 업었다. 철벅거리며 개울을 건너 가을을 맞은 산골짜기를 따라 올라갔다. 산비둘기와 어치들이 푸드덕대고 깍깍거리며 양쪽으로 날아올랐다.

"엄마, 오줌 마려워."

춘섬은 등에 업힌 궁예가 어깨를 꼬집고 때리고 깨물어도 알아채지 못했다. 주막거리 사람 모두가 몽둥이를 들고 쫓아오는 느낌에 앞쪽만 바라보고 달렸다.

하루 또 하루가 지나면서 하늘이 깜깜해졌다가 밝아지기를 되풀이했다. 한낮 해는 늘 둥그런 모습이었지만 한밤중 달은 이지러졌다가 커졌다가 다시 이지러졌다. 그렇게 가을이 가고 겨울이 가고 또 다시 봄여름이 갔다. 곱게 물든 단풍나무 아래서 쉴 때에야 비로소 어깨 통증을 느낀 춘섬이 연거푸 소리쳤다.

"아얏, 어마, 아프다, 애가 왜 이래?"

"엄마, 나 혼자서도 잘 걸을 수 있어. 어서 내려 줘."

궁예를 땅에 내려놓은 춘섬은 깜짝 놀랐다. 앞서 보았을 때보다 궁예 키가 한 뼘 넘게 자라 있었다. 허리를 곧게 펴고 똑바로 서서 궁예 머리에 손을 얹고 눈을 끔벅거렸다.

"갑자기 키가 쑥 크다니 참 이상하네."

궁예 눈을 가까이 들여다보며 물었다.

"네 나이가 올해 여섯 살이 맞지?"

궁예가 고개를 가로저었다.

"아니, 일곱 살."

"우리가 주막거리를 떠나온 때가 언제지?"

"지난해 요맘때."

"정말이야? 그 사이에 한 해가 흘렀다고?"

춘섬은 물끄러미 궁예를 쳐다볼 뿐 한참 말을 잇지 못했다. 떨리는 손을 내밀어 궁예 볼을 쓰다듬었다.

"정신없이 달아나느라 세월이 흐르는 것도 몰랐네. 고맙다, 애야."

"뭐가 고마워요?"

"어머나, 네가 높임말을 쓸 줄 아는구나."

춘섬이 궁예를 꼭 안고 덧붙였다.

"한창 그럴 때인데 엄마한테 투정 한 번 부리지 않았잖니."

까막산은 무풍현(지금의 전북 무주) 덕유산 위쪽에 있는 산이었다. 구레 주막이 있는 웅주에서 이백 리 떨어진 곳이었다. 오래 전에 깜부기병이 온 산을 덮치며 빛깔을 까맣게 바꾸어 놓았다. 원래 이름은 김해산이었는데 그때 까막산으로 바뀌었다. 멀리서도 검은색을 띤 산이 또렷이 보였다. 산에서 자라는 모든 나무가 까맸다. 새들도 까맸고 바위도 까맸으며 골짜기에 흐르는 물도 까맸다. 호랑이와 멧돼지, 오소리와 살쾡이와 너구리도 까맸고 바람과 구름까지도 까맸다. 구름은 까만 비를 뿌렸으며 까만 바람이 불어갈 때면 눈앞에 아무 것도 보이지 않았다.

춘섬과 궁예는 까막산에 이르기 전부터 까맸다. 거지도 그런 거지가 또 없었다. 다 닳은 짚신은 겨우 발을 따라 질질 끌려 다녔다. 베옷은 숭숭 구멍이 뚫려 속살을 다 드러내보였다. 두 사람 모두 깡마른 얼굴에서 흰자위가 도드라졌다. 얼핏 보면 눈 셋만 허공에 떠서 움직이는 듯했다.

까막산 골짜기에 들어선 뒤로 춘섬과 궁예는 뻔질나게 서로를 불렀다.

"애야, 궁예야."

"엄마, 나 여기 있어요."

"어디?"

"여기 있다니까요. 안 보여요?"

"글쎄다. 보이는 것 같기도 하고 안 보이는 것 같기도 해."

춘섬이 팔을 쭉 뻗고 휘젓다가 궁예 뺨을 찰싹 때렸다. 궁예가 비명을 질렀다.

"아얏, 너무 아파요!"

한번은 궁예가 춘섬을 찾다가 막대기를 들고 휘둘렀다. 너덜너덜해진 치마 밑으로 드러난 종아리를 딱 때렸다.

"으, 진짜로 아프다!"

춘섬이 골짜기 위쪽을 올려다보았다. 손나팔을 만들어 입에 대고 힘껏 소리쳤다.

"운악 할아버지, 어디 계세요?"

골짜기 끝에서 하얀 점 하나가 반짝거렸다. 거기서 빛 한 줄기가 골짜기를 훑으며 내려왔다. 빛이 닿은 곳마다 하얗게 바뀌었다. 바위와 냇물과 나무줄기, 허둥대며 달아나는 고라니와 너구리들이 모두 눈부시게 빛났다.

"애야, 저리로 올라가 보자."

춘섬과 궁예는 손을 꼭 잡고 하얀 빛을 밟으며 걸었다. 산꼭대기에서 운악 도인 목소리가 날아와 골짜기를 울렸다.

"쭉 올라오면 동굴이 나와요. 동굴로 들어가거나 동굴 앞에 놓인 음식을 먹으면 안 돼요. 동굴 오른쪽으로 오솔길을 돌아서 올라와요."

숨을 몰아쉬며 골짜기를 오르던 춘섬과 궁예는 우뚝 걸음을 멈추었다. 붉은빛이 도는 누런 형상이 앞을 막아섰다. 호랑이가 입을 쩍 벌리고 옆으로 고개를 틀며 어흥, 하고 쩌렁쩌렁한 소리로 울었다. 다리가 풀린 궁예는 춘섬 치맛자락을 잡으며 바닥에 쪼그리고 앉았다. 그러나 춘섬은 조금도 겁먹지 않았다. 당당하게 두 다리를 벌리고 손가락으로 호랑이 눈을 가리키며 또박또박 말했다.

"살고 싶으면 저리 비켜!"

호랑이가 움찔하며 하얗게 빛나는 길에서 벗어나 숲속으로 사라졌다. 춘섬이 궁예 손을 잡아 당겼다.

"어서 일어나."

춘섬은 막대기로 땅바닥과 나무줄기를 탁탁 치며 걸었다. 길을 막고 똬리를 틀고 있던 뱀들은 서둘러 풀숲으로 달아났다. 콧김을 뿜으며 다가오던 멧돼지는 춘섬을 보고 쩔쩔매며 게걸음 쳤다. 불룩 튀어나온 소나무 뿌리에 다리가 걸리자 옆으로 벌렁 자빠져 꿀꿀거렸다.

춘섬과 궁예는 하얀 빛이 쏟아져 나오는 동굴 앞에 이르렀다. 넓적한 바위에 쑥떡과 고기와 부침개가 놓여 있었다.

"엄마, 저것 좀 봐요!"

"와아, 고기도 있고 떡도 있네!"

두 사람은 한 해 만에 처음으로 음식다운 음식을 허겁지겁 집어먹었다. 배를 채운 춘섬이 고개를 갸웃대며 궁예를 돌아보았다.

"궁예야, 아까 할아버지가 뭐라고 그러셨더라?"

"동굴 앞에 있는 음식을 먹지 말라고 하셨어요."

"어머나, 깜박 잊었네. 이 일을 어째!"

그때 누군가 뒤에서 춘섬과 궁예를 덮쳤다. 두 사람은 자루에 담긴 채 번쩍 들려 어디론가 날라졌다. 꼬박 이틀 동안 컴컴한 방에 갇혀 있다가 황금 들녘으로 풀려났다. 끝이 보이지 않는 어마어마하게 넓은 논이 눈앞에 펼쳐져 있었다. 수많은 농부들이 논에서 낫을 들고 벼를 베었다. 모두가 자기 땅이 손바닥만큼도 없는 노비들이었다.

논 주인은 김이첨이라고 하는 서라벌에서 이름난 진골 귀족으로 이곳 무풍현에 외가가 있었다. 스무 해 넘게 여러 부서에서 장관으로 일했는데 온 나라에 자기 땅이 없는 곳이 없었다. 김이첨은 노비들이 논에서 벼를 베어 떨어낸 쌀을 한 줌도 남기지 않고 모조리 마차에 실어 서라벌 집으로 가져갔다. 노비들에겐 품삯으로 여러 해 묵은 보리쌀과 벌레 먹은 콩을 나눠주었다.

춘섬은 자기처럼 얼굴이 까맣게 그을리고 팔뚝이 굵은 여자들과 함께 일했다. 논 한쪽에 나뭇가지를 엮어 만든 집에서 콩을 둔 보리밥을 짓고 국을 끓였다. 점심때 노비들이 밥 냄새를 풍기는 집으로 몰려왔다. 아침저녁으로 꽤 쌀쌀한 날씨인데도 모두가 속살이 비치는 허름한 옷을 입고 앙상한 어깨뼈와 갈비뼈를 드러냈다. 보리밥과 짠지가 담긴 나무 그릇을 받아 들고 맨바닥에 앉아 손으로 허겁지겁 밥을 훑어 입에 넣었다.

논가 개울에서 설거지하던 춘섬이 감기에 걸려 콜록거리는 여자를 돌아보았다. 자기와 나이가 비슷해 보이는 여자에게 물었다.

"여기서 밥 짓고 설거지한 지 얼마나 되었어요?"

"내 나이가 스물여덟 살이야. 그러니까 적어도 스물일곱 해는 되었지."

춘섬이 풋 하고 웃었다.

"아기 때부터라고요? 말도 안 돼요."

"진짜라니까 그러네."

그 여자가 손으로 가리킨 논둑엔 운두가 낮은 물동이가 여러 개 놓여 있었다. 이제 겨우 걸음마를 배운 여자아이들이 젓가락을 물에 담가 휘젓고 있었다.

"젖을 떼기 전부터 저 아이들처럼 저기 쪼그리고 앉아 설거지를 배웠어."

궁예는 여자아이들 곁에서 멍석에 웅크리고 앉아 자기 또래 사내아이들과 함께 콩깍지를 벗겼다. 궁예뿐 아니라 모든 아이들이 감기에 걸려 콜록거렸고 누런 콧물을 흘렸다. 검불과 먼지가 달라붙으면서 콧물이 딱딱하게 굳었다. 때가 두껍게 낀 손등이 쩍쩍 갈라져 핏물이 비치지 않는 아이가 없었다. 신을 신지 않은 맨발은 갈라 터져 피딱지가 앉았고 고름이 흘렀다.

춘섬과 궁예는 가을걷이가 끝나자 들녘을 떠나 천장이 높고 아주 넓은 헛간으로 들어가서 갇혔다. 난로나 화로가 없는 헛간에선 대접과 항아리에 담긴 물이 꽁꽁 얼었다. 춘섬은 온종일 베틀 앞에 앉아 명주실로 비단을 짰다. 부엌일 밖에 해 본 적이 없어 좀처럼 솜씨가 늘지 않았다. 뱀눈으로 불리는 관리인이 눈을 가늘게 뜨고 혀를 날름거리며 돌아다녔다. 채찍으로 춘섬 등을 철썩 때리며 소리쳤다.

"오소리를 잡아 일을 시켜도 네 년보다는 낫겠다!"

궁예는 여러 아이들과 한데 모여 앉아 짚으로 새끼줄을 꼬았다. 곁눈으로 다른 아이들이 줄을 꼬는 모습을 보고 따라했다. 번번이 기껏 꼬아 놓은 새끼줄이 쉽게 풀리는 바람에 뱀눈에게 얻어맞았다. 뱀눈은 다른 데 가 있다가 심심하다 싶으면 궁예를 보러 왔다.

"요놈 좀 보게나. 이걸 새끼줄이라고 꼬았냐?"

버럭 화를 내며 궁예 뒤통수를 손바닥으로 탁탁 때렸다. 궁예 얼굴이 탁탁 소리에 맞추어 앞뒤로 두 뼘 넘게 휙휙 오갔다. 일곱 살 난 아이 눈에 눈물이 가득 고였다. 밤이 오면 춘섬과 궁예는 짚단 요를 깔고 짚단 이불을 덮고 나란히 누웠다. 춘섬이 끙끙 앓는 궁예 얼굴에서 눈물을 닦아 주었다.

"많이 아프지?"

"괜찮아요, 엄마."

궁예는 좀처럼 감기가 낫지 않았다. 기침 소리가 갈수록 거칠고 깊어졌다. 한참 기침한 뒤에 낯을 찌푸리고 가슴을 손바닥으로 꾹꾹 눌렀다. 나중엔 한낮에도 일어나 앉지 못했다.

"어서 먹어. 그래야 살 수 있어."

춘섬이 궁예 입에 죽을 한 숟갈 넣어 주자 도로 뱉어냈다.

"엄마, 안 넘어가요."

다른 여자들이 혀를 끌끌 찼다.

"안됐네, 어린 것이. 어째 겨울을 못 넘기겠어."

여느 날처럼 매서운 바람이 헛간 벽을 때리며 불어가던 밤이었다. 마흔 명 남짓한 여인들과 아이들이 모두 짚단을 덮고 뒤척이다가 잠들었다. 헛간 천장과 벽에 난 틈새로 흐릿한 달빛이 날아 들어왔다. 새벽에 누군가 살금살금 헛간으로 들어왔다. 아주 덩치가 작은 사내였다. 사내는 짚단을 살며시 들었다 놓으며 누군가를 찾아 이리저리 돌아다녔다. 헛간 구석에 이르러 짚단을 들추자 서로 꼭 끌어안고 자는 춘섬과 궁예가 모습을 드러냈다. 사내는 번쩍 눈을 뜬 춘섬 입을 손바닥으로 덮고 속삭였다.

"운악 할아버지가 둘을 데려오라고 저를 보내셨어요. 조용히 따라오세요."

춘섬이 고개를 끄덕거리며 일어나 궁예를 깨워 등에 업었다. 사내를 따라 헛간을 나서 달빛 속으로 들어섰다. 사내가 손가락으로 보름달이 걸린 산등성이를 가리켰다. 춘섬과 궁예, 그리고 사내는 산 골짜기로 들어서서 비탈을 타고 숲속으로 사라졌다.

난짱

춘섬과 궁예를 구한 사내 이름은 난짱이었다. 난짱은 남쪽 바다 완도(지금의 전남 완도)에서 일곱 남매 가운데 막내로 태어났다. 눈망울이 초롱초롱하고 볼 살이 포동포동한 아이는 가족 모두에게 사랑을 듬뿍 받으며 자랐다. 누나들은 막내를 보면 자기도 모르게 팔뚝을 잡고 꽉 깨물었다. 아이가 앙 하고 울음을 터뜨렸다.

"어머, 미안해. 너무 예뻐서 그랬어."

누나들은 서로 자기가 아이를 안으려고 낯을 붉히며 다투었다.

"오늘은 내가 볼래."

"어제도 언니가 보았잖아. 어서 이리 내놓아."

형들도 아이를 가만히 내버려두지 않았다. 물고기를 잡으러 가면서 아이를 몰래 어망에 넣어 등에 졌다.

"아버지한테 들키면 혼나니까 입 꼭 다물고 가만히 있어야 해."

아이를 예뻐하기는 마을 사람들도 마찬가지였다. 온 마을에 피는 웃음꽃이 아이가 태어나기 전보다 몇 곱절 늘었다. 그때 아이 이름은 난짱이 아니었다.

"복동아, 안녕."

"우리 복동이, 오늘도 싱글벙글 웃는구나. 그렇게 기분이 좋아?"

이런 복덩어리가 다섯 번째 생일이 지난 뒤로 천덕꾸러기가 되었다. 뭐가 잘못되었는지 더는 키가 자라지 않았다. 팔다리도 길어지지 않고 뭉툭해졌으며 두 눈이 화들짝 놀란 듯이 불거졌다. 뱃속에선 오장육부가 멈추지 않고 자랐다.

"가슴이 터지려나 봐요. 너무 아파요."

아이는 심장과 허파가 갈비뼈를 밀어내는 통증에 울음을 터뜨리며 데굴데굴 굴렀다. 밥을 먹으면 위장이 부풀면서 통증이 더욱 심해졌다. 그래서 하루 한 끼 죽지 않을 만큼 죽을 몇 숟갈 떠먹고 지냈다.

난짱은 해거름이면 아버지가 바닷가에서 집으로 돌아오는 발소리에 귀를 기울였다. 아버지가 헛기침하는 소리, 탁 하고 침 뱉는 소리, 무언가를 발로 툭 걸어차는 소리가 들리면 뒤도 안 돌아보고 구석방으로 달아났다. 아버지는 어쩌다가 난짱이 눈에 뜨이면 낯을 일그러뜨리고 땅이 꺼지게 한숨을 쉬었다.

"뭐 해? 어서 술 가져오라니까."

"여보, 그러다가 속 버리겠어요."

"더 버릴 속도 없어."

어느 날 난짱은 마당에서 돌부리에 발이 걸려 호되게 넘어져 코가 깨어졌다. 코피를 줄줄 흘리며 마당 한쪽에 쪼그리고 앉아 훌쩍거렸다. 가까이에 여러 식구가 있었지만 모두가 난짱을 못 본 척했다. 옆집 아주머니가 울타리 너머로 물었다.

"이 집에서 무슨 소리가 났는데 별 일 없어요?"

식구들이 동시에 대꾸했다.

"예, 아무 일 없어요."

난짱이 열 살이 되었을 때 어머니는 내륙 어딘가에서 곡예단이 난쟁이를 구한다는 소문을 들었다. 몇 번 부두에 나가서 뱃사람들과 이야기를 주고받았다.

"이 수건을 들고 나를 따라 오너라."

바닷가 언덕에서 분홍색 해당화가 활짝 핀 여름날 어머니는 뒷산 샘터로 막내를 데려갔다. 난짱은 어머니가 자기 몸을 씻기는 내내 곁에 놓인 베옷을 바라보았다. 올이 거친 칡 실로 짠 갈포 옷이었지만 그렇게 깨끗한 옷을 처음 보았다. 어머니는 난짱 몸에서 물기를 말끔히 닦아 내고 새 옷을 입혔다. 주먹밥 두 덩이와 짚신 두 짝이 든 바랑을 등에 지웠다. 난짱은 바랑 밑이 땅바닥에 닿자 까치발을 딛고 어깨 앞쪽으로 바랑 끈을 한껏 끌어당겼다.

"이제 바닷가 부두로 가 보자."

부두에서 텁석부리 사내가 돛배를 대 놓고 두 사람을 기다리고 있었다. 텁석부리는 성큼 다가가서 난짱 손을 꽉 잡았다.

"엄마."

난짱 눈에 눈물이 그렁그렁 고였다. 두 다리에 힘을 주고 버티며 어머니를 쳐다보았다. 어머니가 입술을 깨물고 돌아서며 말했다.

"밥 꼬박꼬박 챙겨 먹고 잘 지내거라."

돛배를 타고 뭍으로 들어간 난짱은 남원경(지금의 전북 남원)에 터를 잡은 회오리 곡예단에서 스무 해 넘게 살았다. 이 곡예단은 온 나라 곳곳을 돌며 공연을 펼쳤다. 해마다 한두 번씩 서라벌에도 들러 여러 날을 보냈다. 난짱은 아주 작고 통통한 생김새만으로도 구경꾼들을 즐겁게 만들었다. 난짱이 나타나면 모두가 손짓하며 깔깔거렸다.

"납작한 보릿자루가 따로 없네!"

난짱이 가만히 서 있어도 웃었고 뒤뚱뒤뚱 걸어도 웃었다.

"꼭 오리 궁둥이 같아!"

난짱이 하품을 해도 웃었으며 뒷짐 지고 서서 하늘에 떠가는 구름을 올려다보아도 웃었다. 난짱은 누가 자기를 보고 깔깔 웃으면 그렇게 기쁠 수가 없었다. 덩달아 웃는 난짱에게 다가온 곡예단 단장이 주먹으로 머리를 탁 때렸다.

"인마, 너는 무슨 일이 있어도 웃으면 안 돼. 늘 시무룩하거나 못마땅한 표정을 보여야 해. 그래야 구경꾼들이 더 웃게 돼 있어."

그동안 회오리 곡예단 단장이 세 번 바뀌었다. 모든 단장이 아주 사납고 거칠었다. 휙휙 소리를 내며 단장이 채찍을 휘두르면 단원들은 몸짓과 숨을 멈추고 꼼짝도 하지 않았다. 이런 단장들 아래서 난짱은 딴청 피우지 않고 열심히 여러 곡예를 익혀 공연장에서 솜씨를 뽐냈다. 용감하게 몸을 날려 훨훨 타오르는 고리 복판을 통과했으며, 발판 양쪽으로 두 다리를 밧줄 끝에 걸고 거꾸로 매달려 그네를 탔다. 온몸을 둥글게 말고 데굴데굴 굴러 곧게 세운 나무토막 열 개를 모조리 쓰러뜨렸다. 물구나무서서 돼지오줌보에 가득 든 물을 입 한 번 안 떼고 다 마시자 구경꾼들이 짝짝 박수치며 외쳤다.

"난짱, 잘한다! 난짱, 최고다!"

신바람 난 난짱은 땀에 흠뻑 젖은 채 새로운 묘기를 잇달아 보여주었다. 먼저 입에 불을 물었다가 뿜어내서 수북이 쌓아 놓은 짚단을 활활 태웠다. 뒤이어 장정 네댓 명이 겨우 들고 선 활에서 시위와 함께 당겨졌다가 붕 날아가서 오동나무 우듬지에 만들어 놓은 둥지에 새처럼 사뿐히 내려앉았다.

난짱은 모든 곡예단 사람들을 가족처럼 사랑했다. 고향 완도에서 보낸 어린 시절은 이미 기억 저편으로 까마득하게 멀어졌다. 곡예단은 난짱이 언제든지 기대설 수 있는 튼튼한 기둥이면서 몸을 누이고 쉴 수 있는 따뜻하고 아늑한 침상이었다.

그러던 어느 날 난짱은 뜻하지 않았던 일로 곡예단을 떠나야 했다. 서라벌 월지에서 열린 단오제 때 귀족들이 지켜보는 가운데 뒤로 드러누워 발바닥에 물통을 얹고 돌리다가 헛발질했다. 장수말벌이 얼굴을 쏘려고 달려들면서 벌어진 일이었다. 물통이 땅바닥에 떨어져 탕탕 튀며 굴렀고 모든 구경꾼들이 배꼽을 잡으며 웃었다. 단장이 채찍을 들고 난짱에게 달려갔다.

"이놈아, 정신을 어디에 두고 있는 거냐!"

단장은 채찍을 높이 들어 빙빙 돌렸다. 재빨리 온몸을 둥글게 만 난짱은 공처럼 굴러 채찍을 피했다. 한참 구르다간 주위를 살피고 다시 굴렀다. 마침내 월지 앞 누각까지 굴러가더니 돌계단에 딱 부딪히며 멈추었다. 팔다리를 하나씩 뻗으며 공에서 온전한 인간으로 돌아간 난짱은 고개를 흔들며 눈을 바로 떴다. 너무나도 가까운 곳에 왕이 앉아 있었다. 왕은 양쪽에서 궁녀들이 부채질해서 날리는 바람을 쐬며 꾸벅꾸벅 졸았다. 얼떨결에 난짱은 입을 헤벌리고 누각으로 올라갔다.

"저거 곡예단 난쟁이 아니야?"

"술을 마셨나 봐. 얼굴이 벌겋잖아."

왕비와 시녀들과 모든 귀족들이 둥그런 눈으로 난쟁이를 쳐다보았다. 두런대는 소리에 눈을 뜬 왕도 난쟁이를 보고 고개를 갸웃했다. 왕실 호위병이 번개처럼 허공을 가르며 날아가서 발뒤꿈치로 난짱 등을 퍽, 하고 찍었다. 난짱은 개구리처럼 팔다리를 쭉 뻗으며 누각 바닥에 엎드렸다.

"이 자식이 죽으려고 환장했나? 여기가 어디라고 감히!"

호위병이 뒷덜미를 잡고 난짱을 번쩍 들어 올렸다. 성큼성큼 누각 난간으로 다가가 연못으로 난짱을 던졌다. 난짱은 풍덩 소리에 이어 물보라를 날리며 물속으로 사라졌다. 귀족 어린이들이 무릎걸음으로 난간 가까이 다가가며 외쳤다.

"어떡해, 우리 귀여운 난쟁이가 안 보여!"

"땅꼬마 난쟁이야, 어디에 숨었니? 어서 나와라!"

난짱은 입으로 작은 붕어 몇 마리를 뿜으며 올라왔다. 어마어마하게 긴 막대를 들고 온 호위병은 난짱의 머리와 어깨를 마구 찔렀다. 난짱은 코피가 터졌고 귀가 찢어졌다. 금세 연못에 핏물이 번졌다. 다시 물속으로 들어간 난짱은 남생이 새끼를 입으로 높이 뿜어 올리며 돌아왔다. 또다시 장대가 날아가서 난짱을 마구 때리고 찔렀다.

한 번 더 물속으로 들어간 난짱은 밑바닥을 기며 헤엄쳤다. 겨우 월지를 빠져나가 서라벌 밖으로 달아났다. 여러 해 오갈 데 없는 신세가 되어 죽도록 고생하다가 길에서 운악을 만났다.

"너는 어디서 왔느냐?"

"서라벌에서 왔습니다."

"어디로 가는 길이냐?"

"잘 모르겠습니다."

운악이 난짱을 데려간 곳은 까막산이었다. 산등성이에 오목하게 들어간 땅에서 운악은 여러 식구들을 돌보았다. 사람이 다섯이었고 짐승이 열이었다. 어떤 사내는 팔 하나가 없었고 또 어떤 사내는 다리 하나가 없었다. 왼쪽 뺨이 쉴 새 없이 푸르르 떨리는 여인은 앉은뱅이였다. 또 다른 여인은 온 뼈마디가 병들어 몸을 움직일 때마다 비명소리를 냈다.

"아얏, 아얏, 아야야얏!"

짐승들도 몸이 성치 않았다. 노새는 오른쪽 귓구멍이 꽉 막혔다. 어디서 무슨 소리가 나면 왼쪽 귀를 쫑긋 세우며 그쪽으로 돌려 댔다. 숯처럼 까만 개는 두 눈이 멀었다. 얼룩소는 날 때부터 이빨이 하나도 없어 풀을 씹지 못했다. 날마다 운악이 끓여 주는 보리죽으로 목숨을 이었다.

운악 산장엔 축사가 두 동 있었고 움집 네 채와 정자 하나가 있었다. 볕 잘 드는 쪽에 곡식과 채소를 가꾸는 밭이 있었는데, 모든 식구들이 봄에서 가을까지 여기에서 일했다. 이곳엔 지위가 높고 낮은 사람이 없었다. 아무도 다른 사람에게 일을 시키지 않았다. 모두가 스스로 알아서 일했으며 늘 서로 양보하고 감싸 주었다.

난짱은 산장에 발을 들인 지 얼마 안 되어 곡예단을 떠나오면서 생겨났던 외로움을 깨끗이 떨쳐 냈다. 만일 낙원이 있다면 이런 곳이겠거니 하면서 행복하게 살았다.

운악 산장

춘섬과 궁예가 산장에서 지낸 지 두 해가 지났다. 무릎 관절이 안좋아진 운악 도인은 더는 밭일을 하지 못했다. 온종일 정자에 앉아책을 읽거나 눈을 감고 생각에 잠겨 지냈다. 정자에선 저 멀리 남쪽으로 덕유산이 보였다. 멍하니 덕유산을 바라보던 운악은 무슨 소리를 듣고 밭 쪽을 돌아보았다.

호미를 들고 풀을 뽑는 사람들, 밭고랑 앞에서 개구리를 괴롭히며히히 웃는 궁예가 차례로 눈에 들어왔다. 뒷다리 하나가 부러진 개구리는 어떡하든 달아나려고 안간힘을 다했다. 궁예가 막대기를 들고 개구리 앞을 막았다가 열어 주고 또 막았다. 한참 그러더니 따분한 얼굴로 개구리를 집어 들고 일어났다. 팔을 높이 올린 궁예는 힘껏 개구리를 바닥에 패대기쳤다. 개구리가 두 다리를 쭉 뻗으며 온몸을 달달 떨었다.

"아가야, 이리 오너라."

운악이 다른 놀이를 찾아 떠나려는 궁예를 불렀다. 궁예가 골난얼굴로 성큼성큼 다가가 정자로 올라섰다.

"할아버지, 제가 몇 살인지 아세요?"

"몇 살이더라? 일곱 살?"

"아홉 살이에요, 아홉 살. 그러니까 아기라고 부르시면 안 되지요."

운악이 손짓해서 궁예를 바짝 다가앉게 했다.

"내가 여기를 떠날 날이 멀지 않았다."

"그래요? 아주 잘됐네요."

"앞으로 나하고 자주 이야기를 나누자꾸나."

궁예가 대뜸 고개를 흔들었다.

"싫어요, 안 할래요."

미간을 좁힌 운악은 뚫어지게 궁예를 쳐다보았다.

"왜 그리 골이 났는지 모르겠구나. 가슴속에 불덩이가 들어 있어."

궁예가 움찔하며 눈길을 피했다.

"좀 전에 왜 개구리를 괴롭히다가 죽였니?"

"미워서 그랬어요."

"개구리가 왜 미웠는데?"

궁예 눈에서 원망과 분노가 이글거렸고 낯빛이 붉어졌다. 어린아이답지 않게 눈빛이 아주 매서웠다.

"그냥 미웠어요."

운악이 정자 지붕이 만든 그늘 밖으로 손을 내밀었다. 손바닥에 햇살이 와 닿았다.

"개구리는 너한테 잘못한 일이 없지 않니. 만일 네가 개구리라면 얼마나 억울하겠어."

숨을 고른 뒤에 덧붙였다.

"저 태양 아래서 살아가는 만물은 너나없이 모두가 평등하단다. 겉모습이 크거나 작고 둥글거나 모나 보일 뿐이지 바탕은 똑같아. 누가 더 잘나고 더 못나고 귀하고 천하고, 그런 차이가 없다는 얘기야. 다시는 죄 없는 동물을 죽이지 말거라."

궁예 얼굴이 더욱 빨갛게 달아올랐다. 개구리를 죽인 일을 뉘우친다기보다는 꾸지람을 들어 자존심이 상하고 머리끝까지 화가 치민다는 표정이었다. 벌떡 일어나서 식식대며 단번에 정자 아래로 뛰어 내려 멀리 가 버렸다.

이전까지 궁예는 산장에서 다른 사람들과 잘 지냈다. 누가 심부름을 시켜도 군말 없이 해냈고, 땡볕에서 땀 흘리며 일하는 사람이 있으면 바가지로 물을 떠다 주었다. 무거운 짐을 양손에 들고 나르는 사람이 있으면 냅다 달려가 짐 하나를 받아 주었다. 모두가 궁예를 칭찬했다.

"어쩜 다른 사람 마음을 그리 잘 알까. 저 나이에 참 대견해."

"엄마 혼자서 아이를 잘 키웠어요. 이다음에 꼭 엄마 은혜를 갚을 거예요."

산장엔 궁예 또래가 없었지만 어른들이 짬날 때마다 같이 놀아 주어 심심할 틈이 없었다. 궁예는 노새와 개와 얼룩소하고도 사이좋게 지냈다. 눈먼 개를 가까이에서 따뜻하게 돌봐 주었고 얼룩소에게 미음을 날라다 먹이는 일을 도맡았다. 노새를 타고 산등성이에 오를 때는 구름을 타고 하늘을 나는 느낌에 어깨춤을 추며 웃었다.

이런 아이가 갑자기 어깨가 축 처졌고 낯빛이 어두워졌다. 어느 날 춘섬과 몇 마디 주고받은 뒤부터였다. 궁예가 오래도록 참았던 물음을 던졌고 춘섬이 쩔쩔매는 얼굴로 더듬거리며 대꾸했다.

"아버지는 지금 어디 계세요?"

"아버지? 음, 멀리 가 계셔."

"어디요?"

"좀 있으면 이리로 찾아오시겠지. 아니, 좀 오래 걸릴 수도 있어."

궁예가 고개를 갸웃거렸다.

"우리가 여기 있는지 어떻게 아시고 이리로 오신대요?"

춘섬은 말을 잇지 못하고 서둘러 자리를 떴다. 이렇게 어색한 대화가 몇 번 더 있었고 궁예는 딴 아이로 바뀌어 갔다. 입을 꾹 다물고 앉아 있다간 벌떡 일어나 막대기를 들고 바삐 돌아다녔다.

"노새야, 너 이리 와 봐."

궁예는 괜히 노새를 때려 울먹이게 만들었고 눈먼 개를 도랑으로 끌고 가서 뒷덜미를 잡아 물에 빠뜨렸다. 심지어 온 뼈마디가 아파서 겨우 걷는 여인을 뒤에서 툭 떠밀었다. 여인은 그대로 돌밭에 엎어져 코피가 터졌고 앞니 두 개가 부러졌다. 팔과 다리가 하나씩 없는 사내들은 궁예 그림자만 보여도 풀밭에 납작 엎드렸다. 멀쩡한 팔다리마저 못 쓰게 될까 봐 걱정되어 잔뜩 겁먹은 얼굴로 궁예가 어디로 가는지 살피며 속삭였다.

"저렇게 무서운 아이 본 적 있어?"

"없어. 호랑이도 쟤 앞에선 꼼짝 못할걸."

모든 사람들이 춘섬에게 애원했다.

"궁예에게 뭐라고 말 좀 해 보세요. 다른 사람은 몰라도 엄마 말은 들을 거 아니에요."

단단히 혼내기로 마음먹은 춘섬은 소매를 걷어붙이고 궁예를 찾았다. 그때 궁예는 억지로 얼룩소 입을 벌리고 노새 똥을 넣으려 했다. 얼룩소가 음매 하고 울며 발을 동동 굴렀다. 궁예가 고삐를 더욱 바투 잡고 낯을 붉히며 얼룩소에게 소리쳤다.

"가만히 있어. 이 똥을 먹어야 이빨이 난단 말이야, 멍청한 놈아!"

춘섬이 궁예에게 다가가서 손가락으로 등을 쿡 찔렀다.

"애, 엄마랑 얘기 좀 하자."

궁예가 고개를 홱 돌리고 번득이는 눈으로 쳐다보며 물었다.

"우리 아비지는 지금 어디 계세요?"

춘섬은 온몸에서 힘이 쭉 빠져 나갔다. 손으로 이마를 짚고 비틀거렸다.

"뭐예요? 왜 말을 하다가 말아요?"

궁예가 어이없다는 얼굴로 코웃음을 치며 돌아서서 자리를 떴다. 그 뒤로도 여러 날 이 사람 저 사람, 저 동물 이 동물 괴롭히다가 따분해진 궁예는 골짜기 쪽을 내려다보았다.

"산 아래로 내려가 볼까?"

바로 그때 난짱이 돌담을 돌아 코앞에 나타났다. 난짱은 궁예보다 키가 작았고 힘이 약했다. 마흔 살 난 어른이 아홉 살짜리 아이를 당해 내지 못했다. 지금껏 난짱은 죽을힘을 다해 궁예를 피해 다녔다. 하지만 오늘 너무나도 가까운 거리에서 궁예와 딱 마주쳤다. 난짱이 두 손바닥을 뺨에 대고 동그랗게 눈을 뜨며 외마디 비명을 질렀다.

"헉!"

그 소리에 밭에서 풀을 뽑던 모든 사람들이 고개를 돌리고 궁예와 난짱을 쳐다보았다. 궁예가 손바닥에 침을 탁 뱉고 막대기를 바로 잡으며 난짱에게 일렀다.

"아저씨, 기어 봐."

난짱이 무슨 말인지 몰라 눈을 끔벅거렸다. 궁예가 막대기로 힘껏 난짱의 어깨를 내리쳤다.

"여기서부터 저기까지 기어 보라고! 송충이, 지렁이, 뱀처럼 바닥에 배를 깔고 기어 보란 말이야, 쥐방울만 한 땅딸보야!"

팔 하나가 없는 사내가 허둥대며 개울로 달려가서 빨래하던 춘섬을 데려왔다. 춘섬은 먼저 두 다리를 쩍 벌리고 선 궁예를 보았다. 땅을 짚고 곧게 세운 막대기 위에 두 손은 얹은 모습이었다. 만일 여기가 전쟁터라면 더없이 당당하고 용맹스러운 장군처럼 보였다. 그러나 지금 궁예는 아무런 잘못이 없는 사람에게 한껏 모욕을 주고 있었다.

"빨리, 더 빨리 기어!"

난짱은 배를 땅바닥에 붙이고 엉금엉금 기며 온몸을 바들바들 떨었다. 난짱 눈엔 눈물이 그렁그렁했다.

'내가 어리석었어. 그동안 헛일을 했어.'

춘섬은 지금껏 온갖 고생을 하며 궁예를 키운 일을 뉘우쳤다. 냅다 달려가서 궁예 뒷덜미를 움켜쥐었다.

"이놈아, 이 나쁜 놈아!"

다른 손을 들어 궁예 머리와 귓바퀴와 뺨을 마구 내리쳤다. 엉엉 울면서 목이 터져라 외쳤다.

"네가 어떻게 이럴 수 있니? 도대체 네 속엔 뭐가 들어 있니?"

춘섬이 궁예 어깨를 잡고 흔들어 댔다. 궁예는 춘섬과 눈을 맞추지 못하고 고개를 숙였다.

"꼼짝하지 말고 여기 서 있어."

울음을 그친 춘섬은 궁예를 그곳에 놔두고 집으로 가서 바랑을 지고 돌아왔다. 눈물이 마른 얼굴엔 매섭고 서늘한 기운이 가득했다. 궁예 손을 잡아끌고 산 아래로 내려가는 오솔길로 걸음을 떼며 짧게 말했다.

"어서 가자."

이별

다시 발길 닿는 대로 떠돌던 춘섬은 속병을 심하게 앓았다. 앞으로 궁예를 어떻게 키우면 좋을지 고민하다가 생긴 병이었다. 거친 음식을 삼키면 곧 토했고 부드러운 음식을 삼키면 반나절 지나서 토했다. 낮엔 허리를 구부린 채 낯을 찌푸리며 신음했고 밤엔 아랫배를 쥐어뜯으며 바닥을 굴렀다.

궁예를 데리고 동북쪽으로 삼백 리 길을 올라가서 상주(지금의 경북 상주)에 터를 잡은 춘섬은 겨우 일자리를 얻어 박씨 성을 지닌 부잣집 부엌으로 들어갔다. 머슴까지 더해 쉰 명이 넘는 사람들에게 상을 차리는 일을 세 여자가 도맡았다. 춘섬은 날마다 세 끼 밥에 새참 두 끼를 해 대느라 속병에 피로까지 겹쳐서 나날이 더욱 더 몸이 망가져 갔다. 눈 밑이 검푸른 빛을 띠었고 나이 서른에 허옇게 센 머리칼이 뭉텅뭉텅 빠졌다. 덩달아 이가 하나 둘 빠져나갔으며 살까지 쭉 빠졌다. 얼굴에서 머리뼈가 드러났고 손목과 발목이 어린아이처럼 가늘어져서 잘 마른 나뭇가지에 옷을 걸쳐 놓은 듯했다.

궁예는 춘섬이 눈코 뜰 새 없이 바빴기에 다시 제멋대로 굴며 지냈다. 그 집엔 주인 아들이 셋 있었다. 양민과 머슴 아들은 모두 아홉 명이었다. 여자아이들 숫자도 그만큼이었는데 좀처럼 밖에 나다니지 않았다. 주인 아들 셋 가운데 첫째와 셋째는 스승을 찾아 이 집 저 집 옮겨 다니며 공부하느라 바빴다. 둘째 아들은 틈만 나면 양민과 머슴들이 사는 뒤채 마당에 나타났다.

"애들아, 모두 이리 모여라."

스스로를 꼭두장군이라고 부른 이 아이는 아홉 아이들에게 역할을 나눠 주었다. 네 아이는 병사를 맡았고 다섯 아이는 말을 맡았다. 말 다섯 필이 바닥에 엎드리면 꼭두장군과 병사 넷이 말을 타고 목검을 높이 들었다. 꼭두가 궁둥이를 들썩이며 외쳤다.

"적들이 저기 숨어 있다. 공격하라!"

꼭두는 궁예를 무척 아꼈으며 병사 가운데 가장 높은 부장으로 삼았다. 또래보다 덩치가 컸고 뼈가 굵었으며 힘이 셌기 때문이었다. 꼭두와 궁예와 병사들은 말을 타고 마당을 가로지르며 이랴, 하고 외치면서 깔깔 웃었다. 말들은 무릎이 다 벗겨졌고 허리가 끊어질 듯이 아팠으며 줄줄 흐르는 땀에 앞이 잘 보이지 않았다. 곧잘 담장과 나무에 머리를 딱 부딪치고 비명을 질렀다. 꼭두는 늘 손에 채찍을 들고 있었다. 걸핏하면 채찍을 휘둘러 말뿐 아니라 병사들을 때렸는데 오직 궁예만 때리지 않았다.

어느 날 꼭두가 병사 하나를 겨누고 채찍을 휘둘렀다. 병사가 고개를 싹 숙이며 채찍을 피했다. 채찍은 병사 너머에 있던 궁예 얼굴을 때렸다. 궁예가 벌겋게 달아오른 얼굴로 눈을 부라리며 꼭두를 노려보았다. 꼭두가 어이없다는 듯이 궁예를 빤히 쳐다보다가 땅바닥을 손으로 가리켰다.

"너, 이제부터 말이 되어 나를 태우고 다녀."

궁예는 잠깐 고개를 숙였다 들더니 딴 데로 가 버렸다.

이튿날 뒷담 너머에서 궁예와 마주친 꼭두가 으르렁거렸다.

"어서 이리 와서 엎드리란 말이야."

궁예가 와락 달려들어 꼭두 멱살을 잡아 그대로 메다꽂고 가슴팍을 타고 앉았다. 꼭두는 두 눈이 붕어처럼 튀어나온 얼굴로 버둥거렸다. 꼭두가 쓴 두건을 벗긴 궁예는 꼭두의 머리칼을 잡아 당겼다가 이마를 거칠게 밀며 땅바닥에 뒤통수를 찧어 댔다.

그 뒤로 꼭두는 다시는 뒤채 마당에 나타나지 않았다. 저절로 장군이 된 궁예는 말 타기가 아니라 힘겨루기로 놀이를 바꾸었다. 모든 아이들이 두 패로 나뉘어 마주보고 섰다. 서로 번갈아 얼굴과 배를 겨누고 주먹을 내질렀다. 어떤 아이는 코피를 흘렸으며 또 어떤 아이는 배를 움켜쥐고 고꾸라졌다. 숨이 막혀 얼굴이 하얘졌지만 궁예한테 벌을 받을까 봐 울음을 꾹 참았다. 뒤이어 아이들은 궁예가 시키는 대로 발차기를 했다. 두 아이가 한 아이 팔을 양쪽에서 잡고 옴짝달싹 못하게 하면 다른 아이가 다가가서 발을 들어 희생양의 배를 힘껏 발로 찼다.

궁예는 아이들에게 배짱과 담력을 키워 주는 훈련도 시켰다. 아이들을 장독대로 데려가서 몰래 된장을 훔쳐다가 개울물에 풀게 했다. 궁예와 아이들은 떼 지어 몰려든 물고기들을 뜰채로 떠서 자갈밭에 패대기쳐 죽이고 발로 짓이겨 죽였다. 어떤 날엔 집에 있던 멀쩡한 옷을 내와서 풀밭에 쌓아 놓고 불을 질러 태웠다. 돌을 던져 장독대 항아리를 깨뜨렸고, 씨암탉을 잡아다가 토막 내서 밭에 뼈와 살점을 흩뿌렸다.

어른들은 이 모든 짓을 궁예가 시켰음을 알아냈다.

"이 녀석아, 거기 가만히 서 있거라!"

궁예를 잡아서 혼내려 했지만 어느 누구도 달리기로 궁예를 이기지 못했다.

"궁예 엄마, 안에 있어?"

아낙네들이 여러 날째 자리에 누워 끙끙 앓는 춘섬을 방으로 찾아 갔다. 문을 활짝 열고 한마디씩 던졌다.

"이봐, 언제까지 뒷짐 지고 모르는 척할래?"

"애를 잡아 놓고 야단쳐서 못된 짓을 못하게 막아야 하지 않아?"

춘섬은 겨우 뜬 눈으로 천장을 올려다보며 지난날을 돌아보았다. 궁예를 안고 영촌 촌주 집을 떠난 지 열 해가 지났다. 춘섬은 그때가 일백 년도 더 된 듯이 아득하게 여겨졌다. 그동안 집 안보다는 집 밖에서 지낸 날이 많았고 굶기를 밥 먹듯 하며 온갖 고생을 다 했다. 가늘고 길게 숨을 내쉬며 속으로 중얼거렸다.

'몸에 기운이 하나도 없네. 이제 그만 떠나야겠어.'

부엌일을 같이하며 가까이 지내 온 추명이 춘섬에게 물었다.

"형님, 괜찮으세요?"

춘섬이 더듬더듬 대꾸했다.

"우리 아이 좀 불러 줘."

다시 닫힌 문이 얼마 만에 열렸다. 궁예가 어둑한 방으로 들어와 춘섬 곁에 앉았다. 활짝 열어 놓은 문으로 눈부신 초가을 햇살이 쏟아져 들어왔다. 잠자리 한 마리가 햇살을 따라 문턱을 넘어 들어오려다가 멈칫하고 마당 저쪽으로 달아났다.

춘섬이 손가락을 까닥이자 궁예가 춘섬 손을 잡았다. 춘섬은 눈꺼풀을 올릴 힘마저 떨어졌다. 두 눈을 감고 가쁘게 숨을 몰아쉬었다. 한나절에 걸쳐 한마디 딘지고 쉬고 또 한마디 던지고 쉬어 가면서 궁예에게 말했다.

"내 말 잘 들어라. 존칭을 써야 마땅하나 네가 나를 엄마로 여기니 말을 놓겠다…"

"너는 지금은 이승에 안 계신 헌안왕의 아들이다. 헌안왕께서 사위를 들여 왕 자리를 물려주기로 마음먹은 뒤에 네가 태어났다…"

"왕께서 너를 없애라고 궁정 사자를 보내셨다. 그때 네 친어머니인 후궁은 친정아버지이자 서원경 영촌 촌주 집에 머물고 계셨다…"

"나는 네 엄마의 몸종이었다. 궁정 사자와 함께 온 무사가 너를 정자 난간 너머로 던졌다. 내가 너를 받는데 그때 내 손가락에 찔려 네 눈 하나가 멀었다…"

"내게는 너보다 일찍 태어난 딸아이와 남편이 있었다. 남편이 죄를 짓고 감옥에 갇혀 처형당할 날을 앞두었을 때, 네 외할아버지한테 남편을 구해 주시면 무슨 일이든지 다 하겠다고 약속했다. 그 약속을 지키고자 내 가족을 버리고 너를 안고 달아났다…"

"여태껏 모진 고생을 해 가며 너를 키웠다. 그런데 날마다 말썽을 일으키며 못된 짓을 일삼으니 참으로 안타깝고 답답하구나…"

"너는 왕자다. 왕자답게 기품 있고 반듯한 자세로 세상을 넓고 깊게 바라보며 살아야 한다…"

춘섬은 까막산 산장에서 지낼 때 운악 도인에게서 세달사 얘기를 들었다. 운악은 만일 무슨 일이 벌어지면 궁예를 그리로 보내라고 춘섬에게 일렀다. 춘섬이 궁예에게 마지막으로 말했다.

"여기서 북쪽으로 쭉 올라가면 내성군이 나오는데, 그곳에 세달사라는 절이 있다. 곧장 그리로 가거라. 어른들이 하시는 말씀을 잘 듣고 부지런히 지내면 밥을 굶지는 않을 것이다."

거기서 입을 다문 춘섬은 크게 세 번 숨을 몰아쉬었다. 뒤이어 병들고 만신창이가 된 몸을 이승에 놔두고 거센 파도를 헤치며 이를 악물고 살아온 고단한 삶을 마감했다.

싸늘하게 식어 가는 춘섬의 가슴에 얼굴을 묻은 궁예는 날이 저물 때까지 울고 또 울었다. 궁예가 흘린 눈물이 춘섬의 옷과 몸을 적시고 이부자리를 적시고 방바닥을 적셨다. 열 살 난 어린아이는 갑자기 춘섬이 자기 곁을 떠날 수도 있다고는 꿈에서도 생각해 본 적이 없었다. 언제까지나 자기를 지켜 주고 돌봐 주리라 믿었다. 비로소 궁예는 춘섬이 여태껏 자기에게 이 세상 전체나 다름없었음을 깨달았다. 춘섬이 죽으면서 온 세상이 와르르 무너져 내리고 어둠 속에 자기 혼자 남게 되었음을 깨달았다.

이튿날 아침에 방으로 들어간 부엌 아낙네 추명은 꼼짝 않고 누워 눈을 감은 춘섬을 보았다. 방구석에선 궁예가 무릎에 얼굴을 묻고 웅크리고 앉아 어깨를 바들바들 떨고 있었다. 궁예는 작은 소리로 같은 말을 끝없이 되풀이하며 울먹였다.

"엄마, 미안해요. 저를 용서해 주세요."

2부

청년 시절

세달사

오래 전부터 내성군(지금의 강원도 영월)과 자춘현(지금의 충북 단양 영춘)에 걸쳐 높이 솟은 태화산에 나이가 오천 살이 넘은 용이 산다는 얘기가 전해져 왔다. 이 용은 기분이 좋을 때면 입김을 길게 뿜어 자기를 쏙 빼닮은 구름을 만들었다. 용 구름은 꼬리로 태화산 꼭대기를 감싸고 온몸을 길게 뻗었다. 내성군 어느 마을에서나 이쪽에서 저쪽 끝까지 용 구름이 시원스럽게 하늘을 덮은 모습을 볼 수 있었다. 마치 용이 한숨 잘 자고 기지개를 켜는 듯했다.

어떤 날엔 용 머리에서 입이 벌어지면서 또 다른 흰 구름이 뿜어져 나왔다. 무척 귀여운 아기 용 구름이었다. 아기 용은 물고기처럼 파닥거리며 엄마 용 둘레를 맴돌았다. 마른번개가 치면서 온 하늘을 울리는 소리가 뒤따랐다. 천둥소리에 하품하는 소리가 섞여 있었다.

"아드ᅳᅳᅳ— 아으음—"

내성군 사람들은 엄마와 아기 용이 온종일 함께 하늘을 날아다니면 머지않아 귀한 손님이 오거나 좋은 일이 벌어지리라 믿었다. 어느 집에서나 갑자기 찾아올 손님 맞을 준비를 했다. 식구들이 모두 나서 앞마당을 깨끗이 쓸었고 마루와 방을 말끔히 닦았다. 여느 때 입이 걸고 몸짓이 거친 사내들은 발소리를 한껏 죽이고 얌전하게 돌아다녔다. 다른 사람들이 그들을 보고 고개를 갸웃하거나 끄덕이며 숙덕거렸다.

"꼭 여자같이 걷네. 마치 딴사람이 된 것처럼 보여."

"용한테서 복을 받아 볼까 하고 저러는 거겠지."

수다쟁이 여자들은 여럿이 한곳에서 어울리기를 삼갔고 근질거리는 입을 손으로 탁탁 때렸다. 젊은 부부들은 저녁때 일찍 잠자리에 들어 복덩이 아기를 만드는 일에 힘썼다. 노인들도 좋은 꿈을 꾸기를 바라는 마음에 깍지 낀 손을 가슴에 얹고 잠들었다.

어느 해 유난히 더웠던 여름이 가고 가을로 접어든 뒤에도 그런 일이 있었다. 태화산에 엄마와 아기 용 구름이 나타나기를 한 달째 되풀이되자 노인들은 생전에 이런 일을 처음 본다며 혀를 내둘렀다.

"말도 못하게 귀한 손님이 오시는 모양이야."

세달사 큰스님 하나만은 전혀 그렇게 생각하지 않았다. 큰스님 이름은 혜현이었다. 삼백 년 전에 백제 땅에서 살았던 승려 이름을 그대로 썼다. 백제 승려 혜현은 세 치 혀를 함부로 놀리는 일이 없도록 산속에 홀로 앉아 수행했다. 혜현이 세상을 뜨자 호랑이가 시체를 뜯어먹었는데 혀는 건드리지 않았다. 세 해가 지난 뒤까지도 혀가 굳지 않았고 붉은 빛깔이 그대로 남아 있었다.

큰스님 혜현은 올해 나이가 여든 살이었다. 절 오른쪽 개울을 건너 태화산 등줄기로 돌아 오르는 곳에 있는 암자에서 홀로 지냈다. 마흔 해 넘게 말을 안 했더니 입 속이 메마르다 못해 사막으로 바뀌었다. 큰스님이 하품하거나 기침하면 모래 같은 고운 알갱이가 날렸다. 암자 앞뜰엔 큰스님 방에서 쓸어 낸 모래가 작은 언덕을 이루었다.

세달사에서 큰스님 목소리를 기억하는 승려는 딱 한 사람밖에 없었다. 주지로 일하며 절 살림을 도맡는 법윤이었다.

"여자처럼 목소리가 가늘고 고우셨어. 마흔 해 전에 마지막으로 남기신 말씀은 화두 같았지. 내 속과 겉 어디에도 내가 없구나. 그러시곤 지금껏 단 한마디도 입에 올리지 않으시네."

큰스님은 허리가 활처럼 휘었지만 날마다 밭에 나가 쪼그리고 앉아서 풀을 뽑거나 호미로 흙을 북돋우며 땀을 흘렸다. 어제도 다른 날과 마찬가지였다. 큰스님 곁에선 젊은 승려들이 배춧잎이 벌어지지 않도록 짚으로 묶고 있었다. 이들은 용 구름과 귀한 손님 이야기를 주고받았다.

"어느 쪽에서 손님이 오실까? 동쪽? 서쪽?"

"무슨 일을 하는 분이실까? 어떤 선물을 갖고 오실까?"

큰스님이 등허리를 손등으로 톡톡 두드리며 일어나 젊은 승려들을 멍하니 쳐다보았다. 그때 기적과도 같은 일이 벌어졌다. 큰스님이 가늘고 고우면서도 또렷한 목소리로 읊조렸다.

"참으로 어리석도다. 어째서 너희가 너희의 주인이자 손님임을 모르느냐. 다른 사람을 기다리지 말고 너희 스스로를 잘 대접하도록 하라."

엊저녁에 밭일을 마친 큰스님은 밥을 거르고 암자로 올라갔다. 오늘도 아침과 점심을 잇달아 굶고 혼자 지내는 방에서 나오지 않았다. 주지 법윤이 눈을 끔벅이며 중얼거렸다.

"어제 낮에 오랜 침묵을 깨고 젊은 승려들을 나무라셨잖아. 그 일을 뉘우치고 계신 게 틀림없어."

태화산 꼭대기에서 북서쪽으로 산등성이 하나가 부드럽게 뻗어 내려갔다. 산등성이 가까이에 아주 흙이 붉고 기름지며 넓고 평평한 고원이 있었다. 무척 고요하고 아늑하면서 앞쪽이 훤히 트인 들판이었다. 세달사는 바로 이 들판 복판에 있었다. 절이 세워진 지 이백 년이 지났다. 절 어디에서나 남쪽 저 멀리로 층층이 겹쳐진 소백산과 여러 산등성이가 보였다. 때로는 산등성이들이 파도처럼 출렁이는 느낌을 주었고 어디선가 갈매기들이 끼룩끼룩 우는 소리가 들리는 듯했다.

법당과 명부전과 요사채로 이루어진 아담한 절 뒤쪽에 스무 채 가까운 민가가 모여 있었다. 이 마을 이름이 흥촌이었는데 그냥 세달사 마을로도 불렸다. 고원이면서 우묵한 분지인 이곳에선 바람이 세차게 부는 날이 드물었다. 하늘에서 구름이 쌩쌩 달리는데 풀 한 포기 흔들리지 않을 때가 많았다. 한겨울에도 아침 해가 떠오르면 이내 온 마을이 따뜻해졌다. 양지바른 밭둑에선 푸릇푸릇 풀이 자랐고 늦도록 쑥부쟁이와 구절초가 시들지 않고 꽃대를 세웠다. 세달사 마을에 처음 온 사람들은 눈을 크게 뜨고 감탄했다.

"세상에 이런 곳이 다 있네. 조용하고 따뜻하면서 땅이 기름지니 사람 살기에 딱 좋은 곳이야!"

세달사에서 수행하는 승려는 스무 명이었다. 여느 신라 절처럼 승려 가운데 평민은 없었다. 모두가 관직에 오를 수 있는 관등을 지닌 집안 사람들이었다. 큰스님 혜현의 아버지는 지방 사람들이 나라에서 받는 관등 가운데 가장 높은 약간에 이르렀다.

주지 법윤은 예순 살 나이에도 젊은이 못지않게 힘이 셌고 목소리가 우렁찼다. 육 척이 넘는 키에 몸통은 아름드리나무 같았다. 팔뚝이 허벅지처럼 두꺼웠으며 호박돌처럼 크고 단단한 주먹은 아주 쓸모가 많았다. 법윤 스스로 주먹을 쓸 일이 생기면 가슴을 쫙 펴고 무척 뿌듯해했다. 다른 승려나 보살들은 나무를 동강내거나 벽에 대못을 박을 땐 도끼나 망치가 아니라 법윤부터 찾았다.

"스님, 주먹 좀 빌려 주세요."

법윤이 황소처럼 우람한 몸을 흔들고 땅을 쿵쿵 디디며 다가갔다. 팔을 쭉 뻗고 주먹을 보여주었다.

"자, 무얼 도와줄까?"

돌주먹에선 무슨 일로 기분 좋아 키득거리는 사람 웃음소리가 나는 듯했다. 이 주먹은 법당에 몰래 들어가 청동 불상을 훔치려던 도둑 뒷덜미를 때려 바닥에 길게 누이는 일에도 쓰였다. 도둑은 이미 소문으로 법윤의 돌주먹에 대해 잘 알고 있었다. 겨우 정신을 차리고 일어나 앉았는데 코앞에 법윤의 돌주먹이 보이자 악, 하고 비명을 지르며 다시 기절했다.

어느 날 절에 들어온 호랑이는 동자승을 입에 물고 담을 넘으려다 법윤과 맞닥뜨렸다.

"이놈, 게 섰거라!"

법윤은 그대로 호랑이에게 달려들면서 주먹을 내밀었다. 깜짝 놀란 호랑이는 입을 벌리며 동자승을 떨어뜨렸다. 뒤이어 법윤의 주먹에 주둥이를 얻어맞고 앞니를 모두 땅바닥에 쏟으며 쓰러졌다.

세달사엔 법윤 또래 승려가 셋이 있었다. 모두 공기처럼 있는 듯 없는 듯했다. 다른 승려들은 이들이 눈에 뜨이면 움찔하며 고개를 갸웃했다.

'이미 돌아가시거나 멀리 떠나신 줄 알았는데, 아닌가?'

가장 숫자가 많기는 삼사십 대 승려들이었다. 다 더해서 열 명이었다. 이들은 곧잘 팽팽하게 부풀린 돼지오줌보를 들고 절을 나섰다. 밭 너머 풀밭에서 와자하게 떠들며 돼지오줌보를 발로 차고 놀았다. 까마귀와 산까치들도 서로 질세라 소리 높여 울며 어지럽게 날아다녔다. 온 고원이 들썩거리면서 비탈로 흙무더기가 쏟아져 내렸다.

어쩌면 밤낮 없이 불경을 읽는 이십대 승려 두 사람이 이 절에서 가장 참된 수도승인지도 몰랐다. 이들은 신라 고승 원효와 의상의 법명을 그대로 물려받았다. 둘 다 당나라에 가서 공부하는 꿈을 가슴 깊이 품고 있었다. 어느 날 밤엔 동시에 당나라 수도 장안 거리를 거니는 꿈을 꾸었다. 골목 이쪽에서 저쪽 끝까지 필방이 길게 늘어선 거리였다. 원효가 필방 한 곳으로 다가가 진열대에 놓인 붓을 집어 들었다.

"붓이 참 좋아 보이네."

붓처럼 생긴 가늘고 긴 콧수염을 기른 주인이 손바닥을 펼쳐 보였다. 어서 돈을 내놓으라는 뜻이었다.

"알았어요, 잠깐만 기다려요."

원효가 바랑을 앞으로 내려 해골을 꺼내 내밀었다.

"자, 받으세요."

주인이 얼떨결에 해골을 받아들고는 화들짝 놀란 얼굴로 제자리에서 폴짝 뛰었다. 원효에게서 붓을 빼앗고 주위를 둘러보며 뭐라고 고래고래 소리쳤다. 곁에 있던 의상이 원효에게 속삭였다.

"어서 달아나자."

같은 방에서 나란히 누워 자다가 먼저 깨어난 의상이 원효를 흔들었다.

"이봐, 나는 꿈에서 나왔어. 어서 나와."

온몸이 땀에 흠뻑 젖은 원효는 좀처럼 잠에서 깨어나지 못하고 잠꼬대를 했다.

"해골을 받았으면 붓을 내줘야지. 네 콧수염이라도 내놓으란 말이야, 날강도 같은 놈아!"

이 절엔 예닐곱 살 동자승이 둘 있었다. 동자승들은 날마다 절 마당에서 놀 생각만 했다. 다른 승려들과 함께 법당에서 예불을 드리거나 공부할 때 서로 속닥이다가 슬쩍 죽비에 어깨를 맞았다. 그때마다 기다렸다는 듯이 앙 하고 울며 번갈아 외쳤다.

"집에 데려다줘요!"

"엄마한테 다 이를 거예요!"

자웅

세달사엔 승려 외에도 밥 짓고 빨래하고 청소하는 보살이 일곱 명 있었다. 그리고 이른바 수원승도라고 불리는 사내들이 스물 댓 명이었다. 승도들은 절 뒤쪽 마을이나 아랫마을에 집을 짓고 살았다. 한 낮엔 늘 절에 붙어 지내며 주지 승려가 시키는 일이라면 물불 가리지 않고 해 냈다.

이들 모두가 절반은 승려, 나머지 절반은 속인 같은 생활을 했다. 불교 계율을 엄격하게 믿거나 따르지 않았지만 스스로 지은 법명을 갖고 있었다. 저마다 자기 집에 아내와 자식을 두고 있다는 뜻에서 재가화상으로도 불렸다. 하나같이 승려처럼 머리를 짧게 자르거나 박박 밀었다. 그러나 잿빛 승복이 아니라 통이 좁은 누런색 베옷을 입었고 허리에 검은색 띠를 둘렀다. 맨발로 다닐 때가 많아서 발바닥이 짐승처럼 두꺼웠다.

수원승도들은 날마다 머리가 아니라 몸을 쓰는 일을 했다. 절에서 건물을 짓고 무거운 물건을 져 날랐으며, 때때로 내성군 관아에 불려가서 길을 닦고 성벽을 쌓는 일을 도왔다. 전쟁이 벌어지거나 도적떼들이 공격해 오면 무기를 들고 다른 병사들과 함께 적들에 맞서 싸웠다. 하나같이 무척 용감했고 죽음을 전혀 두려워하지 않아서 목숨이 두 개가 아닐까 하는 의심을 사기도 했다.

몇 해 전에 머리를 빨갛게 물들인 도적들이 야밤에 산에서 내성군으로 내려온 적이 있었다. 그들은 관아 창고를 털다가 들키자 칼을 빼어 들었다. 이때 세달사 승도 일지는 축대 쌓는 일을 하느라 관아에 나가서 지내고 있었다. 도적들과 싸우던 일지는 가슴 복판을 칼에 깊이 찔려 피를 뿜으며 쓰러졌는데, 누가 봐도 이미 죽은 사람이나 다름없었다. 얼마간 꼼짝하지 않고 누워 있더니 몸을 꿈틀거리며 천천히 일어났다. 한창 싸움을 벌이는 무리 속으로 비틀거리며 들어간 일지는 아까 자기를 찌른 도적에게 다가갔다. 도적 아랫배를 칼로 푹 찌른 뒤에야 고꾸라지며 한숨을 길게 쉬고 말했다.

"휴우, 살기도 힘들고 죽기도 힘들구나."

세달사 마을에 사는 자웅은 아주 점잖고 의젓한 소년이었다. 처음 자웅을 보는 이들은 네댓 살 나이가 더 많은 줄 알았다.

"열여섯 살이라고? 어디 말이 되는 소리를 해야지."

자웅의 아버지 이름은 당초였다. 젊었을 때 대장장이로 일하다가 술에 취해 사람 여럿을 두들겨 패고 감옥에 들어갔다. 그때 세달사에선 겨울을 앞두고 서둘러 요사채를 새로 짓느라 일손이 모자랐다. 내성군 태수가 이 소식을 듣고 감옥에 있던 죄수 여럿을 세달사로 보냈다. 죄수들은 발목에 쇠사슬을 매단 채 돌과 나무를 날랐다.

겨울이 오자 내성군 병사들이 와서 죄수들을 도로 데려갔다. 이들은 감기에 걸려 천막 속에 누워 있던 당초를 실수로 빠뜨렸다. 누가 시키지도 않았는데 법당 앞뜰에서 눈을 치우던 당초를 법윤이 불러 세웠다.

"너는 왜 감옥으로 돌아가지 않았느냐?"

"저도 어찌 된 일인지 모르겠습니다."

"감옥이 좋더냐, 이곳이 좋더냐?"

"이곳이 좋습니다."

법윤은 당초를 절 뒤쪽 구석에 버려진 움집으로 데려갔다. 움집 곁엔 오래된 샘터가 있었다. 법윤이 당초에게 일렀다.

"봄이 올 때까지 샘터를 돌보며 지내거라."

당초는 여러 날 땀을 흘리고 입김을 뿜으면서 샘을 더 깊이 파고 둘레에 돌을 높이 쌓았다. 기둥 네 개를 세우고 서까래를 건 뒤에 판자를 얹어 지붕을 만들고 굴참나무 껍질을 포개 깔았다. 그 뒤에 놀라운 일이 벌어졌다. 여름에도 바닥에 겨우 물이 고이던 샘이었는데 갑자기 물이 많이 올라와 철철 넘쳐흘렀다.

"샘물에 빗물이 들어가지 않게 지붕을 아주 잘 만들었네."

법윤이 절에서 밥 짓는 보살을 데리고 샘터에 들렀다. 바가지로 물을 떠서 한 모금 마시고 웃었다.

"밍밍했던 예전 물맛이 아니예요. 아주 깊고 달면서 시원해요."

보살이 물을 맛보고 고개를 끄덕였다.

"그러네요. 물이 넉넉하니 마을 사람들이 먹고도 남겠어요. 밥 지을 때마다 저 아래 골짜기에서 물을 길어오는 수고를 덜게 되었어요."

샘터 하나 때문에 당초의 인생이 크게 달라졌다. 죄수에서 세달사 수원승도로 신분이 바뀐 당초는 아내를 맞아들여 살림을 차렸다. 이듬해 아들을 낳았는데 이 아들이 바로 자웅이었다.

자웅은 유난히 호기심이 많은 아이였다. 아장아장 걸을 때부터 곧잘 마을 빈터로 가서 눈을 반짝이며 소백산 쪽을 바라보았다. 언젠가는 겹겹이 쌓인 산등성이 너머에 있을 세상을 두 발로 딛고 눈으로 보고 싶었다.

"이 녀석아, 늘 그리 멀리 내다보면 가까이 있는 것들을 놓치기 쉬워."

아버지는 아들이 자기처럼 앞으로 언제까지나 세달사 마을에서 살아가기를 바랐다. 하지만 눈치 빠른 사람들은 고개를 내저었다. 이웃집에 사는 친구 돌추가 당초 어깨를 툭 쳤다.

"나하고 내기할까? 저 아이는 머리가 다 크기 전에 여기를 떠날 걸세."

자웅은 틈만 나면 법회가 열리는 법당으로 갔다. 옆문 돌계단에 쪼그리고 앉아 귀를 쫑긋 세웠다. 그렇게 세 해를 보내자 서당 개처럼 풍월을 읊진 않았지만 세상이 어떻게 돌아가는지 얼마만큼이라도 깨우쳤다.

나무막대기를 든 자웅은 마당에 쪼그리고 앉아 땅바닥에 획이 몇 개 안 되는 한자들을 써 보았고 머릿속으로 상상했던 세상을 옮겨 보았다. 한때 먼 바다에서 고깃배를 탔던 수원승도에게서 들은 바다를 그렸으며 작은 땅덩어리 여러 개를 바다에 둥둥 띄웠다. 땅바닥 그림 속에서 갈매기들이 끼룩끼룩 울며 바다 위를 날아다녔다. 고래들이 허공으로 길게 물을 뿜어 올렸고, 고등어와 꽁치 떼가 물에 얕게 떠 헤엄치며 온몸을 반짝반짝 빛냈다.

돌추가 예언한 대로 자웅은 열 살이 되기도 전에 세 번이나 집을 나갔다. 처음엔 이틀 만에 어느 마을 저수지 둑에 앉아 있다가 얼굴을 아는 어른들에게 붙들렸다. 아버지는 아들이 집에 돌아오자 방에 가두고 굶겼다.

"기운이 빠지면 못 돌아다니겠지."

어머니가 몰래 밥을 넣어 주었다.

"어서 먹어. 아버지가 보면 기운이 없는 척해야 한다."

이웃집 돌추 부인은 쑥떡을 넣어 주었다.

"여러 날 굶은 아이치고는 얼굴빛이 참 좋구나. 어쨌든 이 떡 좀 먹어 보아라."

두 번째로 집을 나갔을 땐 거지들에게 붙들렸다. 이 다리 저 다리를 옮겨 다니며 다리 밑 생활을 이어 갔다. 날마다 내성군 일대를 돌며 밥을 빌어 왕초에게 갖다 바쳤다. 석 달 뒤에 겨우 탈출해서 네 발로 기어 집에 돌아갔다. 얼굴이 새까맸고 온몸이 비쩍 말랐으며 시궁창 냄새를 풍겼다.

부모는 한참 만에 겨우 아들을 알아보았다. 손으로 코를 막은 아버지가 코맹맹이 소리로 물었다.

"이게 무슨 냄새지?"

아들이 선뜻 대꾸했다.

"거지 냄새지 무슨 냄새겠어요."

세 번째로 집을 나간 자웅은 무려 여섯 달을 떠돌았다. 나무껍질과 풀뿌리를 씹어 먹으며 태백산을 넘어 어진(지금의 경북 울진) 앞바다까지 갔다. 그곳에서 어부들이 말리려고 널어놓은 넙치를 훔쳐 먹다가 뒷덜미를 잡혔다.

"요 녀석, 어디 할 짓이 없어 도둑질이냐!"

옆머리와 볼기짝을 연거푸 얻어맞은 자웅이 벌떡 일어나서 낯을 붉히며 냅다 소리쳤다.

"한 번만 더 내 몸에 손대면 엄청 무서운 벌을 받을 줄 알아요!"

"네까짓 게 뭔데 우리한테 벌을 준다는 거니?"

"어서 우리 아버지 내성군 태수한테 데려다줘요."

"태수라니?"

"태수가 뭔지 몰라요? 군에서 가장 높은 사람이지요."

내륙 쪽을 바라보고 울먹거렸다.

"아버지, 빨리 병사들을 데리고 와서 나 좀 구해 줘요!"

자웅은 이 사람 저 사람 손을 거쳐 내성군에 돌아왔다.

"얼굴 이리 돌려 봐라. 자세히 좀 보자."

관아에서 태수는 자웅의 얼굴을 요리조리 뜯어보았다. 아홉 해 전에 어진에 놀러갔다가 기생 하나와 보냈던 밤이 떠올랐다. 기생 이름은 잊었지만, 오밤중에 오줌을 누러 마당에 나갔을 때 본 유난히 큰 보름달은 또렷이 머릿속에 남아 있었다. 눈시울이 시큰해진 태수가 자웅을 꼭 끌어안았다가 도로 떼어 내고 머리를 쓰다듬었다.

"어머니가 그렇게 말씀하셨다는 거지? 분명히 네가 내 아들이 맞는 거지? 그래, 어머니는 잘 지내시냐?"

자웅이 고개를 가로저었다.

"아닙니다."

"뭐가 아니라는 거냐?"

"태수님은 제 아버지가 아닙니다."

태수가 흠칫 놀라며 손가락으로 귀를 후비고 다시 물었다.

"어진에서 물고기를 훔치다가 어부들에게 붙들렸을 때, 분명히 내가 네 아버지라고 하지 않았느냐?"

자웅이 고개를 끄덕이는 모습과 가로젓는 모습을 연속 동작으로 보여주었다.

"예, 그랬습니다. 하지만 태수님은 제 아버지가 아닙니다. 어부들한테서 풀려나려고 일부러 거짓말했습니다."

곧이어 자웅은 태수한테서 뒷머리와 볼기짝을 얻어맞고 발길질까지 당했다. 이튿날 세달사 마을 논에서 난 기장쌀 한 가마니가 관아 창고로 옮겨졌다. 마차에 실려 집으로 돌아간 자웅은 아버지가 높이 들어 올린 회초리를 보자마자 기절했다. 겨우 정신이 돌아온 아들에게 아버지가 또박또박 말했다.

"다시 집을 나가면 넌 내 아들이 아니다."

자웅은 아버지 눈에서 처음으로 눈물을 보았다. 아버지가 살아 계시는 동안엔 가출을 멈추고 아버지의 아들로 남기로 굳게 다짐했다.

한 달에 열두 번씩 이를 악물고 가출 충동을 이겨낸 자웅은 어느덧 열여섯 살이 되었다. 코밑이 거뭇해졌고 목소리가 굵어졌다. 웬만한 바위는 거뜬히 들어 멀리 던질 만큼 힘이 세졌다. 올가을에 자웅은 수원승도가 되어 다른 승도들과 함께 내성군 곳곳을 돌았다. 장마 때 폭우에 무너진 축대를 새로 쌓고 다리를 놓으며 지냈다. 한 번 집을 나서면 열흘 가까이 한데 쳐 놓은 천막에서 먹고 잤다.

오늘 자웅은 이레 만에 일을 마치고 늦은 오후에 또래들과 함께 세달사로 이어지는 산길을 터벅터벅 걸어 올라갔다. 가을이 깊어 가면서 온 산에 곱게 단풍이 들었다. 어디로 눈길을 주어도 풍경이 더없이 아름다웠다. 자웅은 콧노래를 부르며 짙푸른 하늘빛, 나뭇가지 사이로 비스듬히 떨어지는 햇살, 재잘대는 새소리와 사각사각 밟히는 마른 나뭇잎 소리를 한껏 즐겼다.

저 멀리 황소바위 쪽을 바라보던 자웅은 콧노래를 뚝 그치고 걸음을 멈추었다. 황소바위 밑에 거무스름하고 불룩한 자루가 놓여 있었다.

"애들아, 잠깐만. 저게 뭐지?"

앞서 가던 친구들이 자웅을 돌아보았다.

"어서 가자고. 좀 있으면 해가 떨어질 거야."

자웅은 이미 산길을 벗어나 도랑을 건넜다. 비탈을 올라 황소바위로 다가가서 숨을 몰아쉬었다.

"어, 자루가 아니라 사람이잖아."

얼굴과 팔다리가 까맣고 머리칼이 엉클어진 어린아이가 그곳에 모로 누워 있었다. 온몸을 둥글게 만 모습이었다. 삼베옷이 때에 절었고 어깨와 무릎이 터져 맨살이 드러났다. 자웅이 허리를 구부리고 아이 어깨를 잡아 흔들었다.

"애, 여기서 자면 안 돼."

아이는 꼼짝도 하지 않았다. 자웅이 아이 뺨에 손바닥을 댔다. 미지근한 기운이 느껴졌다. 자웅은 두 팔을 겨드랑이에 껴서 아이를 일으켜 앉혔다. 아이가 콧등을 찌푸리며 폭 하고 숨을 짧게 내쉬었다.

"다행이네. 아직 살아 있어."

자웅은 아이를 번쩍 들어 어깨에 둘러멨다. 아이 윗몸이 자웅 등쪽으로 넘어갔다. 아랫배부터 다리와 맨발까지는 자웅 왼쪽 어깨와 가슴에 닿았다. 아이는 어찌나 말랐던지 그만한 쌀겨 자루보다 가벼웠다. 산길로 돌아간 자웅은 아이를 내렸다가 등에 바로 업고 서둘러 걸었다. 어느 결에 해가 지고 땅거미가 짙게 내리고 있었다.

고백

궁예는 자웅네 집에서 한 달을 지낸 뒤에야 기운을 차리고 일어나 앉았다. 밤새 기온이 뚝 떨어지고 싸락눈이 내리는 날 아침이었다. 자웅의 어머니가 미음을 끓여 주었다.

"날마다 미음만 먹어서 질렸겠어. 오늘 점심때부터는 밥을 줄게."

이튿날부터 궁예는 땔감을 나르고 군불을 때고 잔심부름을 하며 겨울을 보냈다. 봄이 왔을 땐 어른들을 따라 밭에 나가 퇴비를 뿌리고 쟁기질을 했다. 여름엔 논밭에서 김을 매거나 소를 몰고 풀밭에 나가서 구름과 먼 산을 바라보다가 저녁노을을 맞았다. 가을엔 곡식을 거두고 낟알을 떨어내는 일을 거들었으며 산에 올라 도토리와 밤을 주웠다. 다시 겨울이 오자 지게를 지고 땔감을 하러 다녔다. 그렇게 두 해가 흐르는 동안, 궁예는 한마디 말도 입에 올리지 않았다.

"귀가 먹은 것 같진 않은데 어떻게 말을 못하지? 혀가 없나?"

"혀가 없긴. 밥만 잘 먹더구먼."

누가 보기에도 궁예는 생김새와 행동거지 모두가 남다른 아이였다. 또래들보다 머리 하나가 컸고 뼈가 굵었으며 무척 힘이 셌다. 여전히 안대를 대지 않은 왼쪽 눈을 질끈 감고 지냈다. 이따금 눈꺼풀이 살짝 올라가면 눈동자는 보이지 않았지만 흰자위가 드러났다.

자웅네 이웃집엔 칠봉이라는 청년이 살았다. 어려서 개울에서 놀다가 미끄러져 바위에 뒤통수를 찧었다. 그때부터 바보가 되어 침을 질질 흘리고 다녔고 이름 대신에 칠칠이로 불리곤 했다. 칠봉이는 궁예 왼쪽 눈에서 흰자위를 처음 보았을 때 너무 놀라 숨이 멎을 뻔했다. 윗몸을 뒤로 젖히고 뒷걸음치며 비명을 질렀다.

"엄마야, 너무 무섭다!"

궁예는 걸음걸이도 아주 이상했다. 용감한 장군처럼 두 팔을 크게 흔들며 성큼성큼 걸었다. 덩치에 비해 걸음나비가 턱없이 넓었고, 한번 발을 뻗으면 도로 물리는 법이 없었다. 길을 걷다가 움푹 팬 구덩이를 미처 못 보고 그리로 발 하나를 내민 적이 있었다. 뒤늦게 그곳에 구덩이가 있다는 걸 알아챘다. 재빨리 발을 도로 빼거나 구덩이 옆을 디딜 수도 있었다. 그러나 궁예는 그대로 구덩이에 발을 내딛고 엎어졌다. 곧 일어나서 아무 일 없었다는 듯이 태연한 얼굴로 계속 걸어갔다.

이 아이는 도무지 투정을 부리거나 짜증을 내지 않았다. 웃지도 않았으며 우는 일도 없었다. 어느 날 뒷산 비탈에서 미끄러져 데굴데굴 굴렀을 땐 돌과 나무에 팔다리를 긁혔고 뒤통수가 터져 피가 흘렀다. 가까이에서 나무를 하던 아이들이 궁예를 보고 고개를 갸웃거렸다.

"저렇게 다쳤는데도 울지를 않네."

"비명도 안 질렀어."

자웅은 겨울날 바깥일을 쉴 때는 궁예와 같이 지냈다. 넉가래와 빗자루를 들고 눈을 치웠으며 나란히 지게를 지고 산에 올랐다. 궁예는 자웅이 저리로 가면 졸졸 따라갔고 이리로 오면 졸졸 따라왔다. 마치 병아리가 암탉을 따라다니는 듯했다. 그런데 궁예는 자웅이 하는 말에 별다른 반응을 보이지 않았다. 말을 듣고 있는 건지 안 듣는 건지 알 수 없었다. 자웅이 연거푸 뭐라고 물으면 주춤대다가 돌아서서 어디론가 가 버렸다.

어느 날 궁예가 자웅에게 손짓했다. 궁예 손끝은 저 아래 개울을 가리키고 있었다. 궁예가 자웅에게 어떤 식으로든 먼저 신호를 보내긴 처음 있는 일이었다. 자웅이 활짝 웃으며 외쳤다.

"개울에 내려가 보자고?"

궁예가 고개를 끄덕였다.

"그래, 좋아. 얼음을 깨고 물고기와 가재를 잡으며 재미나게 놀자!"

다시 봄이 와서 자웅이 다른 수원승도들과 함께 내성군에 일하러 가려고 집을 나설 때였다. 궁예가 마을 어귀까지 따라갔다. 자웅이 궁예 어깨를 툭 치며 웃었다.

"아우야, 밥 잘 먹고 똥 잘 싸면서 잘 지내고 있어. 형이 일 마치자마자 달려올게."

궁예는 자웅이 돌아오는 날이 언제인지 누구한테서 들은 적이 없었다. 자웅 스스로도 모르는 일이었다. 그런데 자웅이 돌아올 때에 딱 맞추어 모든 일을 멈추고 잰걸음으로 마을 어귀로 나갔다. 몇 번 잇달아 이런 일이 벌어지자 자웅네 부모뿐 아니라 모든 마을 사람들이 무척 놀라워했다.

"어떻게 미리 알고 마중을 나갔을까? 귀신이 따로 없다니까."

자웅은 땅바닥과 나뭇가지를 종이와 붓으로 삼아서 궁예에게 글자를 가르쳐 주었다. 그리고 뒷산 활터로 궁예를 데려가서 궁예의 덩치와 키에 맞게 따로 활을 만들어 주었으며, 활을 들고 화살을 재는 방법을 보여주었다.

"잘 봐. 이렇게 당겨서 탁 놓으면 돼."

자웅이 쏜 화살은 쌩 날아가 과녁을 맞혔다.

"너도 쏘아 봐."

궁예는 시위에 화살을 재서 활을 높이 들었다 내리다가 그만 시위를 놓쳤다. 획 날아간 화살은 머리 위쪽 허공을 날던 물까치를 빗맞혔다. 물까치가 화들짝 놀라 돼지처럼 꽥꽥 소리를 내지르며 물똥을 쌌다. 물똥은 밑으로 떨어져 궁예 콧등을 맞혔다. 자웅이 배꼽을 잡고 웃었다.

"너도 그렇지만 물까치도 대단하다! 일부러 콧등을 맞히려 해도 못 맞히겠어!"

궁예가 멋쩍은 얼굴로 손을 들어 물똥을 닦아 냈다. 아주 가늘게 미소 지으며 처음으로 자웅을 돌아보고 눈을 맞추었다.

가을날 오후에 궁예가 자웅 옆구리를 쿡 찌르며 말했다.

"형."

자웅이 깜짝 놀란 얼굴로 궁예를 돌아보았다.

"나?"

궁예가 고개를 끄덕였다.

"응."

"그래, 아우야. 형은 네가 벙어리가 아닌 줄 알고 있었어. 형한테 할 말 있니?"

궁예가 또 고개를 끄덕이며 앞장서서 자웅을 샘터로 데려갔다. 자웅이 바가지로 물을 떠 목을 축였다. 샘터 곁 바위에 앉으며 손바닥으로 바위를 탁탁 쳤다.

"이리 와서 앉아."

자웅 곁에 앉은 궁예는 좀처럼 다시 입을 열지 않았다. 자웅이 팔을 들어 궁예 어깨를 감쌌다. 따뜻하고 부드러운 기운이 스무 살 청년에게서 열네 살 소년에게 건너갔다. 궁예가 숨을 깊이 들이쉬었다가 천천히 내쉬며 세달사 돌담과 그 너머 법당, 새털구름이 떠가는 하늘을 바라보았다. 고개를 조금 숙이더니 아주 느린 목소리로 지금껏 살아온 날들을 입에 올렸다.

먼저 궁예는 어머니와 함께 추격자들에게 쫓기던 시절을 털어놓았다. 동굴에서 오소리와 너구리 같은 짐승들과 함께 잠을 잔 일, 풀뿌리와 나무껍질로 배고픔을 달랜 일, 주막거리에서 살다가 가마솥에 들어갈 뻔한 일, 낯선 사람들한테 붙들려 가서 콩깍지를 벗기고 새끼줄을 꼬던 일, 운악 산장에서 몸이 안 좋은 사람들과 짐승들과 같이 지낸 일, 상주 부잣집에서 어머니가 병들어 세상을 뜬 일을 자웅에게 들려주었다.

그 사이에 하늘 복판에 떠 있던 해가 기울어 서산에 걸렸다. 여느 때보다 붉고 고운 노을이 온 세상을 물들였다. 잠깐 숨을 고른 궁예가 다시 말을 이으려 할 때 누군가 발을 질질 끌며 샘터로 다가왔다. 자웅네 옆집에 사는 칠봉이였다. 칠봉이는 요즘 들어 유난히 아둔하고 멍청한 짓을 많이 했다. 가뜩이나 모자란 머리가 더욱 나빠진 탓이었다. 머리부터 운명이 다해 별안간 세상을 뜰지도 모른다는 얘기가 나돌았다.

며칠 전엔 쇠죽을 끓이는 솥에 개똥을 갖다 넣어 아버지한테 죽도록 맞았다. 어제 낮엔 소나기가 내리자 장독 뚜껑을 모조리 열어 놓았다. 펄쩍펄쩍 뛰던 어머니는 칠봉이 어깨를 싸리 빗자루로 마구 내리쳤다.

"염병할 놈아, 나가 죽어라!"

자웅이 샘터에서 표주박으로 물을 떠 마시는 칠봉이를 쳐다보며 궁예에게 말했다.

"잘 알잖아. 저 형은 무슨 말을 해도 못 알아들어."

"정말 괜찮을까?"

"그럼. 계속 얘기해 봐."

궁예는 발치를 내려다보고 다시 느릿느릿 비밀을 털어놓았다. 친어머니로 여겼던 여인은 유모였으며 친어머니는 헌안왕의 후궁이었다는 사실, 그러니까 자기는 헌안왕의 외아들이라는 사실을 들려주었다. 자웅이 흡 하고 짧게 숨을 들이쉬었다. 궁예가 자웅을 돌아보더니 다시 고개를 숙이고 말을 이었다. 헌안왕은 궁정 사자를 보내 세상에 난 지 보름밖에 안 된 아기를 죽이려 했으나 실패했고, 유모가 정자 난간 아래로 떨어지는 아기를 받으려다가 눈을 잘못 찔렀다는 사실을 털어놓았다.

"내가 태어난 곳은 외갓집인데, 서원경 영촌 마을에 있대."

궁예는 거기서 이야기를 마쳤다. 두 사람은 온몸이 얼어붙은 듯이 꼼짝도 하지 않았다. 한참 만에 자웅이 고개를 돌리고 궁예 얼굴을 멍하니 바라보았다.

"너무 놀라서 말이 잘 안 나와."

바로 그때였다. 샘터에 잠자코 서 있던 칠봉이가 손을 들어 콧등을 만졌다. 똑바로 뜬 눈으로 궁예와 자웅을 쓱 쳐다보았다. 오래도록 아무도 칠봉이에게서 그런 눈을 본 적이 없었다. 늘 흐리멍덩한 눈, 도대체 무얼 바라보는지 알 수 없는 눈이었다. 그런데 지금 칠봉이는 무언가를 제대로 바라보고 있었다. 칠봉이의 입가에 미소가 스치더니 돌처럼 얼굴이 딱딱하게 굳었다.

칠봉이

칠봉이는 개울에서 미끄러져 바위에 뒤통수를 찧기 전까지는 여느 아이들과 다르지 않았다. 쌩 달려야 할 때는 쌩 달렸고 느릿느릿 걸어야 할 때는 느릿느릿 걸었다. 밥을 옷에 흘리지 않고 입에 넣었다. 뒷간에 가서 변을 보았고 돌멩이를 던지면 저 멀리까지 휙 날아갔다. 아버지를 아버지라고 불렀으며 어른들에게 꾸벅 고개 숙여 인사했다.

개울가에 툭 튀어나온 바위 하나가 칠봉이를 딴사람으로 만들었다. 아버지를 아부이라고 불렀으며 어른들을 보고도 인사하지 않고 눈을 말똥거렸다. 아무 데서나 궁둥이 맨살을 드러내고 똥을 누었다. 목표물을 바라보며 돌멩이를 높이 들었다가 머리 뒤쪽으로 툭 떨어뜨렸다. 앞으로 걷다가 옆으로 쓰러져 버둥거렸으며 입이 아니라 옷에 밥을 주었다.

"여보, 쟤가 갈수록 더 나빠지는 것 같아요."

아버지와 어머니는 칠봉이를 보면 한숨부터 나왔다.

"뭘 봐? 어서 가세."

다른 어른들은 칠봉이를 못 본 척하고 서둘러 지나쳤고, 아이들은 칠봉이 이름만 들어도 배꼽을 잡고 깔깔거렸다. 칠봉이는 자기가 예전엔 어땠는지 전혀 기억하지 못했다. 늘 어제와 내일이 없는 삶, 오로지 오늘만 있는 삶을 살았다. 오늘 아침에 겪은 일을 오늘 저녁 때까지만 기억했다. 아침밥을 먹고 집을 나서는 칠봉이에게 어머니가 단단히 일렀다.

"멀리 가지 마. 해가 지기 전엔 돌아와."

온종일 칠봉이는 어머니가 한 말을 소가 되새김질하듯이 혼잣말로 되새겼다.

"멀리 가지 말자. 해가 지기 전엔 돌아오자."

뒷산에서 궁예와 함께 나무를 하던 자웅이 오솔길로 올라오는 칠봉이에게 물었다.

"형, 어디 가?"

칠봉이가 대꾸했다.

"멀리 가지 말자."

칠봉이는 곰바위에 앉아 땀을 식히며 먼 산을 바라보았다. 지나가던 사냥꾼이 물었다.

"거기서 혼자 뭐 하냐?"

칠봉이가 멀뚱멀뚱한 눈으로 사냥꾼을 돌아보며 중얼거렸다.

"해가 지기 전에 돌아오자."

사냥꾼이 게걸음으로 멀어지며 헛웃음 지었다.

"뭐야? 덜떨어진 녀석이잖아."

칠봉이는 외로웠다. 기쁨과 분노 같은 감정은 느끼지 못했지만 외로움 하나만은 뚜렷이 느꼈다. 소매로 눈물을 훔치며 훌쩍거렸다.

"참 이상해. 모두 나만 보면 달아나."

외로움은 몇 해 사이에 칠봉이를 폭삭 늙게 만들었다. 얼굴에 주름이 가득했고 뒷목과 어깨와 허리가 휘었다. 스물두 살이 아니라 쉰 살이 넘어 보였다. 세달사에 새로 온 수원승도 가운데 곰팔이라는 청년이 있었다. 곰팔이는 칠봉이를 처음 본 자리에서 고개를 꾸벅 숙였다.

"어르신, 안녕하세요?"

뒤늦게 곰팔이는 칠봉이가 몇 살인지 알게 되었다. 두 번째로 마주친 자리에서 온몸을 날려 이단옆차기로 칠봉이 가슴팍을 공격했다. 허공에서 반 바퀴 돌며 붕 날아간 칠봉이는 도랑에 앉아 꾸벅꾸벅 조는 개구리와 입을 맞추었다.

외로운 칠봉이는 늘 찰떡같이 붙어 다니는 이웃집 의형제를 부러워했다. 하나는 칠봉이가 오래 전부터 보아 온 얼굴이었다. 또 하나는 어디 있다가 갑자기 나타났는지 알 수 없었다. 칠봉이는 자웅이 외눈박이를 저리 아끼는 까닭이 이해가 되지 않았다.

'난 두 눈 다 멀쩡하잖아. 근데 나랑은 안 놀아 줘.'

칠봉이는 집을 나서는 의형제 뒤를 몰래 밟았다. 두 사람은 산과 들을 누비는 내내 잠깐도 서로 떨어지지 않았다. 형이 머루를 따서 아우 입에 넣어 주었고, 동생이 지팡이로 쓰기 좋은 나무막대기를 주워 형 손에 쥐어 주었다. 둘이 함께 고개를 뒤로 젖히더니 온 하늘이 울리게 웃었다.

칠봉이한테도 형과 아우가 하나씩 있었다. 자기도 형하고 아우한테 좋은 걸 갖다 주기로 마음먹었다. 다래를 한 움큼 따 들고 집에 돌아갔다.

"형, 뭐 해?"

형은 마루 끝에 앉아 나무토막을 다듬고 있었다. 입을 헤벌린 모습이었다. 칠봉이가 빙그레 웃으며 형에게 다가갔다.

"형, 이거 먹어."

다래 하나를 형 입에 쏙 넣었다.

"어, 이게 뭐야?"

형이 다래를 탁 뱉고 나무토막을 들어 칠봉이 머리를 탁 때렸다.

"야, 인마. 벌레가 날아 들어온 줄 알았잖아!"

이튿날 칠봉이는 개울에서 은빛 나는 돌멩이를 주워 들고 집으로 갔다. 그때 아우는 감나무에 올라 감을 따고 있었다.

"아우야, 뭐 하니?"

감나무 아래로 다가간 칠봉이는 벙싯벙싯 웃으며 손바닥에 돌멩이를 놓고 아우를 올려다보았다. 아우는 좀처럼 형에게 눈길을 주지 않았다. 칠봉이는 팔이 너무 아파 몇 번이나 내렸다가 들었다. 한참만에 아우가 형을 내려다보았다.

"그게 뭔데?"

칠봉이가 더듬거리며 대꾸했다.

"아주 맛있는 떡이야."

아우가 어이없다는 얼굴로 허공을 바라보더니 바지를 내렸다. 고추를 꺼내 돌멩이를 겨누고 오줌을 누었다. 오줌은 칠봉이 얼굴과 돌멩이를 번갈아 적셨고 칠봉이 무릎과 발가락도 고루 적셨다. 아우가 방귀를 뿡 뀌며 말했다.

"미친 놈."

어제 오후에 칠봉이는 형과 아우에게 주려고 좀 더 멋진 선물을 찾아 뒷산을 뒤졌다.

"와, 이것 좀 봐."

참나무에 달라붙어 죽은 매미를 보자 너무 기뻐 폴짝폴짝 뛰었다. 나무에 달라붙기를 즐기는 아우한테 주면 엄청 좋아할 듯했다. 오동나무 밑에서 죽은 다람쥐를 보았을 땐 꼬리를 잡고 흔들며 덩실덩실 춤을 추었다. 형이 무척 좋아할 선물로 보였다. 욕심이 생긴 칠봉이는 선물을 하나만 더 찾아내기로 마음먹었다. 장수말벌 한 마리가 쌩 하고 코앞을 스쳐 날아갔다.

칠봉이는 말벌이 날아간 쪽으로 비탈을 타고 내려갔다. 저만치 커다란 바위 밑에 벌집이 매달려 있었다. 날이 저물면서 잠을 자러 돌아간 말벌들이 벌집에 잔뜩 달라붙어 웽웽거렸다.

"그래, 저걸 떼어서 갖다 주자."

칠봉이는 비탈에서 왼손에 나뭇가지를 들고 오른손으로 바닥을 짚어 가며 바위로 다가갔다. 나뭇가지로 벌집을 툭 건드리자 별안간 말벌 한 떼가 칠봉이에게 달려들었다. 깜짝 놀란 칠봉이는 윗몸을 뒤로 젖혔고 발로 딛고 있던 흙더미가 후드득 소리를 내며 무너져 내렸다. 칠봉이도 덩달아 쭉 미끄러져 내려가며 비명을 질렀다.

"엄마야! 사람 살려!"

집 안마당에서 김치를 담그려고 무를 다듬던 칠봉이 어머니가 고개를 번쩍 들었다. 칠봉이가 미끄러진 비탈은 뒷산 너머에 있었다. 마을 사람 가운데 아무도 듣지 못해도 어머니만은 아들이 외치는 소리를 들을 수 있었다.

"어머나, 칠봉이가 왜 저래?"

벌떡 일어난 어머니는 앞치마를 벗어 던지고 사립문을 나섰다. 바깥마당에서 도리깨로 콩을 털던 칠봉이 아버지 돌추가 아내를 돌아보았다.

"여보, 어디 가요?"

칠봉이 어머니가 손을 들어 뒷산을 가리켰다.

"칠봉이한테 뭔 일이 생겼어요. 어서 올라가 보자고요."

돌추가 도리깨를 내려놓으며 툴툴거렸다.

"나가 죽으라고 그럴 때는 언제고."

돌추는 자웅네 아버지 당초를 불렀다.

"나 좀 도와주게."

당초는 싸리와 갈대를 말려서 묶은 홰와 부싯돌을 챙겼다. 돌추 내외와 함께 이미 어둑해진 뒷산을 올랐다. 곰바위 너머에서 끙끙 앓는 소리를 내는 칠봉이를 겨우 찾아냈다. 칠봉이는 소나무 등걸에 부딪힌 뒤통수에서 피를 줄줄 흘리고 있었다.

"빨리 집으로 데려가세."

당초가 횃불을 밝혀서 들고 앞장섰다. 돌추가 칠봉이를 업고 뒤따랐고 돌추의 아내이자 칠봉이 어머니가 맨 뒤에서 쫓아왔다. 조심조심 발을 내딛던 돌추가 고개를 갸웃거렸다.

"이 녀석은 먹은 게 다 어디로 새나 봐. 짚단처럼 몸이 가볍네."

집에 돌아온 칠봉이는 저녁밥을 들지 못했다. 우두커니 벽에 기대 앉아 있다가 픽 쓰러져 코를 골며 잤다. 칠봉이는 이튿날 오전에도 잤고 오후에도 잤다. 해거름에 깨어나 손등으로 눈을 비비며 일어난 칠봉이는 어제의 칠봉이가 아니었다. 정신이 멀쩡하게 돌아왔을 뿐 아니라 눈빛이 잘 벼린 칼끝처럼 매섭고 날카로워졌다.

오랫동안 갇혀 있던 짙은 안개 속에서 티 없이 맑은 세상으로 나온 칠봉이는 목이 말랐다. 방을 나서 맨발로 걸어 샘터로 갔다. 샘터 옆쪽 바위에 나란히 앉은 자웅과 궁예를 본 순간, 칠봉이 눈에서 불꽃이 튀었다. 와락 치미는 분노를 못 참고 이를 부드득 갈며 샘물을 떠 마셨다. 바가지를 든 손이 부들부들 떨렸다.

'무슨 얘기를 저리 진지하게 주고받을까?'

칠봉이는 숨을 멈추고 귀를 쫑긋 세우며 둘이 주고받는 얘기를 엿들었다. 너무나도 빨리 그들에게 복수할 기회가 왔음을 깨닫고 눈을 크게 떴다. 하늘을 날 듯이 기쁜 나머지 두 팔을 높이 들고 만세를 외칠 뻔했다. 겨우 흥분을 억누르며 속으로 외쳤다.

'너희 둘 다 내 손에 죽었어!'

복수

마을 사람들은 칠봉이에게 생긴 변화를 금세 알아챘다.

"쟤 얼굴이 확 달라지지 않았어?"

"그러게 말이야. 눈이 아주 또랑또랑해졌어."

칠봉이는 더 이상 칠칠이나 멍청이가 아니었다. 누구보다 똑바로 걸었고 또렷하게 말했으며 식사할 때 밥알 하나 흘리지 않았다. 밥

벌레에서 밥값을 제대로 하는 인간이 되어, 소를 잘 몰아 밭을 반듯하게 갈았고 아귀가 맞게 돌을 놓아 축대를 잘 쌓았다. 셈이 아주 빨랐고 연장을 잘 고쳤으며 쓸 만한 도구를 뚝딱 만들었다. 모든 어른들이 엄지를 세우며 칭찬했다.

"무슨 일이든지 쓱싹 해치우네. 세상에 저렇게 똑똑한 젊은이가 또 있을까?"

집 뒤쪽 대추나무 그늘에서 자웅과 궁예와 다시 마주친 칠봉이가 손을 척 들었다.

"잠깐만."

어리둥절한 얼굴로 쳐다보는 둘을 노려보며 으르렁거렸다.

"만일 내가 비밀을 털어놓으면 어찌 될 것 같아? 둘 다 관아에 붙들려가서 목이 날아가지 않을까?"

자웅이 고개를 갸웃했다.

"형, 뚱딴지같이 그게 무슨 소리야?"

칠봉이가 콧등을 찌푸리고 입을 씰룩거렸다.

"그날 저녁때 샘터에서 너희가 주고받는 얘기를 다 들었어."

자웅과 궁예 모두 눈을 크게 떴다. 서로 쳐다보고 다시 칠봉이에게 고개를 돌렸다. 자웅이 조심스레 물었다.

"무슨 얘기를 들었는데?"

칠봉이가 두 손을 맞비볐다.

"내가 입을 뻥긋하면 너희 둘 다 죽어. 외눈박이가 한 말이 참말이래도 죽고 거짓말이래도 죽는다고."

자웅이 목소리를 낮추었다.

"궁예가 한 말이라니?"

칠봉이가 거침없이 대꾸했다.

"얘가 왕자라며? 임금님이 사람을 보내 얘를 죽이려 했다며? 유모가 얘를 안고 달아났다며?"

자웅이 앞으로 튀어나가서 손바닥으로 칠봉이 입을 막으려 했다. 칠봉이가 윗몸을 뒤로 젖히며 발끈했다.

"더럽게 어디에 손을 대려고 그래?"

"형, 제발 이러지 마."

칠봉이가 목소리를 몇 곱절로 높여 버럭버럭 소리쳤다.

"그러니까 나한테 왜 그랬냐고! 너희 둘이 찰싹 붙어 다니면서 한 번도 나를 끼워 주지 않았잖아! 말 한마디 건넨 적이 없었잖아! 나를 개가 닭 보듯이 무시했잖아!"

칠봉이 눈에 눈물이 그렁그렁했다. 벌겋게 달아오른 얼굴이 금방이라도 터질 듯했다.

"형, 우리 다른 데로 가서 차분하게 얘기하자. 응?"

칠봉이가 거세게 도리질했다.

"가긴 어딜 가. 어서 무릎 꿇고 잘못했다고 빌어!"

자웅이 잠깐 머뭇대더니 궁예를 돌아보았다.

"시키는 대로 하자."

궁예 손을 슬쩍 잡아당기며 털썩 무릎을 꿇었다. 얼떨결에 궁예도 덩달아 무릎을 꿇었다. 자웅이 고개를 숙이고 머리를 조아렸다.

"형, 미안해. 형이 이토록 서운해 하는 줄 미처 몰랐어."

칠봉이가 헛웃음을 쳤다.

"미처 몰랐다고? 나 참, 어처구니가 없네!"

다시 얼굴을 내린 칠봉이는 자기를 올려다보는 궁예와 눈이 마주쳤다. 궁예는 왼쪽 눈을 가늘게 뜨고 흰자위를 드러낸 모습이었다. 칠봉이가 움찔하더니 땅바닥에 침을 탁 뱉고 돌아섰다.

"각오해. 너희 둘 다 가만히 두지 않을 거야!"

칠봉이는 그 뒤로 궁예를 볼 때면 눈살을 찌푸릴 뿐 아무 말도 하지 않았다. 그러나 자웅을 계속 괴롭혔다.

"우리 집에 빨래하고 설거지할 물이 다 떨어졌어. 샘물은 귀하니까 안 돼. 골짜기 물 길어 와."

자웅은 칠봉이의 입을 막고자 칠봉이가 시키는 대로 했다. 날마다 물통을 들고 골짜기와 마을 사이를 네댓 번씩 오가며 칠봉이네 마당에 있는 커다란 항아리에 물을 가득 채웠다. 칠봉이가 땔감이 떨어졌다고 말하면 곧장 지게를 지고 산에 올랐다. 나무를 한 짐 해다가 칠봉이네 아궁이 앞에 부렸다.

"쌀이 떨어졌어."

그날 한밤에 자웅은 곳간에서 보리쌀 한 말이 든 자루를 몰래 내왔다. 칠봉이네 집으로 들고 가서 사립문 안쪽에 들여 놓았다. 그 뒤로도 자웅이네 물건이 하나 둘 칠봉이한테 넘어갔다. 어느 날부터 칠봉이는 자웅이 무척 아끼던 두어 뼘 길이 청동검을 허리에 차고 다녔다. 또 어느 날엔 자웅이 자기 할아버지한테서 물려받은 담비 가죽조끼를 칠봉이가 입고 나타났다. 며칠 뒤엔 자웅이 칠봉이를 업고 땀을 뻘뻘 흘리며 마을을 한 바퀴 돌았다.

그렇게 두 계절이 흘렀을 때, 뒷산에서 자웅과 궁예는 칠봉이와 다시 딱 마주쳤다. 칠봉이는 아까 돌배나무에 올랐다가 떨어져 엉덩 방아를 찧은 일로 무척 기분이 상해 있었다. 분풀이할 상대를 찾던 중에 마침 잘 만났다 하는 얼굴로 말했다.

"너희, 내가 그렇게 주의를 주었는데도 찰싹 붙어 다녀야겠어?"

다리를 벌리고 두 손을 양 옆구리에 얹으며 목소리를 높였다.

"오늘은 그냥 넘어가지 않겠어. 둘 다 무릎 꿇어!"

자웅이 빙긋 웃었다.

"형, 왜 그래?"

칠봉이가 성큼 다가가서 손을 들어 자웅의 뺨을 때렸다.

"웃어? 지금 웃음이 나와? 무릎 꿇으라는 소리가 농담으로 들려?"

자웅이 웃음기가 싹 가신 얼굴로 칠봉이를 빤히 쳐다보았다.

"형, 꼭 이렇게까지 해야겠어? 나도 할 만큼 했잖아."

칠봉이가 다시 자웅의 뺨을 철썩 때렸다. 콧등을 빗맞은 자웅의 코에서 핏물이 주르륵 흘러내렸다.

"네가 하긴 무얼 했다는 거야? 그 정도 갖고서 될 줄 알아? 오늘이 라도 내가 관아에 가서 다 불면 너희 둘 다 어떻게 될지 모르겠어?"

자웅이 힘없이 고개를 떨어뜨렸다. 앞으로 두 손을 모으며 무릎 을 꿇었다.

"형, 화내지 마."

칠봉이가 성큼 다가서서 손바닥으로 자웅 뒷머리를 탁 때렸다.

"사람 속을 뒤집어 놓고서 그런 말이 나와?"

서너 번 더 자웅 뒷머리를 때리고 또 때렸다.

"대충 넘어가려고 했는데, 요게 살살 약을 올린단 말이야!"

칠봉이는 식식대면서 제자리에서 반 바퀴 돌더니 멀찍이 물러섰다. 부러진 나뭇가지를 주워 들고 돌아섰다. 눈빛을 번득이며 나뭇가지로 손바닥을 탁탁 쳤다.

"그리고 너, 왜 무릎 안 꿇어?"

칠봉이가 나뭇가지로 궁예를 가리켰다. 그러나 궁예와 다시 눈이 마주치자 멈칫하며 고개를 딴 데로 돌렸다. 모두가 입을 다물면서 침묵이 흘렀다. 멀리서 까마귀 우는 소리가 아득하게 들려왔다.

이윽고 궁예가 움직이기 시작했다. 여느 때처럼 가랑이가 찢어질 듯이 다리를 길게 뻗으며 걸었다. 서너 발짝 만에 칠봉이 앞에 바짝 다가섰다. 궁예 키는 칠봉이 가슴께에 겨우 미쳤다. 궁예가 한껏 고개를 뒤로 젖히고 아무런 표정이 없는 얼굴로 칠봉이 얼굴을 올려다보았다. 칠봉이는 궁예와 눈이 마주치자 파닥 온몸을 떨었다. 가늘게 뜬 궁예의 눈 속에서 흰자위가 하얀 뱀처럼 꼬물거렸다.

궁예가 주먹을 불끈 쥐고 말했다.

"더는 자웅이 형을 괴롭히지 말았으면 좋겠어."

칠봉이가 마른 침을 삼키며 되물었다.

"지금 나한테 명령하는 거야?"

"부탁하는 거야."

칠봉이가 눈을 부라렸다.

"부탁하는 사람이 그렇게 노려보면서 말해? 이게 말이나 돼? 엉?"

낯빛이 벌개진 칠봉이는 얼떨결에 손가락으로 궁예 이마를 쿡 찔렀다. 다음 순간 궁예는 흡, 하고 기합을 넣었다. 힘껏 오른쪽 무릎을 올려 칠봉이의 샅을 내질렀다. 헉, 하고 짧게 비명을 지른 칠봉이는 두 손으로 샅을 감쌌다. 비틀대며 뒷걸음치더니 벌렁 나가자빠졌다.

원숭아비

보름 동안 칠봉이는 자리에 누워 끙끙 앓았다.

"애야, 무슨 일이니? 어디서 또 넘어져 뒤통수 찧었어?"

칠봉이는 부모 물음에 대꾸하지 않고 하얗게 질린 얼굴로 바들바들 떨었다. 겨우 다시 일어나서 두 다리를 양쪽으로 한껏 벌리고 엉거주춤하게 걷더니 지팡이를 짚고 마을 복판 빈터로 나갔다.

"앞서 원숭아비가 다녀간 뒤로 석 달이 후딱 흘렀네."

"오늘은 무얼 갖고 올까?"

마을 사람들이 빈터에 모여 두런두런 이야기를 나누었다. 저마다 필요한 물건과 맞바꿀 쌀과 콩이며 삼 뿌리, 더덕 따위를 자루에 담고 삼베에 싸서 들고 나왔다.

마을 어귀에서 딸랑대는 방울 소리가 났다. 빨간 모자를 쓰고 노란 저고리를 입은 원숭이 한 마리가 나타났다. 원숭이는 몇 발짝 걷다간 멈추어 서서 눈두덩에 손을 대고 좌우를 살피는 척했다. 다시 걸음을 떼더니 몇 발짝 다가와서 똑같은 짓을 했다. 마을 사람들이 원숭이를 보고 깔깔거렸다.

"이 녀석아, 반갑다!"

"여전히 까불까불하면서 재미나게 구네!"

곧이어 목에 방울을 단 노새가 나타났다. 노새는 등에 짐을 가득

지고 뒤뚱대며 발을 옮겼다. 머리에 삿갓을 쓴 사내가 고삐를 잡고 노새 곁에 붙어 걸었다. 석 달에 한 번씩 마을을 찾아오는 칠봉이 삼촌이었다. 마을 사람들은 늘 원숭이를 데리고 다니는 칠봉이 삼촌을 원숭아비라고 불렀다.

"어서 오게나, 원숭아비."

"그동안 잘 지내셨나요?"

"우리야 늘 그렇지 뭐. 바깥세상은 좀 어떤가?"

"좀 어수선하고 시끄러워요. 뭔 일이 생기지 말아야 할 텐데 걱정입니다."

원숭아비는 빈터에 이르러 노새에서 땅바닥으로 짐을 부렸다. 그사이에 원숭이는 폴짝폴짝 뛰었다가 물구나무를 서며 온갖 재롱을 피웠다. 마을 사람들이 둥글게 원을 그리며 다가섰다. 어린아이들은 맨 앞에 앉았고 그 뒤에 젊은 사내와 여자들이 두세 명씩 짝을 지어 둘러섰다. 노인들은 빈터가 잘 내려다보이는 세달사 담장 쪽 언덕에 쪼그리고 앉았다.

원숭아비가 원숭이 머리를 쓰다듬었다.

"오늘도 신나게 놀아보자."

원숭아비와 원숭이는 한바탕 공연을 펼쳤다. 원숭아비가 덩실덩실 춤을 추며 노래를 불렀고, 원숭이는 곱절로 빠르게 어깨와 팔다리를 흔들며 춤을 추었다. 원숭아비가 피리를 꺼내 불자 원숭이는 이리저리 오가며 부드럽게 물결치는 몸짓을 해 보였다. 입이 찢어지게 하품하더니 벌렁 누워 잠자는 척했다.

"자, 간다."

원숭아비가 원숭이 쪽으로 굴렁쇠를 굴렸다. 깜짝 놀라 벌떡 일어난 원숭이는 굴렁쇠를 따라가며 둥근 테 속을 바삐 드나들면서 호들갑을 떨었다.

"오늘도 좋은 물건을 많이 갖고 왔습니다."

원숭아비는 바닥에 널찍한 천을 깔고 짐을 풀었다. 호미와 낫, 도끼, 괭이 같은 농기구를 한쪽에 늘어놓았다. 머리빗과 가위, 바늘, 실 같은 여자들이 쓰는 물건들이 그 곁에 놓였다. 종이와 벼루와 붓도 보였고 다 낡아서 너덜너덜해진 책도 여러 권 보였다. 반질반질한 견포로 지은 저고리와 주름치마, 사내들이 쓰는 두건과 관모도 보였다.

마을 사람들이 쪼그리고 앉아 물건들을 들여다보고 만져 보았다.

"와, 오늘도 없는 게 없네."

"이렇게 좋은 물건은 처음 봐요."

한참 와자하게 흥정과 거래가 이루어졌다. 마을 사람들은 곡식과 약초와 삼베를 내주고 물건을 사는 대로 하나둘 집으로 돌아갔다. 원숭아비와 노새, 원숭이 곁에 마지막으로 남은 마을 사람은 칠봉이였다. 칠봉이는 삼촌이 짐을 꾸려 노새 등에 싣는 일을 도왔다.

삼촌과 조카는 나란히 바닥에 앉아서 숨을 돌리며 이야기를 주고받았다.

"정말 놀랍구나. 정신이 말짱하게 돌아왔으니 말이다. 어떻게 된 일이니?"

"비탈에서 굴러 어디에 머리를 부딪쳤는데요. 그 뒤에 며칠 누워 쉬었더니 머리가 맑아졌어요."

뒤통수를 긁으며 쭈뼛거리던 칠봉이는 그만 일어나서 떠나려는 삼촌에게 물었다.

"삼촌을 따라가면 안 될까요?"

"왜? 어디 가고 싶은 데가 있니?"

"그게 아니고요. 삼촌하고 같이 일하고 싶어서요."

"이 일이 얼마나 고된지 모르는구나. 하루걸러 백 리 길을 걸어 야 해."

"잘 걸어 다닐 자신 있어요."

"요즘 같은 철엔 괜찮아. 하지만 푹푹 찌는 여름이나 칼바람이 몰 아치는 겨울엔 말도 못하게 힘들어. 다 집어치우고 싶을 때가 한두 번이 아니란다."

"그래도 여기서 살기보다는 낫겠지요."

"이렇게 살기 좋은 마을이 어디 또 있다고 그래. 누가 너를 괴롭 히든?"

"꼭 그렇다고 말하기도 그렇고요, 아니라고 말하기도 그래요. 서 로 얼굴 안 보고 살면 좋을 아이가 하나 있긴 해요."

"아이라니? 너보다 어린 사람한테 시달린다는 얘기야?"

조카가 금세 눈물을 쏟을 듯한 얼굴로 삼촌 소매를 잡았다.

"제발, 제발 저를 좀 데려가 주세요."

"아니, 애가 왜 이래?"

"아무리 힘들어도 투덜대지 않을게요. 지게를 하나 얻어서 짐을 나누어 지고 다닐게요. 제발 저를 여기 놔두고 가지 마세요."

그렇게 해서 칠봉이는 원숭아비를 따라 세달사 마을을 떠나게 되었다. 자웅이와 궁예에게 복수하려던 꿈을 다 이루지 못해 무척 아쉬웠으나 마을 어귀를 지나 산 아래로 내려가는 발걸음이 더없이 가벼웠다. 두 팔을 벌리고 가슴을 쫙 펴며 어깨춤과 엉덩춤을 추면서 외쳤다.

"삼촌, 앞으로 저는 오늘을 생일로 삼을래요. 세상에 다시 태어난 느낌이 들거든요. 오늘따라 나무 한 그루와 풀 한 포기까지 새롭게 보여요. 아, 정말 행복해요!"

춤추는 왕

때는 875년이었다. 경문왕이 서른다섯 살 나이에 병들어 세상을 떴다. 뒤이어 아들이 옥좌에 올랐으니 이 왕 이름은 헌강왕이었다. 열네 살 난 왕은 귀족들에게 하룻강아지로 보였다. 저절로 호랑이가 된 귀족들은 굳이 애송이 왕과 맞서거나 서로 다툴 까닭이 없었다. 조금만 머리를 쓰면 쉽게 왕을 속일 수 있었기 때문이었다.

여러 날 잇달아 밤 꿈자리가 사나웠던 왕이 조정에서 신하들에게 물었다.

"요즘 백성들이 살 만한가요?"

신하들이 허허 웃었다.

"금방 하나마나한 말씀을 하셨습니다. 살 만한 정도가 아니거든요."

"아, 그런가요?"

"집에서 기르는 개까지도 이렇게 살아도 되나 하고 고개를 갸웃거리며 잔뜩 부른 배를 쓰다듬고 떵떵거리면서 산답니다.”

“정말이요? 개까지도 떵떵거린다고요?”

어린 왕이 눈을 끔벅거리자 관리들은 가마를 불렀다. 왕을 가마에 태워 월성에서 가장 높은 언덕에 있는 월상루로 데려갔다. 이 누각에선 서라벌에 있는 모든 집과 절과 연못들이 한눈에 내려다보였다. 어린 왕이 세자가 된 뒤로 지냈던 동궁이 있는 월지에서 두루미들이 하늘과 연못 사이를 오르내리며 날개를 퍼드덕대는 소리가 들려오는 듯했다. 구름 한 점 없는 날씨에 저 멀리로 토함산이 또렷이 보였다.

“하늘이 참 맑네요.”

왕을 월상루로 안내한 신하가 핀잔을 주었다.

“백성들이 어떻게 사는지 궁금하시면 하늘이 아니라 땅을 바라보셔야지요.”

왕이 어디로 고개를 돌려도 초가집은 보이지 않았다. 기와집이 서라벌을 뒤덮고 있었다. 저녁때여서 집집마다 굴뚝으로 연기를 피워 올렸다. 신하가 손가락으로 연기를 가리켰다.

“요즘 나무를 때서 밥을 짓는 집은 하나도 없습니다. 어느 집에서나 숯으로 밥을 짓지요.”

왕이 와아, 하고 감탄했다.

“역시 서라벌이라서 다른가 보네요.”

신하가 눈을 크게 뜨며 펄쩍 뛰었다.

“서라벌만이 아니라 온 나라에 기와집이 넘쳐납니다. 모두가 아궁이 앞에 숯을 산더미같이 쌓아 놓고 지내지요.”

왕이 고개를 끄덕이며 귀를 세웠다. 어딘가에서 가야금과 거문고와 비파를 연주하는 소리가 들려왔다.

"악기 연주 소리가 참 좋네요. 서라벌 사람들은 늘 귀가 즐겁겠어요."

신하가 손을 번쩍 들어 올리며 깡충 뛰어 왕에게 바짝 다가섰다. 왕관을 벗기고 머리를 한 대 탁, 치고 싶은 얼굴이었다.

"서라벌 사람들이라니요? 온 나라 백성들이 날마다 연주하고 노래하며 즐겁게 삽니다. 무슨 일을 하든지 덩실덩실 춤을 추어요."

"어떤 춤을 추는데요?"

"콩밭에서 두 손으로 힘껏 콩 줄기를 뽑을 때는 엉덩춤, 뽕나무에서 까치발로 서서 오디를 딸 때는 허리춤, 대장간에서 빨갛게 달군 낫을 물에 담갔다 뺄 때는 어깨춤을 춘답니다. 하나같이 얼마나 흥겨워하는지 둘이 보다가 하나가 죽어도 모릅니다."

"모두가 그리 즐겁게 산다니 참으로 흐뭇합니다. 그런 줄도 모르고 괜한 걱정을 했네요."

마음이 놓이면서 한껏 기분이 좋아진 왕은 바깥세상 일을 잊고 틈만 나면 국학에 나갔다. 국학은 신라에서 가장 뛰어난 학자들이 학생들을 가르치는 학교였다. 왕은 학생들이 책을 읽고 글을 쓰는 모습을 지켜보며 빙그레 웃는 얼굴로 고개를 끄덕였다.

'딴전을 피우지 않고 정말 열심히 공부하네. 저들을 잘 뒷바라지해서 높은 자리에 앉히면 나라가 한결 밝아지겠어.'

학생들 가운데는 육두품 자제들이 많았다. 육두품은 신라에서 진골 귀족 다음으로 높은 계급이었다. 그러나 아무리 학문을 닦고 덕을 쌓더라도 여섯 번째 관등인 아찬보다 높은 등급을 받지 못했다. 왕이 국학이 발전할 수 있도록 힘쓰자 육두품들은 신바람이 나서 더욱 부지런히 책을 읽고 글을 지었다.

이들과 달리 진골 귀족들은 언젠가는 밥그릇을 빼앗길지 모른다는 생각에 바짝 애가 탔다. 서로 겨루듯이 자기 집 창고에 재물 쌓는 데 더욱 열을 올렸고 관직에 집안사람을 앉히기에 바빴다. 어떤 관서에선 중요한 회의가 열리는 자리에서 공식 호칭이 아니라 집안에서 쓰는 호칭이 날아다녔다.

"매형, 이 일은 저에게 맡겨 주세요."

"처남, 잘해 낼 수 있겠지? 부탁하네. 그리고 조카사위, 자네는 이번에 새로 맡은 일이 마음에 드나?"

"마음에 들다마다요. 늘 처삼촌께 고마워하며 지냅니다."

서라벌 귀족들이 왕을 속이며 서로 나눠먹기에 열을 올릴수록 지방에 사는 양민과 천민들은 끼니를 굶는 일이 늘어 갔다. 어디에서나 빈 밥그릇을 두드리는 소리가 울렸다. 어떤 이들은 입에 쳐진 거미줄이 입김에 펄럭거렸고, 어지럼이 심해서 맑은 날에도 눈앞이 흐렸으며 바람에 쓰러질까 봐 집 밖에 나가기를 꺼렸다.

어린 왕은 해가 바뀐 뒤에 다시 날마다 악몽을 꾸었다. 백성들이 하늘과 땅과 왕을 원망하는 소리가 악몽 속에서 천둥처럼 울렸다. 어느 날 새벽에 온몸이 땀에 흠뻑 젖어 깨어난 왕은 꿈을 되돌아보았다. 다 쓰러져 가는 초가집 방 안에서 뼈만 남은 아기 수십 명이 배가 고파서 힘없이 앵앵거리며 울었다. 모든 아기가 배꼽에 아직 탯줄이 붙어 있었다.

탯줄 맞은쪽 끝이 붙어 있는 어둑한 천장 속에서 누군가 둥둥 북을 울렸다. 그 소리에 맞추어 아기들이 파닥파닥 온몸을 떨었고, 마치 방 안이 물속인 듯이 허공에 둥둥 떠올랐다. 탯줄이 서로 뒤엉키자 아기들은 숨이 넘어갈 듯 젖을 달라며 울어 댔다.

그날 아침 조정에서 어린 왕이 신하들에게 말했다.

"내 눈으로 직접 봐야겠어요."

백관을 다스리는 시중이 왕에게 물었다.

"무얼 보시겠다는 말씀인지요?"

"백성들이 진짜로 배불리 먹으며 날마다 춤을 추면서 즐겁게 지내는지 말이에요."

관리들과 귀족들은 닷새 뒤에 왕이 가마를 타고 월성을 나서기 전까지 이리 뛰고 저리 뛰어 다녔다. 왕을 멋지게 속일 특별공연 준비를 마쳤을 때, 모두 후들거리는 다리로 겨우 버티고 서서 단내 섞인 한숨을 토해 냈다.

첫날 왕이 탄 가마는 남산 아랫마을을 지나갔다. 저고리 속에 솜을 넣어 배를 한껏 부풀린 농부들이 밭에서 엉덩춤을 추며 삽으로 땅을 팠다. 어떤 사내들은 일부러 끄윽 하고 트림하며 아랫배를 손바닥으로 탁탁 때렸다. 모든 여자들이 남산만 한 궁둥이를 뒤뚱대며 걸었고, 어린아이들은 도리질하며 어른들이 내미는 떡을 쳐다보지도 않았다.

왕이 탄 가마가 남산 서쪽 포석정에 이르렀을 때였다. 소매가 너른 옥빛 저고리와 바지를 입고 흰 수염을 길게 기른 노인이 불쑥 나타나 소나무 그늘로 들어갔다. 노인은 덩실덩실 춤을 추었고 장구

소리가 장단을 맞추었다.

"덩, 다다, 덩, 다다다, 덩 다다, 쿵, 탁."

노인은 어깨를 한껏 높이 올리고 두 팔을 좌우로 길게 뻗었다. 무릎을 거의 들지 않고 발바닥으로 땅바닥을 쓸 듯이 느리게 춤을 추었다. 흰 수염 춤을 뜻하는 상염무라고 불리는 춤이었다. 왕이 곁에 선 신하에게 물었다.

"저 분은 누구신가요?"

"산신령이옵니다."

"춤도 그렇고, 장구 장단이 무척 느리며 부드럽네요."

"굿거리장단이라고 하는데 남방 춤 장단이 저러합니다. 남방이라면 신라와 옛 백제를 말하지요. 대개 얼굴에 나무 탈을 쓰는데요, 저 노인은 사람이 아니라 산신령이라서 탈을 쓰지 않은 듯합니다."

왕은 저절로 흥이 나서 앞으로 나섰다.

"이렇게 추는 게 맞나요?"

두 팔을 들고 노인을 따라 춤을 추어 보았다.

"허, 잘 추시네요."

노인이 고개를 끄덕이고 밝게 웃으며 가락을 넣어 읊조렸다.

"어허, 좋다! 태평성대가 따로 없으니 여기가 극락이로다. 온 백성이 흥겨우니 임금님 덕이 높기 때문이로다. 얼씨구, 좋다!"

이윽고 가마는 서라벌을 벗어났다. 왕이 가는 곳마다 손으로 배를 두드리며 쉬는 사람들로 넘쳐났다.

"온다, 온다. 임금님 가마가 이리로 오고 있다."

모두 잠자코 앉아 있다가 가마가 나타나면 벌떡 일어나 공연을 펼쳤다.

"갔어?"

"음. 이제 안 보여."

가마가 사라지면 하나같이 지칠 대로 지쳐 맨땅에 아무렇게나 드러누웠다. 옷 속에 든 솜을 꺼내 던지고 숨을 몰아쉬며 주린 배를 쥐어뜯었다.

이튿날 왕이 탄 가마는 개운포(지금의 울산 앞바다)에 이르렀다. 갑자기 구름이 짙게 끼고 안개가 자욱해져서 왕과 신하들은 길을 잃었다.

"이런, 오도 가도 못하게 되었네요."

"여기서 안개가 걷히길 기다려야겠습니다."

모두 어쩔 줄 몰라서 쩔쩔매는데 관리 하나가 다가왔다. 하늘과 별과 기후를 연구하고 점을 치는 일관이었다.

"전하, 동해 용이 어떤 일로 마음이 편치 않아 궂은 날씨로 사람들을 괴롭히고 있습니다."

"어떻게 하면 좋을까요?"

"가까이에 용을 모시는 절을 짓겠다고 약속하셔야겠습니다."

왕은 신하들에게 바다를 향해 그렇게 외치게 했다. 그러자 안개와 구름이 말끔히 걷혔다. 미리 귀족들이 대기시켜 놓은 춤꾼들이 모래펄에 판 구덩이에 숨어 있다가 올라왔다. 용의 탈을 쓴 이가 덩실덩실 춤을 추었다. 물고기 탈을 쓴 이들이 용을 에워싸며 덩달아 춤을 추었다. 신하가 왕에게 말했다.

"기뻐하십시오, 전하. 용왕과 아들들이 신라의 복을 비는 춤을 추고 있습니다.”

오른쪽에서 연주단이 모래언덕을 넘어왔다. 장구가 앞장서고 꽹과리와 북이며 징, 날라리와 피리가 뒤따랐다. 참으로 화려한 연주 소리가 온 바닷가로 울려 퍼졌다. 무척 힘이 넘치는 장구 장단이 연주를 이끌었다.

“덩, 딱, 덩딱, 쿵. 덩, 딱, 덩딱, 쿵.”

용왕의 무리는 무릎을 높이 올리며 더욱 힘차게 춤을 추었다. 양쪽 발이 함께 땅을 딛고 있을 때가 없었다. 타령조에 맞추어 추는 이 춤은 옛 고구려에서 이어져 온 북방 춤이었다.

그때 코가 크고 눈이 부리부리하며 수염이 새까만 사내가 나타났다. 머리에 쓴 화관은 모양새와 빛깔 모두가 눈부시게 아름다웠다. 이 사내 이름은 처용이었다. 처용은 한결 부드러우면서 빙글빙글 돌고 폴짝 뛰고 휙 내닫는 몸짓이 남다른 춤을 추었다. 다른 춤꾼들은 처용을 쳐다보느라 춤을 멈추었다.

“저런 춤 본 적 있어?”

“처음 봐. 정말 잘 추네!”

왕 또한 처용이 추는 춤에 홀려 입을 벌리고 침을 흘렸다. 곁에 있던 신하가 얼떨결에 눈을 흘기며 왕의 어깨를 손바닥으로 탁 때렸다.

“칠칠맞기는.”

신하는 왕이 돌아보자 저만치 날아가는 무언가를 눈으로 쫓는 척하며 횡설수설했다.

“장수말벌한테 쏘이실 뻔했습니다. 저 자는 우리가 대기시킨 춤꾼이 아닙니다. 장수말벌한테 쏘이면 숨이 가빠지면서 그날을 못 넘기고 죽습니다. 저 자를 감옥에 가두어 따끔하게 혼을 내거나, 관직을 내려 가까이에 두고 나랏일을 돕게 하심이 옳은 줄 아옵니다.”

왕은 뒤쪽을 선택해서 처용을 서라벌로 데려가 벼슬을 주고 아리따운 여자를 아내로 삼게 했다. 처용은 서라벌에서도 줄기차게 춤을 추었다. 밥을 먹던 중에 잠깐 일어나 어깨춤을 추었고, 한참 잠을 자다가도 누운 자세에서 엉덩이를 들었다 내렸다 하며 춤을 추었다. 아내가 바람나서 딴 사내와 잠을 자는 방 앞에서도 춤을 추었으며, 그 사내가 무릎을 꿇고 용서를 비는 자리에서도 춤을 추었다.

이따금 왕은 온몸이 근질근질할 때 처용을 불러 함께 춤을 추었다. 나날이 춤 솜씨가 늘어난 왕은 이 세상에 춤보다 신나는 일이 또 있을까 싶었다. 왕관을 벗어 던지고 춤꾼으로 나섰으면 하는 생각마저 들었다.

처용이 춤을 추던 중에 왕과 거리가 가까워질 때마다 속삭였다.

“저는 아내한테 속았으나 전하께서는 신하들한테 속지 마세요. 저들이 전하의 눈을 가리고 귀를 막고 있습니다. 전하께서 눈을 바로 뜨고 귀를 열지 않는다면, 머잖아 나라 곳간은 텅텅 비고 백성들의 뱃속도 텅텅 빌 것이옵니다. 전하, 백성들을 가엾게 여기고 따뜻하게 보살펴 주시옵소서.”

왕은 잔뜩 춤에 취해 있어 그 말을 듣지 못했다. 다리가 풀려 흐느적거리면서도 날이 새고 다시 어두워질 때까지 춤을 추었다. 겨울이 가고 다시 겨울이 올 때까지 춤을 추고 또 추었다. 나중엔 자기가 춤을 추는 건지 춤이 자기를 추는 건지 모를 지경이 되었다.

큰스님

궁예는 열여덟 살 때 수원승도가 되었다. 머리를 짧게 잘랐으며 누런색 베옷을 입고 허리에 검은색 띠를 둘렀다. 한두 해 사이에 키가 쑥 자란 궁예는 어깨가 한껏 넓어졌으며 목소리는 낮고 묵직해졌다. 누가 보더라도 어엿한 청년이 다 되었다.

봄부터 가을까지 궁예는 자웅과 다른 승도들과 함께 세달사와 내성군 관아를 오가며 일했다. 생전 처음 해 보는 집단생활이었지만 때때로 몸이 고될 뿐 마음은 새털처럼 가벼웠다. 칠봉이네 아버지 돌추가 병들어 누운 자웅네 아버지에 이어 승도들을 이끄는 대장이 되었다. 돌추는 자웅이 듣는 자리에서 궁예를 칭찬했다.

"당최 꾀를 부리는 걸 못 보겠어. 누가 시키지 않아도 스스로 알아서 하니 참으로 대견스럽구먼."

자웅은 이런 궁예를 무척 자랑스럽게 여겼다. 서로 떨어져서 한창 땀 흘리며 일하다가도 곧잘 큰소리로 이름을 부르고 활짝 웃으며 손을 흔들었다.

"아우야, 잘하고 있지?"

궁예가 빙그레 웃으며 손을 들어 보였다. 말은 안 해도 자웅과 함께 일해서 얼마나 든든한지 몰랐다. 며칠 자웅이 감기에 걸려 집에서 누워 지낸 적이 있었다. 그때 궁예는 영 마음이 허전해서 일이 손에 잡히지 않았다. 자꾸만 불길한 느낌이 스멀스멀 가슴속으로 파고들었다. 그게 어떤 느낌인지 곰곰이 더듬다가 한숨을 폭 쉬었다.

'예전에도 여러 번 가출한 적이 있다고 했어. 언젠가는 멀리 떠나

갈지도 몰라.'

생애 말년에 큰스님은 눈이 멀었다. 이따금 입에서 모래바람을 뿜으며 느릿느릿 세달사 마을을 놀았다. 바짝 마른 막대기 같은 모습으로 막대기를 짚고 멈추어 서서 숨을 골랐다. 그 모습을 보고 있으면 어느 막대기가 진짜 막대기이고 또 어느 막대기가 사람인지 알수 없었다. 옷을 입은 막대기가 벌거벗은 막대기를 옮겨 짚으며 코를 킁킁댔다.

큰스님은 눈이 먼 대가를 코가 밝아지는 쪽으로 받았다. 못 맡는 냄새가 없었고 놓치는 냄새가 없었다. 막 스쳐 가는 사람 다리에 난 뽀루지 냄새, 누구네 집 헛간 구석에 버려진 감자에서 올라오는 싹 냄새까지 맡았다. 잘 안 씻는 누구네 집 사내 발 냄새와 여자 겨드랑이 냄새도 흘려보내지 않았다. 큰스님이 냄새를 잘 맡는다는 걸 알아챈 마을 사람들이 주고받았다.

"온갖 역한 냄새 때문에 얼마나 속이 메스꺼우실까."

"나 같으면 밖에 안 나가고 방 안에서만 지낼 거야."

큰스님은 토끼처럼 두 귀를 쫑긋 세우고 또 다른 능력을 시험해 보았다. 이미 날이 저문 뒤였다. 이 집 저 집에서 하루 일을 마치고 다시 모인 가족들이 속닥이는 소리가 들려왔다. 그들이 아무리 작게 속삭여도 스님 귀에 무척 크게 울렸다. 어느 집 부부는 방에 앉아서 이웃집 부부 흄을 보았다.

"무얼 빌려 가면 돌려줄 줄 몰라."

"다른 집 물건들도 모두 자기 것으로 여긴다니까."

또 어느 집 부부는 몰래 굴비를 구워먹을 궁리를 하며 속닥거렸다.

"여기? 저기?"

"아니, 부엌."

"석쇠구이? 꼬치구이?"

"쉿, 당신부터 먼저 입장."

큰스님이 산책하며 코와 귀를 번갈아 열었다 닫는 일이 두어 달 이어졌다. 이윽고 큰스님은 세달사 마을에 사는 모든 사람의 성격과 기호와 취향을 낱낱이 꿰게 되었다. 사람 하나를 떠올리곤 낯을 찌푸렸다.

'에이, 너무 게을러.'

다른 사람을 떠올리곤 도리질했다.

'늘 남 탓만 하면 쓰나.'

또 다른 사람이 머릿속을 스쳤을 땐 어휴, 하고 끔찍하다는 얼굴로 탄식했다.

'어찌 된 게 받을 생각만 하지 베풀 줄을 몰라.'

그런데 큰스님은 어떤 청년을 떠올릴 때마다 빙긋 웃으며 고개를 끄덕거렸다. 콧수염이 꽤 짙어지고 가슴과 팔다리 근육이 발달했지만 아직 얼굴에 앳된 느낌이 남아 있는 청년이었다. 큰스님이 보기에 이 청년은 입이 아주 무거웠고 여간 생각이 깊지 않았다. 다른 사람들을 배려하는 마음도 남달랐다. 큰스님은 생애 마지막 가르침을 이 청년에게 주고 싶었다. 청년의 이름은 궁예였다.

그해 여름에 누가 큰스님을 앞질러 먼저 하늘에 오르리라고 여긴 이는 아무도 없었다. 큰스님이 자리에 누운 지 열흘이 지났을 때였다. 오래도록 시름시름 앓던 자웅네 아버지 당초가 갑자기 마당에서 고꾸라지며 피를 토했다.

"어머나, 여보! 왜 거기 누워 있어요?"

"아버지 얼굴이 피범벅이 되었어요! 꼼짝도 하지 않으세요!"

아내와 아들이 당초를 발견했을 때 당초의 영혼은 이미 허공으로 날아오른 뒤였다. 영혼은 태화산 꼭대기를 지나 연꽃 구름에 이르러 테두리에 걸터앉았다. 저 아래 세달사 마을을 내려다보는데 눈시울이 시큰해졌다. 그러나 이미 육신을 떠났기에 눈물을 흘릴 수 없음을 알아채고 끙, 하며 일어났다. 다시 허공을 날아 머나먼 하늘 끝으로 영영 되돌아올 수 없는 여행을 떠났다.

자웅은 아버지 장례를 치르고 나서 입을 굳게 닫았다. 궁예를 보고도 눈인사조차 건네지 않았다. 손발을 바삐 놀리고 땀을 뻘뻘 흘리며 오래 미루었던 일들을 하나씩 해치웠다. 장독대 뒤로 가서 무너진 돌담을 새로 쌓았고 마당에서 밖으로 이어진 도랑을 깊이 팠다. 하수구를 막은 음식 찌꺼기를 모두 긁어내서 밭에 갖다 버렸다. 그리고 사립문 곁에 아무렇게나 놔두었던 땔감을 부엌 바깥벽 쪽으로 옮겨 잘 쌓았다.

어느 날 아침에 자웅은 바랑을 지고 마당으로 내려섰다. 어머니는 아들을 잡지 않았다. 잡을 수도 없음을 잘 알고 있었다.

"잘 가거라."

자웅이 바닥에 넙죽 엎드려 절했다.

"어머니, 건강하게 잘 지내세요."

궁예가 마을 어귀까지 자웅을 따라갔다. 자웅이 궁예 어깨를 툭 치며 말했다.

"우리, 씩씩하게 헤어지자. 살아서 다시 만나자. 안녕."

휙 돌아선 자웅은 궁예를 다시 돌아보지 않고 잰걸음으로 오솔길을 걸어 숲속으로 사라졌다. 곧바로 뒷산에 오른 궁예는 발길 닿는 대로 돌아다녔다. 꽤 멀리 떨어진 바위와 바위 사이를 단번에 건너뛰었고 가슴까지 차오른 골짜기 물을 건넜다. 이끼가 잔뜩 낀 나무뿌리를 잘못 밟고 미끄러져 데굴데굴 굴렀다. 팔꿈치가 벗겨지고 정강이에 피멍이 들었지만 툭툭 털고 일어나 성큼성큼 걸었다.

어린 멧돼지가 앞으로 툭 튀어나왔다. 궁예는 멧돼지를 붙잡아 번쩍 들어 풀숲으로 던졌다. 멧돼지는 강아지처럼 깨갱 울었다. 엄마 멧돼지가 입으로 푸륵푸륵 거칠게 숨을 내쉬며 궁예에게 달려왔다. 궁예와 눈이 마주치자 움찔하더니 빙그르 돌아서서 새끼를 데리고 달아났다. 눈을 질끈 감고 걷다가 떡갈나무에 머리를 세게 부딪친 궁예는 주먹으로 나무줄기를 마구 때렸다. 주먹에서 흘러나온 피가 나무줄기를 적셨다.

'그렇게 가 버리면 어떡해. 미리 얘기해 줄 수도 있었잖아.'

궁예는 갑자기 떠나간 자웅을 원망했다. 그동안 자웅과 함께 보낸 시간이 태화산 어디에나 묻어 있었다. 모든 나무와 바위, 모든 비탈과 등성이엔 자웅과 궁예에 얽힌 이야기가 가득 담겨 있었다. 저마다 명랑한 자웅의 목소리를 끝없이 들려주었다.

"궁예야, 넌 참 재미난 녀석이야. 어떻게 그런 기발한 생각을 할 수 있지?"

"형이 너 때문에 산다. 요즘 무척 힘들었는데 너를 보니까 금세 기분이 좋아지네."

"애, 그만 좀 웃겨라. 배꼽 빠지겠다!"

뒷산 활터에서 궁예는 신갈나무 꼭대기에 박힌 화살을 보고 멈칫했다. 언제던가 자웅이 잘못 쏜 화살이었다. 까치 골짜기에선 물푸레나무를 한참 멍하니 바라보았다. 자웅이 도끼자루를 만들려고 나뭇가지를 잘라 낸 흔적이 남아 있었다. 궁예는 곧잘 자웅과 나란히 앉아서 먼 산을 바라보던 곰바위에 이르렀다. 곰바위 한쪽에 바짝 마른 밤알 여러 개가 놓여 있었다. 지난해 가을에 자웅이 주워서 갖고 다니다가 그곳에 놓아둔 밤알이었다.

'세월이 흐르면 이 모든 것들이 변하거나 사라지겠지. 아마도 그때까지는 다시 이곳에 오지 못할 것 같아.'

곰바위에 누운 궁예는 하늘을 올려다보았다. 자웅과 헤어지고 나서 산에 오른 지 며칠이나 되었는지 더듬어 보았다.

'이틀? 사흘? 아니구나. 벌써 닷새가 지났어.'

그 사이에 궁예는 물만 마셨고 아무 것도 먹지 않았다. 잔뜩 지친 궁예는 눈을 감고 있다가 아직 하늘이 환한 시각에 잠들었다. 저 아래 비탈에 있는 암자에서 큰스님이 코를 킁킁거려 자기가 그곳에 누워 있음을 알아챘다는 것을 전혀 모르는 채였다.

법윤은 눈을 감고 바로 누운 큰스님 곁에 앉아 있었다. 이따금 큰스님이 돌아가셨나 하고 검지를 코앞에 대 보았다.

"스님, 주무세요? 괜찮으세요?"

기다렸다는 듯이 큰스님은 입을 벌리고 모래를 토해 냈다. 입을 도로 다물더니 크게 숨을 들이쉬었다가 내쉬고 꼼짝도 하지 않았다. 얼마 뒤에 깜박 졸다가 다시 눈을 뜬 법윤은 자기가 헛것을 보았나

했다. 허공에 글씨가 한 자 한 자 나타났다. 큰스님이 손을 들어 허공에 글씨를 쓰고 있었다.

‘슬픔에 젖은 젊은이가 곰바위에 홀로 누워 있구나.’

“뒷산 곰바위요?”

‘그래, 어서 가서 데려오너라.’

법윤이 고개를 갸웃거렸다.

“그 젊은이가 누군가요?”

큰스님은 대꾸하지 않고 손을 내렸다. 법윤이 암자 방문을 열고 동자승에게 일렀다.

“뒷산 곰바위에 가면 누가 홀로 누워 있을 거야. 이리로 데려오너라.”

한참 지나서 부쩍 여위고 얼굴이 홀쭉해진 궁예가 방문을 열었다. 법윤이 궁예에게 손짓했다.

“어서 들어와서 큰스님 곁에 앉아라.”

쭈뼛거리며 방으로 들어온 궁예는 무릎을 꿇고 앉았다. 법윤이 다시 손짓했다.

“좀 더 바짝 다가앉아라.”

큰스님이 코를 킁킁대더니 다시 손을 들어 허공 글씨로 궁예에게 물었다.

‘너는 무엇 때문에 괴로워하느냐?’

궁예는 잠자코 큰스님 얼굴을 내려다보았다. 큰스님의 허공 글씨가 이어졌다.

‘모든 괴로움은 네 안에서 나온다. 어느 누구도 원망하지 마라.’

잠깐 지나서 한마디 덧붙였다.

'내일 이곳에 다시 오너라.'

큰스님은 이튿날 찾아온 궁예에게 두 번째 가르침을 주기에 앞서 허공 글씨로 일렀다.

'네게 법명을 내리노니 이제부터 네 이름은 선종이다. 착하게 살라는 뜻이다.'

큰스님은 오랜 만에 자기 생각을 밖으로 내보내느라 무척 힘에 겨웠다. 가쁘게 숨을 몰아쉬고 허공에 마지막 문장을 썼다.

'세상 만물은 겉보기에 크고 작고 둥글고 모나고 예쁘고 못나게 생겼을 뿐, 그 바탕은 같다. 만물을 나누거나 가르지 마라. 모두를 평등하게 대하며 두루 사랑하도록 하라.'

궁예는 자세를 고쳐 앉으며 먼 기억을 더듬었다.

'까막산에서 살 때 운악 할아버지께서 들려주신 말씀과 아주 비슷해.'

차별과 평등이라는 단어가 범종 소리처럼 궁예 머릿속을 울리며 길게 꼬리를 늘어뜨리다가 사라졌다. 큰스님은 궁예 앞으로 손을 내렸다. 궁예가 쭈뼛거리자 법윤이 옆구리를 찔렀다.

"이녀석아, 뭐 하느냐?"

궁예는 두 손으로 큰스님 손을 잡았다. 깡마른 손이 무척 따뜻했다. 곧이어 큰스님의 영혼은 육신이 짊어졌던 모든 짐을 이승에 내려놓았다. 다음 생에선 아주 작고 보잘것없는 벌레로 태어나기를 꿈꾸며 하늘로 날아올랐다.

은부

세달사 마을 사람들은 세월이 많이 흐른 뒤에도 은부가 처음 온 날을 또렷이 기억했다. 그때 궁예는 큰스님한테서 받은 이름대로 선종으로 불리고 있었다. 선종은 스물두 살이었고 은부도 같은 나이였다. 간밤에 바람이 휘몰아치다가 잠잠해졌으나 온 세상이 꽁꽁 얼어붙은 겨울날 한낮이었다. 눈부신 햇살은 땅에 언 얼음을 오히려 더욱 단단하게 만들었다.

은부의 발목에 채워진 쇠사슬이 땅바닥을 훑으며 자르륵 자르륵 소리를 냈다. 두 손이 손목을 맞대고 밧줄에 묶인 은부는 짧게 머리를 잘랐다. 신을 신지 않은 발에 멀쩡한 발가락이 하나도 없었다. 모조리 동상에 걸려 터졌고 돌에 긁혀 찢어졌으며 피고름이 흘렀다. 까맣게 때가 탄 저고리와 바지는 누더기나 다름없었다. 곳곳에 난 구멍으로 내비치는 살갗은 검붉은 빛을 띠며 얼어 있었다. 헝클어진 머리칼이 어깨를 덮었고 목둘레엔 감옥에서 칼을 쓰고 지낸 자국이 보였다.

말을 탄 무사가 네댓 발짝 떨어져 은부를 뒤따랐고, 말 곁에서 병사 하나가 재게 발을 옮기며 걸었다. 둘 다 솜을 넣고 누빈 바지와 소가죽 저고리와 토끼 털 조끼를 입었다. 여우 털가죽을 목에 둘렀으며 너구리 털모자를 이마까지 눌러 썼다. 은부는 눈앞에 펼쳐진 마을과 절 풍경을 보고 걸음을 늦추었다. 새까만 얼굴에선 반짝이는 두 눈밖에 보이지 않았다. 무사가 팔을 높이 들고 반원을 그리며 힘껏 채찍을 휘둘러 은부를 내리쳤다.

"이놈아, 어서 걸어라!"

채찍에 어깨를 얻어맞은 은부가 곧 쓰러질 듯이 비틀거렸다. 수염으로 뒤덮인 얼굴에서 두 눈을 번득이면서 미간을 찌푸렸으며 입을 크게 벌리고 이를 드러냈다. 마치 성난 짐승이 고개를 옆으로 틀며 울부짖는 듯했다. 사실 은부는 호랑이나 늑대와 크게 다르지 않았다. 짐승으로 태어나 짐승으로 자랐다. 바위 밑 굴에서 어린 시절을 보내며 풀과 나무껍질로 주린 배를 채웠다. 여름엔 거의 벗고 지냈고 겨울엔 멧돼지 가죽옷을 입고 지냈다.

열 살 때 굴을 떠난 은부는 거지들과 함께 밥을 빌어먹었고 쓰레기 더미를 뒤져 덜 썩은 음식을 찾아 먹었다. 제대로 차린 밥은 단 한 끼도 먹어 보지 못했다. 날마다 꿈에 뽀얗게 김이 오르는 고슬고슬한 쌀밥이 나왔다. 열다섯 살 되던 해에 은부는 주막집에서 찬 밥 한 덩이를 훔치다가 붙들려 감옥에 들어갔다. 그때부터 지금까지 줄곧 감옥을 드나들고 도둑질과 강도짓을 일삼으며 살아왔다. 여덟 해 가운데 여섯 해 넘게 감옥에서 목에 칼을 쓰고 지냈다.

마을 사람들이 죄수 하나가 온다는 소식을 듣고 집 밖으로 몰려나왔다. 선종도 사람들 틈에 서서 가까이 다가오는 은부를 바라보았다.

"엄마야, 무서워."

어린아이들은 몰골이 엉망인 데다가 험상궂게 생긴 은부를 보고 놀라서 어른들 뒤에 숨었다. 어른들도 모두 숨죽인 얼굴로 입을 꾹 다물고 눈을 반짝거렸다. 땅바닥에 끌리는 쇠사슬 소리가 점점 커지자 느티나무에서 재잘대던 참새들은 부리를 닫고 목을 움츠렸다. 한데 모여 선 구경꾼들과 눈이 마주친 은부가 움찔하며 다시 걸음을 늦추었다. 채찍이 휙, 하고 날아와 은부 등을 철썩 때렸다.

"으윽."

은부는 신음소리를 내며 털썩 바닥에 무릎을 꿇었다.

"이놈아, 어서 일어나서 걷지 못하겠느냐!"

무사가 버럭 소리치며 또다시 손을 높이 들어 허공에서 채찍을 몇 바퀴 돌렸다. 채찍은 은부의 머리를 겨누고 날아갔다. 그때 아무도 상상하지 못한 일이 벌어졌다. 무릎을 꿇은 채 재빨리 고개와 어깨를 돌린 은부는 밧줄에 묶인 두 손을 들며 팔을 뻗었다. 머리 위로 날아오는 채찍을 손으로 잡아 힘껏 당기며 일어났다. 은부와 말을 탄 무사는 서로 줄다리기하는 꼴이 되었다. 무사는 채찍 한쪽 끝을 손에 몇 바퀴 꼭 감아쥐고 있었다. 채찍을 놓고 싶어도 그럴 수 없었다.

"어어, 이놈이 왜 이러는 거야?"

무사를 쏘아보는 은부 눈에서 파닥 불꽃이 튀었다. 어금니를 악물고 온힘을 쏟아 채찍을 당겼다.

"아악!"

무사가 비명을 지르며 말에서 땅으로 쿵 떨어졌다. 모든 구경꾼들이 놀라서 헉 소리를 냈다. 그제야 은부는 채찍을 놓아 주고 바닥에 뒹구는 무사를 내려다보았다. 잠깐 기절했던 무사가 머리에서 벗겨져 나간 너구리 털모자를 집어 들었다. 천천히 일어나서 옷에 묻은 흙먼지를 툭툭 털더니 옆으로 털모자를 내밀었다. 병사가 달려와 털모자를 받아 들었다. 머리에 두건을 두른 무사는 뚫어지게 은부를 쳐다보며 토끼 털 조끼를 벗었다. 병사에게 조끼를 건네고 손에서 채찍을 풀었다가 다시 잘 감았다. 한 발짝 성큼 나서며 낮고 날카로운 목소리로 으르렁거렸다.

"무릎 꿇어라, 이 개자식아. 오늘 너는 내 손에 죽는다."

은부가 똑바로 서서 꼼짝하지 않자 목소리를 높였다.

"안 꿇어? 뭐야, 한번 해보자는 거야?"

무사는 채찍을 높이 들어 휙휙 돌렸다. 허공을 가르며 날아간 채찍은 은부 어깨를 철썩 때렸다. 구경꾼들이 다시 혁 소리를 냈다. 은부는 으윽 하고 신음하며 털썩 무릎을 꿇었다. 연거푸 날아간 채찍은 은부 옆머리를 때렸다. 머리가 터져서 피가 관자놀이를 타고 뺨으로 흘러내렸다. 또다시 날아간 채찍은 목을 때렸다. 은부는 금세 길게 붉은 자국이 난 목에 손등을 대고 모로 누웠다.

"이 자식아, 맛이 어떠냐?"

무사가 분이 좀 풀린 얼굴로 씩 웃었다. 입속에서 침을 모아 땅에 퉤 뱉더니 다시 채찍을 들어 휙휙 돌렸다. 바로 그때 구경꾼 속에서 누군가 앞으로 뛰쳐나갔다. 궁예, 아니 선종은 곧장 무사에게 달려들었다. 팔을 쭉 뻗어 채찍을 든 무사의 손목을 꽉 움켜잡았다. 밑으로 손목을 내리며 한껏 비틀어 꺾었다. 무사가 허리를 구부리고 온몸을 꼬며 비명을 질렀다.

"아야야야야! 제발, 제발, 이러지 마!"

선종은 한참 그러고 있다가 무사 손목을 놓아주었다. 똑바로 일어선 무사가 부드득 이를 갈았다. 손을 들어 선종 뺨을 힘껏 때리고 또 때렸다. 철썩 철썩 소리가 허공을 울렸다. 무사는 따귀를 한 대 때릴 때마다 박자를 맞추며 힘주어 말했다.

"이 새끼, 넌, 도대체, 뭐 하는, 놈이냐, 대가리에, 피도, 안 마른, 놈이, 감히, 나한테, 대들다니, 너를 낳고, 미역국, 먹은, 네, 어미가, 불쌍하다!"

　스무 번 넘게 얻어맞은 선종의 양쪽 뺨이 붉어져서 퉁퉁 부어올랐다. 코피가 터져 인중과 입술과 턱을 타고 흘러 윗저고리에 뚝뚝 떨어졌다. 그러나 선종은 뺨을 맞는 내내 신음소리 한 번 내지 않았으며 줄곧 외눈으로 뚫어지게 무사의 눈을 쳐다보았다. 눈 두 개가 눈 하나를 당해 내지 못했다. 두려움에 사로잡힌 무사는 선종의 눈길을 피했다. 입 속이 바싹 타들어갔고 가슴이 쿵쿵 뛰었다.

　'기껏해야 스무 두어 살 밖에 안 돼 보이잖아. 이런 애송이 앞에서 내가 왜 이러지?'

　무사는 숨을 죽이고 쳐다보는 구경꾼들도 두려웠다. 갑자기 구경꾼들이 손가락질하며 깔깔거릴 것만 같았다. 어서 빨리 곤혹스러운 상황에서 벗어나기로 마음먹은 무사는 뒤쪽에 선 말에게 다가갔다. 말 등에 매달아 놓은 바랑에서 칼을 꺼냈다. 쇳소리를 내며 칼집에서 나온 칼이 햇살에 번쩍거렸다. 선종에게 돌아간 무사는 선종의 목을 노려보며 칼을 옆으로 비스듬하게 높이 들어올렸다.

　바로 그때 세달사 쪽에서 버럭 외치는 소리가 들려왔다.

　"그만두지 못할까!"

　주지 승려 법윤이 일주문을 나서 성큼성큼 걸어왔다. 법윤은 몇 해 전부터 내성군에서 해마다 죄수를 한두 명씩 받아서 잘 가르쳐 올바른 길로 이끄는 일을 해 왔다. 이번에도 법윤이 직접 내성군에 가서 여러 죄수 가운데 하나를 골랐다. 이 죄수가 은부였다. 무사는 칼을 들고 우뚝 선 채 고개를 돌렸다. 법윤을 보고 화들짝 놀라며 칼을 바닥에 떨어뜨렸다. 무릎을 꿇고 엎드려 법윤에게 절하면서 난투극을 끝냈다.

감옥에서 세달사로 죗값을 치르는 장소를 옮긴 은부는 아주 낯선 감정을 느꼈다. 지금까지 세상을 살아오면서 누군가를 좋게 생각하거나 믿고 싶었던 적이 없었다. 그날 은부는 채찍에 얻어맞고 모로 쓰러져 누워 줄곧 무사와 선종 사이에서 벌어지는 일을 지켜보았다. 겨우 몸을 일으켜 앉았을 때는 무사가 법윤을 보고 바닥에 엎드린 뒤였다. 선종은 퉁퉁 부은 얼굴로 코피를 흘리며 집으로 돌아갔다.

은부는 만일 선종이 나서지 않았다면 자기가 어떻게 되었을지 생각해 보았다.

'채찍에 더 얻어맞아 죽었을지도 몰라.'

뒤이어 선종이 스스로 목숨을 잃을 수도 있음을 뻔히 알면서 앞으로 나선 까닭을 곰곰이 헤아려 보았다. 절레절레 고개를 흔들며 속으로 중얼거렸다.

'왜 그랬는지 전혀 모르겠네.'

은부는 낮엔 세달사에 가서 지내고 밤엔 자웅이 쓰던 방에서 묵었다. 선종이 쓰는 방과 이웃한 방이었다. 은부는 선종이 어떤 사람인지 궁금해서 틈날 때면 선종 주위를 맴돌았다.

"잘 지내고 있지?"

선종이 은부를 볼 때마다 어깨를 주먹으로 툭 치거나 손을 들어 보였다. 어느 날엔 삼베로 짠 덧버선과 짚신을 주었다. 또 어느 날엔 손짓해서 가까이 오게 했다.

"뒤로 돌아서 봐."

선종은 은부가 양 팔을 들게 한 뒤에 갈포로 두껍게 짠 조끼를 입혀 주었다. 산에 나무하러 가려고 지게를 지며 은부에게 물었다.

"같이 갈래?"

은부가 얼른 고개를 끄덕거렸다. 선종은 자웅이 쓰던 지게를 가리켰다.

"지게 질 줄 알지?"

두 사람은 나란히 산에 올랐다. 선종이 개울가에서 자라는 물푸레나무를 잘라 지팡이를 만들어 은부에게 주었다. 은부는 도둑질과 강도짓을 빼면 제대로 할 줄 아는 일이 없었다. 그러나 선종은 은부를 놀리거나 다그치지 않았다. 손도끼와 낫으로 나뭇가지를 치는 방법을 차근차근 일러 주었고, 칡으로 묶어 나뭇단을 만드는 방법을 보여주었다.

두 사람은 지게에 땔감을 가득 실어서 지고 내려오다가 곰바위 앞에 멈추어 섰다. 선종이 곧잘 자웅과 나란히 앉아 먼 산을 바라보던 바위였다. 선종은 태화산에서 철마다 어떤 꽃이 피고 어떤 나물과 풀이 자라는지, 호랑이나 멧돼지와 맞닥뜨렸을 때는 어떻게 해야 하는지 은부에게 들려주었다. 세달사 승려들은 어떤 사람들이며 봄부터 가을까지 승도들은 어디서 무슨 일을 하는지도 들려주었다.

선종이 밝게 웃는 얼굴로 손을 들어 태화산 꼭대기를 가리켰다.

"저곳엔 용이 한 마리 살아. 기분이 좋은 날엔 입김을 뿜어 아기 용을 만들지. 용이 입을 크게 벌리고 하품하면 저쪽 끝까지 구름이 시원스럽게 뻗어 나가는데, 얼마나 멋진지 몰라."

은부가 선종을 따라 입 꼬리를 올리고 눈을 가늘게 떴다. 선종처럼 웃는 시늉을 했는데 무척 어색했다. 선종이 은부를 돌아보고 아주 재미나다는 듯이 하하 소리 내어 웃었다.

종간

종간은 태화산 꼭대기에 있는 움집에서 다섯 남매 가운데 첫째이자 맏아들로 태어났다. 종간의 아버지는 약초꾼이었다. 도라지와 잔대와 더덕과 산삼이며 상황버섯과 영지와 운지를 따서 내성군 약재상을 통해 당나라 상인들에게 팔았다. 곧잘 아내와 자식들 앞에서 자기가 어떤 꿈을 꾸는지 들려주었다.

"언젠가는 꼭 부자가 될 거야. 산을 떠나 평지에서 아주 넓은 논밭을 일구며 살 거야. 우리 모두 아무리 힘들어도 그때까지 꾹 참고 지내도록 해."

아버지는 종간이 열네 살이 되었을 때 그 꿈을 접었다. 약초를 캐러 다니다가 독사들이 우글거리는 굴에 빠져 세상을 떴다. 어머니는 머리가 많이 모자랐으며 심하게 말을 더듬었다. 그러나 남편 없이는 산에서 더 살 수 없음을 깨닫기까지 시간이 많이 걸리지 않았다. 다섯 자식을 데리고 산꼭대기 움집을 떠나 골짜기를 따라 내려가다가 세달사 마을에 들러 하룻밤 묵었다.

이튿날 아침에 어머니는 맏아들이 쥐도 새도 모르게 사라졌음을 알았다. 태화산 등성이 위로 해가 떠오를 때부터 저녁때까지 마을 복판 빈터에서 한 발짝도 움직이지 않고 외쳤다.

"종간아, 종간아. 꼭꼭 숨어라, 머, 머, 머리카락 보일라."

마을 노인들이 지팡이를 짚고 지나가다가 혀를 끌끌 찼다.

"아이를 찾겠다는 거요, 안 찾겠다는 거요?"

"한 자리에서 그러지 말고 여기저기 돌아다녀 봐요."

어머니한테 찰싹 달라붙은 네 아이가 칭얼거렸다.

"엄마, 배고파."

"엄마, 그만 가자."

어머니는 옷고름을 푼 뒤에 아이를 하나씩 번쩍 들어서 안고 젖을 먹였다. 막 돌이 지난 아이와 네 살짜리 아이는 볼이 터지게 젖을 빨았다. 여섯 살짜리 아이는 어머니 손에 잡혀 허공에 붕 떠서 발버둥 쳤다.

"안 먹을래. 밥 줘."

아홉 살짜리는 어머니 옆머리를 주먹으로 탁 때리며 엉뚱한 소리를 했다.

"밥 안 주면 임금님한테 이를 거야."

어머니가 낯을 찡그리고 손으로 얼얼한 옆머리를 쓰다듬었다. 숨을 깊이 들이쉬었다가 내쉬고 하늘을 올려다보며 또 외쳤다.

"종간아, 종간아. 꼭꼭 숨었니? 머, 머리카락 보이면 아, 아, 안 된다고 했지?"

어머니는 해가 서산으로 바짝 다가가자 풀이 죽은 얼굴로 고개를 흔들었다.

"종간이는 어, 어, 엄마가 시, 시, 싫은가 보다."

세달사 쪽으로 돌아서서 넙죽 땅바닥에 엎드려 절했다.

"부처님, 우, 우리 종간이를 잘 보, 보, 보살펴 주세요."

곧이어 아이들을 데리고 마을 어귀를 지나 산길을 따라 사라졌다. 그때를 기다렸다는 늦이 샘터 뒤쪽 메마른 풀숲에서 사각사각 소리가 났다. 종간이 주위를 살피며 걸어 나왔다. 바가지로 샘물을 떠서 마시고 온종일 어머니가 자기 이름을 외쳤던 자리로 갔다. 바닥에 털썩 앉아 무릎에 두 손을 얹고 턱을 괴었다. 눈을 끔벅이며 길게 한숨을 쉬었다.

밖에서 일하고 집으로 돌아가던 마을 사람들은 이 아이를 본 척만 척했다. 뼈만 앙상하고 머리가 주먹만 한 아이를 거두어 보았자 제대로 밥값을 할지 알 수 없었다. 어느 집에서나 어떻게든 식구 입 하나를 줄이려고 애쓰던 때였다. 딸자식은 열 살이 되면 부잣집에 몸종으로 보냈고 아들은 나이를 속여 가며 수원승도를 만들려 했다.

이른 봄날 해가 지면서 기온이 뚝 떨어졌다. 종일토록 굶은 아이는 어둠 속에서 배를 움켜쥐고 온몸을 덜덜 떨었다. 무릎 사이에 얼굴을 묻고 손바닥으로 머리를 감쌌다. 그래도 추위를 전혀 막아 내지 못했다.

'아휴, 큰일 났네. 어머니를 따라갈 걸 잘못했어.'

어머니는 덜떨어져서 답답하긴 해도 마음씨가 고운 사람이었다. 다섯 아이들을 고루 사랑했고 개떡 하나가 생겨도 다섯 조각으로 똑같이 잘라 나눠 주었다. 누가 다쳐서 상처에 피가 맺히거나 고름이 흐르면 입을 대고 모두 빨아냈다. 어머니는 괜히 칭얼대는 아이를 혼낸 적이 없었다. 아이들이 달려들어 머리를 주먹으로 때리고 발로 배를 걷어차도 나무라지 않았다. 그저 안타까운 얼굴로 웅얼거렸다.

"아, 안 그러면 좋겠는데, 어, 엄마한테 아, 안 그러면 좋겠는데."

꽁꽁 얼어붙은 밤하늘에서 별들이 반짝거렸다. 이윽고 반달이 떠올라 온 땅을 밝게 비추었다. 추위와 배고픔을 못 참고 일어난 종간은 비틀거리며 겨우 걸음을 옮겼다. 마을을 떠나 담장을 돌아가자 세달사 일주문이 나왔다. 종간은 그 문이 어떤 문이며 그리로 들어가면 어디가 나오는지 알지 못했다. 한밤중에 활짝 문을 열어 놓은 집이 있다니 참 이상하다 싶어 잠깐 머뭇거렸다.

'엄청나게 큰 집이야. 집 주인은 엄청난 부자일 테니까 나를 받아 줄지도 몰라.'

종간은 주먹을 꼭 쥐고 숨을 크게 들이쉬며 일주문을 지났다.

"이 녀석아."

너른 마당 어딘가에서 낮고 묵직한 목소리가 들려왔다.

"넌 누구냐? 어디서 왔느냐?"

종간이 얼떨결에 대꾸했다.

"산꼭대기에서 온 종간이라고 합니다요."

종간은 무슨 말을 하든지 끝에 꼭 '요'자를 붙였다. 누군가 다시 외쳤다.

"어서 들어오지 않고 뭐 하느냐."

종간이 또 얼떨결에 대꾸했다.

"예, 알겠습니다요."

절 마당에서 법윤이 달빛을 받고 서 있었다. 아까 저녁때 법윤은 다른 승려한테서 마을 복판 빈터에 오갈 데 없는 아이가 홀로 앉아 있다는 말을 들었다. 그러나 절 살림이 넉넉하지 않은 터라 무턱대고 아이를 받아들일 수는 없었다. 법윤은 아이가 제 발로 찾아왔으니 하룻밤 재워 주기로 했다. 보리떡 한 덩이를 종간 손에 쥐어주며 젊은 승려들이 자는 방으로 들여보냈다.

"내일 아침에 다시 보자꾸나."

종간이 집다운 집, 방다운 방에서 잠을 자기는 생전 처음이었다. 보리떡을 맛있게 먹고 어둠 속에 누워 눈을 끔벅이며 코를 킁킁댔다. 불을 땐 방엔 따뜻한 흙냄새와 깨끗한 옷 냄새와 부드러운 책 냄새가 가득했다. 낮에 꼿꼿이 앉아 경을 읽느라 굳었던 등뼈를 녹이며 승려들이 색색 숨 쉬는 소리에선 달콤한 기운이 느껴졌다. 더없이 아늑하고 편안한 잠자리였다.

하지만 종간은 좀처럼 잠을 이루지 못했다. 보리떡이 금방 소화가 되면서 다시 배가 고파 왔다. 소매를 입으로 물고 씹어 보았다. 속이 울렁거려 웩 하고 토악질하는 소리를 내고는 손바닥으로 입을 막았다. 강아지가 자기 발을 핥듯이 찝찔한 손바닥을 핥으며 배고픔과 외로움을 함께 덜어 내려고 애썼다. 창문에 푸르스름한 빛이 어릴 때 젊은 승려들이 꼼지락거리는 소리가 들렸다. 하나둘 일어나서 바스락거리며 옷을 입은 승려들은 새벽 예불을 드리러 나갔다. 그제야 졸음이 밀려온 종간은 입을 크게 벌리며 하품하고 잠에 곯아떨어졌다.

아침 햇살이 밝게 빛나는 마을 빈터에서 법윤은 종간을 멀찍이 세워 놓고 마을 노인들과 이야기를 나누었다.

"정말 안 되겠어요?"

노인들이 입을 꾹 다물고 법윤 눈을 피했다. 얼마 만에 노인 하나가 되물었다.

"스님께서도 우리 사정을 잘 아시지 않습니까?"

법윤은 노인들의 어깨 너머로 종간을 쳐다보았다. 종간은 고개를 푹 숙이고 발치를 내려다보고 있었다. 어른들이 내리는 판결에 온 삶을 맡긴 영혼은 한없이 작고 약해 보였다. 어금니에 힘을 준 법윤은 눈을 꾹 감았다가 떴다. 다시 한 번 말을 조금 바꾸어 노인들에게 물었다.

"정말 어려운가요?"

어느 노인도 더는 대꾸하지 않았다. 모든 집 가장과 젊은이들은 여러 날 전에 내성군으로 다리를 놓는 부역을 나갔다. 지금 집에 남아 있는 사람은 노인과 여자들과 어린아이들뿐이었다. 노인들에겐 어린아이 하나를 맡는 일을 결정할 권한이 없었다. 만일 그런 권한이 있더라도 여느 때보다 살림살이가 팍팍한 시절에 아이를 맡겠다며 고개를 끄덕일 수는 없었다.

'이제 어떡한다?'

법윤은 몰래 한숨을 쉬었다. 한때는 곰보다 덩치가 크고 돌보다 근육이 단단했던 사람이었다. 세월 앞에 장사 없다고 하듯이, 법윤도 노년에 접어들며 나날이 등이 굽고 살이 물러졌다. 덩달아 마음이 약해지면서 눈빛마저 흐려졌다. 노인들의 곁을 떠난 법윤은 종간에게 다가갔다. 종간이 고개를 들고 법윤을 바라보았다. 반짝거리는 눈엔 실낱같은 기대감이 담겨 있었다.

법윤이 손을 들어 아이 머리를 쓰다듬었다. 아이에게 해 줄 말이 얼른 떠오르지 않았다. 머릿속으로 문장 몇 개를 만들어 보았다.

'미안하구나. 어느 집도 너를 받아줄 형편이 안 되는 모양이다. 절에서 며칠 더 지낼 수는 있지만 그 뒤엔 스스로 알아서 떠나야 한다.'

'아랫마을로 내려가 촌주를 만나 보면 어떨까 싶다. 내가 편지를 한 장 써 주마.'

그때 저 멀리 마을 어귀에서 웅성거리는 소리가 들려왔다. 부역을 나간 사내들이 집으로 돌아오고 있었다. 노인들이 지팡이를 짚으며 그들을 맞으러 갔다. 서로 인사를 나누고 말을 주고받더니 모두 마을 복판으로 걸어왔다. 맨 앞에서 나란히 걸어오는 사람은 선종과 은부였다. 이들은 지난겨울부터 샘터 오른쪽에 움집을 새로 짓고 둘이서 함께 지냈다.

선종이 법윤 앞에 이르러 합장하며 고개를 꾸벅 숙였다.

"스님, 그 동안 별고 없으셨는지요."

"그래, 다리는 잘 놓았느냐?"

"예, 스님. 폭우가 쏟아져도 끄떡없게 잘 놓았습니다."

선종은 스님 곁에 선 말라깽이를 쳐다보았다. 다시 법윤을 바라보며 또박또박 말했다.

"좀 전에 마을 어르신들에게서 어제오늘 무슨 일이 있었는지 들었습니다. 제가 이 아이를 맡아도 되겠는지요?"

법윤이 대답 대신 눈을 크게 떠 보였다. 선종이 말을 이었다.

"그럼 나중에 다시 찾아뵙고 말씀 올리겠습니다."

걸음을 옮기며 손을 들어 종간에게 자기 집 쪽을 가리키고 말했다.

"얘, 어서 가자."

격변

　선종이 수원승도로 일하며 이십 대 후반을 보내는 동안, 온 나라가 갈수록 어지럽고 어수선해졌으며 엄청난 변화가 벌어졌다. 잇달아 옥좌에 오른 헌강왕과 정강왕 형제는 할 줄 아는 게 거의 없었고 나랏일에서 손을 놓다시피 했다. 틈만 나면 춤을 추거나 궁궐 밖으로 멀리 나가 사슴과 꿩 사냥을 하며 놀았다.

　이런 왕 밑에서 서라벌 귀족들은 제대로 일할 생각은 하지 않고 왕의 눈과 귀를 막으려 애썼다. 뒷전에서 저들끼리 관직을 나눠먹었고, 나라 곳간과 사유지와 장원에서 곡식과 재물을 빼돌리느라 숨 돌릴 겨를이 없었다. 귀족 버금가게 특혜와 권세를 누리는 승려들도 염불보다 잿밥에 눈이 멀었다. 하늘과 부처가 무서운 줄 모르고 절 금고에 재화를 채워 넣기에 바빴다.

　나라에선 날마다 세리를 보내 어서 세금을 내라며 백성을 들볶아댔다. 더는 못 참고 삽과 괭이를 내던지며 논밭을 떠나 산으로 들어가는 사람들이 눈에 뜨이게 늘어 갔다. 그들이 농부에서 도적으로 변신하는 데는 칼 한 자루밖에 필요하지 않았다. 마침내 각 지방에서 스스로 세력을 키우는 이들이 생겨났다. 이들은 권력 다툼에서 밀리거나 관직에서 은퇴한 뒤에 고향으로 돌아간 서라벌 진골과 육두품 출신들, 아홉 개 주와 수많은 현에서 관리로 일하던 사람들과 촌주들과 대지주들이었다.

　호족으로 불린 이들은 먼 옛날 부족국가 시대처럼 저마다 독립된 집단을 만들어 여러 관직과 군대를 두고 성을 쌓아 외부 침략에 대비했다. 저 위쪽 송악(지금의 경기도 개성)에선 해상 무역으로 성장한 왕륭이 초대형 선박에서 자기 가문을 상징하는 문장을 그려 넣은 깃발을 높이 올렸다. 청성군(지금의 경기도 포천)에선 나라에서 관리하던 말 목장을 빼앗은 성달이 물구나무선 채 말을 타고 달렸으며, 호리병을 입에 물고 단번에 소주 한 되를 마시는 묘기를 뽐냈다. 명주(지금의 강원도 강릉)에선 이전 날 왕이 될 뻔했다가 밀려난 김주원의 후손들이 칼과 이를 동시에 갈며 가문의 재건을 꿈꾸었다.

상주 가은현(지금의 경북 문경)에선 관군 장수인 아자개가 불만이 가득한 농부들을 따로 모아 군대를 키웠는데, 이다음에 옛 백제 땅에서 나라를 세울 아들 진훤이 사춘기를 맞으면서 걸핏하면 턱을 들고 대드는 바람에 골머리를 앓고 있었다. 적선현(지금의 경북 청송)에선 홍술이 스스로를 대장군이라고 불렀다. 홍술은 부하들이 지켜보는 가운데 삽과 괭이를 녹여 칼과 창을 만드는 시범을 보이다가 발등에 쇳물을 튀기는 실수를 저질렀다. 화끈거리는 통증을 꾹 참고 절름거리며 막사로 돌아가면서 만세 삼창을 하는 호기를 부렸다.

세달사에서도 몇 가지 눈에 뜨이는 변화가 일어났다. 주지 법윤은 젊었을 때 주먹으로 나무에 대못을 너무 많이 박아서인지 일흔 살이 넘어 가며 눈에 뜨이게 기력이 떨어졌다. 살날이 많지 않음을 알아챈 법윤은 마음속에 굳게 잠겨 있던 문 여러 개를 한꺼번에 열었다. 지금껏 마을 사람들은 밭에서 일하다가 법윤이 멀리서 나타나면 바로 일어나서 두 손을 앞으로 모으고 고개를 숙였다. 법윤이 그러지 말라고 손을 가로저으며 다른 데로 간 뒤에야 다시 일하기 시작했다. 법윤은 세달사 마을 촌주이자 수원승도 대장 돌추를 따로 불러 말했다.

"모두에게 내가 먼저 아는 체하기 전엔 먼저 아는 체하지 말라고 일러요."

다음으로 법윤은 법당에서 열리는 법회에 수원승도들과 양민들이 참석하지 못하게 막던 오랜 불문율을 깨뜨렸다. 오히려 열흘에 한 번은 모두가 법회에 나와야 한다는 새로운 규칙을 발표하며 한마디 곁들었다.

"아는 체하기보다는 아는 게 낫다."

이런 변화는 새로운 세계를 배우고 싶어 몸이 달았던 선종에겐 축복이었다. 하지만 은부와 종간에겐 날벼락과도 같은 재앙이었다. 이들이 법당으로 들어가는 모습은 처형장으로 끌려가는 사형수와 비슷해 보였다. 어깨가 축 처졌고 고개가 한껏 앞으로 꺾였다. 다리에 힘이 없어 누가 톡 건드리면 픽 쓰러질 듯했다. 둘 다 법회가 시작될 때부터 끝날 때까지 꾸벅꾸벅 졸다가 죽비에 죽도록 맞았다. 여느 때보다 잠을 많이 잔 날에도 졸았고 그렇게 많이 자도 되나 싶게 잠을 잔 날에도 졸았다. 죽비로 두 사람을 때리다가 지친 승려는 법당 뒤쪽 구석에 가서 쪼그리고 앉아 손으로 어깨를 주무르며 바닥이 꺼지게 한숨을 쉬었다.

법윤이 열어젖힌 문에서 선종은 어둠을 헤치고 눈부시게 빛나는 세상으로 나아가는 길을 보았다. 두려움과 설렘으로 온몸을 떨며 겨우 발을 들어 그 문으로 들어서면서 많은 것들을 새로 알았다. 해탈해서 부처가 되기 전의 싯다르타가 왕자였음을 알았고, 한때 왕궁 담장 안쪽에서 세속이 육신에게 허락하는 최상의 쾌락을 누렸음을 알았다. 어느 날 담장 밖으로 나간 싯다르타가 가난과 질병과 굶주림에 시달리면서 겨우겨우 살아가는 이들이 자기와 다를 바 없는 인간임을 알고 충격을 받았다는 사실도 알았다.

선종은 세상에 태어나서 늙고 병들어 죽는 일이 어느 누구도 벗어날 수 없는 굴레임을 알았다. 이런 이치를 깨우치지 못하고 사는 일은 참된 삶이 아님을 알았고, 부처의 가르침을 전하는 길이 여러 갈래임을 알았다. 교종이 지식이라는 이름의 배를 타고 강을 건너는 길임을 알았으며, 선종이라는 종파가 지식과 학습이 아니라 직관과 사유라는 배를 타고 앎에 이르는 길임을 알았다.

그리고 선종은 자신이 법당에 들어설 때보다 나설 때 더욱 갈증이 심해졌음을 깨달았다. 낡고 너덜너덜해진 불경을 얻어다가 밤잠을 줄이며 달빛과 등잔 불빛 아래서 읽고 또 읽었다. 더는 졸음을 이겨내지 못하고 불경을 덮으며 힘없이 중얼거렸다.

"알면 알수록 모르겠구나."

유언

여러 날 감기를 심하게 앓은 법윤이 몸져누웠다. 시중을 드는 동자승에게 일렀다.

"선종을 데려오너라."

부축을 받아서 벽에 등을 대고 겨우 일어나 앉은 법윤은 선종더러 바짝 다가앉으라고 손짓했다. 아침나절 내내 숨을 가쁘게 몰아쉬며 한 번에 한 단어씩 소리 내어 문장을 만들었다.

"이레 뒤에 나는 이승을 떠난다. 너도 머뭇거리지 말고 이 절을 떠나거라…"

정오 무렵에 깜박 잠들었다가 깨어난 법윤은 오후엔 좀 더 긴 문장을 만들었다.

"어서 가서 구렁텅이에 빠진 백성들을 구하는 일에 뛰어들어라. 큰스님께서 너에게 어질게 살라며 선종이라는 법명을 내린 뜻이 거기에 있다…"

그날 밤 선종은 무언가에 온몸이 짓눌리는 느낌에 한숨도 자지 못했다. 이튿날 다시 선종을 부른 법윤은 아주 긴 문장을 만들었다.

"참되게 어진 사람은 널리 어진 사람이며, 만인에게 이로운 일을 실천하는 사람이다. 이전 날 큰스님께서 큰일에 쓰일 수 있도록 너를 잘 키우라고 나에게 이르셨다. 그 뒤로 늘 너를 지켜보았는데, 능히 그 일을 해낼 재목임을 알겠다. 자신감을 가져라. 무거운 바위에 눌린 듯 밤새 잠을 못 이루어서야 되겠느냐."

뒤이어 앞에 놓인 칼 한 자루를 가리키며 선종에게 가져가라고 손짓했다. 검은색 소가죽으로 만든 칼집엔 금박으로 용 무늬가 새겨져 있었다. 용은 왕을 뜻했다. 법윤은 선종이 나라를 바로 세우거나 새로 세우기를 바랐다.

방을 나서 마당으로 내려서던 선종은 칼자루를 쥔 손이 가늘게 떨림을 알아챘다. 그러나 두 다리는 조금도 흔들리지 않았다. 여느 때처럼 성큼성큼 걸어 마당을 가로질러 일주문을 나섰다. 밭을 지나 비탈이 시작되는 곳에 이르러 왼손으로 칼집을 잡고 오른손으로 칼자루를 쥐었다. 사르랑 소리를 내며 칼집을 벗어난 칼은 햇살을 되비치며 눈부시게 빛났다.

세달사 마을에서 한 발짝도 벗어나지 않고 살아왔으며 세달사 담장에 박힌 모난 돌도 자식처럼 아꼈던 법윤은 잠자던 중에 주먹에 입을 맞춘 채 숨을 거두었다. 다비식이 끝났을 때 잿더미에선 대가리가 부러진 못 여러 개가 나왔다. 법윤의 주먹 속에 박혀 있던 못이었다.

어느덧 나이가 서른에 이른 선종은 한 해 남짓 세달사 마을을 돌보는 데 힘썼다. 죽은 나무들을 뿌리째 캐고 그 자리에 묘목을 심었으며, 장마 때마다 흙이 무너져 내리는 마을 뒤쪽 비탈에 돌 축대를 쌓았다. 마을 사람들이 함께 곡식을 가꾸는 밭에 뒹구는 돌멩이들을 모두 밖으로 들어냈고, 시원스럽게 물이 올라오지 않는 샘을 더 깊게 판 뒤에 샘터 지붕에 얹힌 굴피를 갈았다.

선종은 은부와 종간에게 법윤이 자기를 불러 유언한 내용을 들려주고 덧붙였다.

"군인이 되기로 마음먹었어. 곧 이곳을 떠날 거야."

두 사람이 선종에게 간절한 얼굴로 말했다.

"나를 꼭 데리고 가야 해."

"형님, 저도요. 저를 놓고 가면 안 됩니다요."

은부와 종간이 나란히 서 있는 모습을 보면 누구라도 배꼽을 잡고 웃을 만했다. 키는 엇비슷했지만 하나는 떡 벌어졌고 다른 하나는 비쩍 말랐다. 하나가 옆걸음으로도 못 지나가는 틈새를 다른 하나는 두 팔을 휘저으며 달음박질로 지나갔다. 하나가 손가락 한 개로

드는 각목을 다른 하나는 열 손가락에 가슴팍을 더해도 못 들었다.

그러나 이제 스무 살이 된 종간은 힘을 쓰는 일을 빼면 아주 뛰어난 점이 많았다. 무척 몸놀림이 쟀으며 머리가 잘 돌아갔고, 비록 글을 못 읽었지만 누가 무슨 말을 하든지 금세 알아들었다. 걸음 또한 번개처럼 빨랐다. 잠깐 안 보였다 하면 어느 결에 아랫마을에 다녀와 새로 들은 소식을 형들에게 들려주었다.

선종과 은부가 눈을 반짝이며 물었다.

"참말이야?"

"멀리서 온 장사꾼들이 분명히 그렇게 말했다는 거지?"

"행여나 잊을까 봐 계속 중얼거리며 달려왔다니까요."

정강왕이 옥좌에 오른 지 한 해 만에 병들어 죽고 여동생이 왕이 된 지 세 해가 지났을 때였다. 이 왕은 신라 역사에서 세 번째이자 마지막 여왕인 진성여왕이었다. 종간이 들려준 얘기 속에서, 거의 굶어 죽을 판에 세금 독촉에 시달리던 백성들이 마침내 반란을 일으켰다. 원종과 애노 같은 농부들이 상주에서 군대를 만들어 신라 관군에 맞서 싸운 일이 계기가 되었다. 농민군은 따로 활동하기도 했고, 호족들의 군대로 들어가 힘을 보태기도 했다. 들불처럼 반란이 온 나라로 번져가면서 때로는 호족 군대끼리 서로 싸우는 일까지 벌어졌다.

심각한 얼굴로 반란 소식을 전하던 종간이 별안간 어깨를 들썩이고 웃었다.

"저 아래 송림 마을이라고 있잖아요. 지난봄부터 뒷산 솔밭에서 바람이 많이 부는 날이면 이런 소리가 난대요. 가까운 마을에 왕자가 산다. 엄청나게 무서운 왕자가 산다."

세차게 바람이 부는 날 아침에 선종은 호리병을 들고 집을 나섰다. 송림 마을에 이르러 솔밭으로 들어가 귀를 기울였다. 어딘가에서 바람에 실려 사람 목소리가 날아왔다. 종간이 말한 대로 어디에 왕자가 산다느니 하는 소리는 아닌 듯했다. 선종은 한 발 한 발 조심스럽게 나아가서 줄기가 유난히 구불구불한 소나무 앞에 멈추어 섰다. 나이가 일천 오백 살이 넘는다는 나무였다.

선종은 호리병에 든 술을 소나무 둘레에 고루 뿌리고 엎드려 절했다. 다시 일어나서 돌아가려는데, 세찬 바람에도 흔들리지 않던 나무가 온 가지를 흔들어 댔다. 세상을 뜬 지 한 해가 다 되어 가는 법윤의 목소리가 들려왔다.

"여태껏 떠나지 않고 뭐 하느냐. 어서 넓은 세상으로 나가거라."

진훤

어떤 이들은 이 사람을 견훤이라고 불렀다. 그러나 성씨를 이를 때는 진 씨가 맞고 스스로도 자기를 진훤이라고 부른 이 사람은 상주 가은현(지금의 경북 문경)에서 태어났으며, 그곳에서 어린 시절을 보낼 때 이다음에 커서 군인이 되기로 마음먹었다. 신라 군인이었던 아버지 아자개가 아들에게 물었다.

"너는 왜 군인이 되려고 하느냐?"

아들 진훤이 짧고 똑 부러지게 대꾸했다.

"멋있잖아요."

진훤은 열여덟 나이에 꿈을 이루었다. 신라 군인이 되어 서라벌 월성을 지키는 일을 했다. 날마다 창을 들고 성벽을 따라 터벅터벅 걸었다. 어떤 때는 창을 거꾸로 들어 창끝으로 바닥에 길게 줄을 그었다. 진훤이 비실비실 걷건 흐느적거리며 걷건 나무라는 이가 아무도 없었다.

'내가 꿈꾸었던 군인은 이런 게 아니었어. 전쟁터에서 용감하게 싸워 적들을 물리치는 군인이었지.'

진훤이 입을 크게 벌리고 하품하며 월성을 나섰다. 근무지를 벗어나는 부하를 보고 상관이 물었다.

"어디 가니?"

"첨성대에 다녀올게요."

"그래, 잘 다녀와."

진훤은 첨성대 앞에서 다시 하품했다. 손등으로 눈물을 훔치며 고개를 갸웃거렸다.

'저렇게 큰 굴뚝을 왜 만들었을까?'

월성으로 돌아오던 진훤은 계림 옆쪽 들판 둔덕에 아무렇게나 누워 낮잠을 잤다. 창이 옆으로 굴러 도랑에 떨어졌는데도 알지 못했다. 엄마 손을 잡고 지나가던 어린아이가 속삭였다.

"왜 군인이 저런 데서 자요?"

엄마가 혀를 끌끌 찼다.

"정말 안됐네. 잠잘 방이 없나 보구나."

상관이 옷에 마른 풀이 잔뜩 묻고 어깨에 청개구리를 얹은 모습으로 돌아온 진훤을 보고 웃었다.

"이봐. 바닷가 모래펄에 누워 갈매기 울음과 파도 소리를 들으며 자는 게 낫지 않겠어?"

아직 졸린 눈을 끔벅이며 멍하니 바라보는 진훤에게 덧붙였다.

"전투를 하고 싶다고 했지? 바다 쪽에 자리가 하나 났는데 너한 테 딱 맞을 것 같아. 서라벌 군인 출신에겐 곧바로 장군 아래 비장 자리를 준다네."

진훤은 두말하지 않고 승평(지금의 전남 순천) 앞바다로 갔다. 보름에 한 번꼴로 왜구들이 도둑질하려고 배에서 내려 뭍으로 올라왔다. 진훤은 병사들을 이끌고 왜구들과 싸우는 재미와 왜구들을 죽여 코를 잘라서 나무궤짝 속에 모으는 재미로 시간 가는 줄 몰랐다. 군인 정신이 뼛속 깊이 스며들면서 밥을 먹을 때나 뒤를 볼 때나 손에서 칼을 놓지 않았다. 밤에도 칼을 베고 잠을 잤으며, 아침에 눈을 뜨자마자 칼에게 말을 건넸다.

"오늘 너를 멋지게 써 보면 좋겠는데, 네 생각은 어떠냐?"

잠깐 지나서 스스로 대꾸했다.

"예, 부디 그렇게 해 주세요. 어서 적들의 뱃속으로 쑥 들어가고 싶어 몸살이 났습니다."

진훤은 스물두 살 때 바닷가 개펄에서 널배를 타고 다니며 꼬막을 캐던 여인과 눈이 맞았다. 신부 집 앞뜰에서 혼례를 올리는 자리에서도 줄곧 허리에 칼을 차고 있었다. 하객들이 흰 눈으로 쳐다보며 쑥덕거렸다.

"누가 군인이 아니랄까 봐 저러나?"

"신부 얼굴 좀 봐. 하얗게 질렸네."

진훤은 신방에서도 머리맡에 놓아둔 칼을 몇 번이나 손으로 쥐었다가 놓았다. 겁에 질린 신부는 덜덜 떠느라 한숨도 자지 못했다. 이따금 아주 작게 중얼거렸다.

"혹시 제가 마음에 안 드시나요?"

새벽에 코 고는 소리를 뚝 그친 신랑이 갑자기 팔을 뻗어 칼을 쥐었다. 신부는 너무 놀라서 그대로 기절해 버렸다.

그즈음 진성여왕이 두 오빠 못지않게 나라를 엉망으로 다스리면서 백성들의 원망이 하늘을 찔렀다. 바로 이때다 하고 진훤의 아버지 아자개는 자기가 이끌던 관군마저 반란군으로 탈바꿈시켰으며, 이 소식을 들은 아들 진훤 또한 마음을 고쳐먹었다. 병사들을 데리고 근무지를 벗어나 내륙으로 들어갔는데, 이때끼지 진훤에겐 다른 이름이 있었고 성씨는 이씨였다. 그러나 고통 받는 백성들에게 좀 더 가까이 다가가고자 성씨와 이름을 진훤으로 바꾸었다. 떡을 찔 때 쓰는 둥근 질그릇인 시루, 그리고 어느 들판에서나 흔히 볼 수 있는 원추리를 데쳐 양념을 한 원추리나물을 뜻하는 말이었다.

신라 군대에서 쓰이는 전술과 병법을 속속들이 익힌 진훤은 어디를 가든지 단숨에 신라 관군을 무찔렀다. 이미 터를 잡고 있던 다른 호족 군대와 농민군은 순순히 복종을 맹세하고 진훤 밑으로 들어갔다. 처음에 쉰 명 안팎이었던 진훤의 군대는 금세 오백 명으로 불어났고, 한 번 더 해가 바뀌었을 땐 이천 명으로 숫자가 늘었다. 병사들은 날마다 서로 인사를 나누느라 바빴다.

"만나서 반갑구려."

"예, 잘 부탁합니다."

어떤 때는 여러 날 전에 인사를 주고받은 병사들끼리 다시 인사를 나누는 일이 벌어졌다.

"어디에서 본 듯한 얼굴이네요. 우리가 초년인가요?"

"나도 낯이 익는구먼요. 어쨌든 앞으로 잘 지내봅시다."

이따금 진훤은 자기 행동에 두 가지 모순이 있다는 느낌이 들었다. 신라의 은혜를 많이 입었고 신라 장수로 이름을 떨쳤으니 끝까지 반란군에 맞서 싸워야 옳았다. 그러나 지금 진훤은 신라 군대를 철천지원수처럼 대하고 있었다. 또 다른 모순은 진훤이 새로운 땅을 손에 넣을 때마다 백성들을 모아놓고 외치는 연설에 담겨 있었다.

진훤은 무진주(지금의 광주광역시)를 공격한 지 사흘 만에 동쪽 성문을 부수었다. 말을 몰고 성 안으로 달려 들어갔을 때는 무진주 도독이 다른 관리들과 함께 북쪽으로 달아난 뒤였다. 포로가 된 병사들과 성 안에 숨어 있던 백성들 모두가 한 곳에 모여 목을 조아리고 있었다. 말에서 내려 언덕으로 올라간 진훤은 양 옆구리에 두 손을 올리며 다리를 어깨 넓이로 벌렸다. 큼큼, 하고 목청을 가다듬고 우렁찬 목소리로 외쳤다.

"백제인 여러분, 신라인들에게 땅을 빼앗긴 뒤로 얼마나 고통스럽고 수치스러우며 피눈물 나는 세월을 살아오셨습니까? 바로 이 사람 진훤이 여러분의 설움과 분노와 원한을 깨끗이 풀어 드리겠습니다! 여러분이 땅뿐 아니라 나라와 명예와 재산, 그 모든 것들을 되찾을 수 있도록 기꺼이 이 한목숨을 바치겠습니다!"

진훤은 자기 말에 스스로 감동해서 목이 메었고 눈앞이 흐려졌다. 그런데 박수를 치거나 함성을 올리는 사람이 아무도 없었다.

'아니, 이렇게 감정이 메마른 사람들이 다 있나?'

진훤은 머릿속으로 연설 내용을 재빨리 되짚어 보았다. 비로소 연설에 담긴 모순을 알아채곤 온몸을 떨었다.

'지금 내가 여기서 무얼 하고 있지? 먼 옛날부터 대대로 신라 사람이었던 내가 옛 백제 땅에 와서 백제 사람들의 한을 풀어 주겠다고 외치고 있잖아. 도대체 이게 어떻게 된 일이람?'

청중 속에서 누군가 침묵을 깨고 짝짝 박수를 쳤다. 그러자 가까이 있던 사람들이 따라서 박수를 쳤다. 점점 퍼져 나간 박수 소리는 온 하늘이 울리게 드높아졌다. 모두 두 손을 번쩍 들며 목청껏 외쳤다.

"만세! 백제 만세! 진훤 장군 만세!"

진훤은 이런 일이 몇 번 되풀이되자 자기 최면에 걸렸다. 더는 모순 따위를 돌아보지 않게 되었으며 늘 당당하면서 떳떳하게 어깨를 활짝 펴고 지냈다. 그래서 예전보다 덩치가 한결 커 보였지만 몸이 무척 가벼워져서 거의 땅을 밟지 않고 걸어 다녔다. 예전엔 두세 번 동작을 나누어 말에 올랐는데, 이젠 가까이 다가갔다 싶으면 어느 결에 말 등에 올라앉아 있었다.

기세등등한 장군을 본받은 모든 장수와 병사들은 한껏 사기가 올랐다. 동서고금에 그토록 전쟁을 즐기는 군대는 보기 힘들었다. 행군할 때 쉬지 않고 힘차게 노래를 불렀고 창칼을 부딪치며 적과 싸울 때도 노래했다. 심지어 치명상을 입고 피를 흘리며 나뒹굴면서도 노래를 흥얼거렸다. 무주(지금의 전남)를 모조리 손에 넣은 진훤의 군대는 동쪽으로 방향을 틀었다. 오늘도 동진, 내일도 동진을 외치며 서라벌 쪽으로 뚜벅뚜벅 나아갔다.

　이들이 내는 발소리는 서라벌 사람 가운데서도 특히 한 사람에겐 저승사자가 쉬지 않고 다가오는 소리로 들렸다. 이 사람은 왕궁 침방에서 이불을 열 채나 뒤집어쓰고 숨어 눈을 깜박거리는 진성여왕이었다.

외톨이

　진성여왕은 몸집이 아담했고 키가 작았다. 오빠가 둘 있었는데, 차례로 왕이 되었으나 둘 다 나이 서른을 못 채우고 병들어 세상을 떴다. 얼떨결에 나라를 다스리게 된 여왕은 다리가 짧아서 옥좌에 앉으면 발이 바닥에 닿지 않았다. 두 발을 번갈아 앞뒤로 흔드는 모습은 꼭 철없는 어린아이 같았다.

　어린 시절에 여왕의 이름은 '만'(曼)이었다. 길다는 뜻과 아름답다는 뜻이 함께 담겼다. 오래오래 아름답게 살라고 어른들이 그런 이름을 지어 주었다. 그런데 여왕이 기억하는 어린 시절은 아름다움과 거리가 멀었고 옷깃부터 치맛자락 끝까지 온통 눈물로 얼룩졌다. 아장아장 걷다가 꽃밭에 엎어져 앙, 하고 울음을 터뜨린 여름날 저녁엔 어머니가 병상에서 숨을 거두었다. 그때 만의 나이는 다섯 살이었다. 열 살 때는 고운 색동옷에 담비 털 조끼를 걸치고 함박눈이 펑펑 내리는 뜰에서 놀다가 돌아오니 아버지 경문왕이 침상에 피를 토하고 죽어 있었다.

"만아, 나하고 같이 가자."

경문왕 장례를 마친 날 숙부 김위홍은 앙증맞은 조카딸 손을 꼭 잡고 자기 집으로 데려갔다. 위홍은 친형인 경문왕이 나라를 다스릴 때부터 상대등 같은 고위 관리로 일해 왔다.

"어서 오너라."

숙모가 만이를 반갑게 맞으며 품에 꼭 안고 등을 두드려 주었다. 숙모는 만이가 갓난아이일 때 젖을 먹인 유모이기도 했다.

"이제 우리와 같이 살자."

만이는 숙부와 숙모를 해와 달처럼 받들었다. 그들이 하는 말이라면 닭을 잡아 꿩 만두를 만든다고 해도 곧이 믿었다. 무럭무럭 자란 만이는 열다섯 번째 생일에 자기를 빤히 바라보는 숙부한테서 낯선 눈길을 느꼈다.

"어느새 다 컸구나."

그렇게 중얼거리며 윗몸을 뒤로 젖힌 숙부는 계속 조카딸을 쳐다보았다. 흠, 하고 콧소리를 내더니 휴우, 하고 길게 숨을 내쉬었다. 며칠 뒤에 아내에게 말했다.

"밤에도 침방에서 나랏일을 봐야 해요. 오늘부터 다른 방에서 자도록 해요."

그날 밤 숙부는 조카를 침방으로 불러들였다.

"뭐 하니? 어서 들어오지 않고선."

문을 열고 서서 쭈뼛거리는 만이에게 속옷 차림으로 다가가서 두 팔을 벌리고 덥석 끌어안았다. 만이는 너무 놀라 비명도 나오지 않았다. 숙부는 거의 기절한 조카딸을 번쩍 안아 침상에 올렸으며, 벗기고 법하고 울렸다. 동튼 뒤에야 눈물을 그친 만이는 코를 골며 자는 숙부 곁을 떠나 벽에 걸린 청동 거울 앞에 섰다. 하룻밤 사이에 소녀티를 말끔히 벗은 처녀가 만이를 바라보고 있었다.

한 해가 가고 또 한 해가 가는 사이에 숙모의 방은 숙부와 조카딸이 자는 방에서 더욱 멀어져 갔다. 숙모는 먼저 마음이 병들고 몸이 뒤따라 병들면서 눈에 뜨이게 늙어 갔다. 어느 날 집 안뜰에서 숙모와 마주친 숙부가 고개를 갸웃거렸다.

"어디서 뵌 듯한데 할멈은 뉘신가요?"

숙모가 고개를 숙이고 게걸음으로 물러나며 모깃소리로 대꾸했다.

"한때 침상과 밥상을 같이 쓰던 여인인 줄 아옵니다."

얼마 뒤에 숙모는 집 뒤뜰 장독대에 붙어 있는 손바닥만 한 방에서 세상을 떴다. 지난 세월 숙모가 밤낮없이 쉬지 않고 흘린 눈물 때문에 방바닥과 벽은 곰팡이로 뒤덮여 있었다.

만이는 스물두 살에 왕이 되어 옥좌에 처음 앉았다. 궁중 사람들이 만이와 위홍을 부부로 보기 시작한 지도 한참 되었을 때였다. 위홍은 자기가 만든 임명장을 여왕에게 건넸다가 도로 받으면서 아직까지도 상대등이라는 최고 관직에 있음을 모두에게 다시 확인시켰다. 여왕은 침방과 조정에서 따로 할 일이 없었고 딱히 할 말도 없었다. 숙부이자 남편이 벗으라면 벗고 입으라면 입었고, 오늘은 신하들 앞에서 이렇게 행동하라고 하면 그대로 따랐다. 주로 베갯머리에서 지침이 내려졌다. 숙부 남편은 조카 아내가 말귀를 잘 알아듣지 못한다 싶으면 볼을 꼬집어 당기거나 이마에 꿀밤을 먹였다.

"너는 어째 그러냐? 멀쩡하게 생겨 가지고 그렇게 머리가 안 돌아가니?"

상대등 위홍은 이따금 직위와 신분을 착각한 신하에게서 전하 또는 마마 하고 부르는 소리를 들었다. 못내 기분이 좋아 고개를 다른 데로 돌리고 씩 웃으면서 짐짓 나무라는 투로 중얼거렸다.

"예끼, 이 사람아. 큰일 날 소리를 하고 있구먼."

한 해 뒤에 위홍은 귀족회의를 마치고 일어나다가 어지럼을 느꼈다. 털썩 주저앉으며 코와 귀에서 피를 쏟고 옆으로 누웠다. 귀족들이 달려가 맥을 짚어 보았을 때는 이미 세상을 뜬 뒤였다. 숙부의 갑작스런 죽음에 충격을 받은 여왕은 심장병이 생겼다. 온종일 가슴이 콩닥콩닥 뛰었고 저고리까지 덩달아 들썩였다. 누구든지 여왕 앞쪽에서 잘 바라보면 심장이 있는 위치를 꼭 짚어 말할 수 있었다.

김위홍 때문에 기를 못 펴고 지내던 신하들은 예전보다 양 어깨 사이가 한 뼘쯤 넓어졌다. 조정에서 모두 한껏 턱을 들고 고개를 뒤로 젖히는 바람에 천장이 어떻게 생겼는지 처음으로 자세히 보게 되었다. 병부를 다스리는 김찬이 입을 크게 벌리며 감탄했다.

"대들보도 그렇거니와 서까래 또한 두께와 길이가 엄청나구먼!"

신하들은 허수아비나 허깨비와 다를 바 없는 여왕을 대놓고 업신여기며 깔보거나 아예 그 자리에 없는 사람처럼 대했다. 여왕 쪽으로 등을 돌리고 자기들끼리 이마를 맞댄 채 의견을 주고받기 일쑤였다. 이따금 너무 따분해진 여왕이 하품 소리를 내면, 모든 신하들이 고개를 휙 돌려 여왕을 바라보고 도끼눈을 부라렸다. 어떤 신하는 검지를 세워 입술에 대고 짧게 소리 냈다.

"쉿!"

신하들은 저들끼리 차분하고 또박또박한 목소리로 주고받다가도 벌겋게 달아오른 얼굴로 서로 치고 박다시피 하며 싸웠다. 손을 들고 삿대질했으며 벌떡 일어났다 털썩 앉기를 되풀이했다. 여왕이 애타는 목소리로 말했다.

"왜들 그러세요? 작게 말해도 되잖아요."

신하들은 목소리를 줄이기는커녕 오히려 더욱 크게 떠들었다. 여왕이 손바닥으로 얼굴을 덮고 울먹거렸다.

"자꾸 이러시면 저는 어떡해요."

만일 여왕이 무얼 좀 알았더라면 논쟁에 끼어들 수도 있었다. 여자들이 입는 비단 옷과 황금 장신구에 관한 논쟁이었다면 한두 마디 건넸을지도 몰랐다. 그러나 호족 연합이니 조세 저항이니 민초 세력이니 하는 용어들은 여왕에게 두통과 어지럼을 안겨 줄 뿐이었다. 여왕이 속으로 스스로에게 물었다.

'왜 국고가 텅텅 비게 되었을까? 날마다 관리를 보내서 재촉하는데도 어째서 백성들이 세금을 내지 않는 걸까? 도적들이 크게 늘어난 이유는 무엇이고 그들이 반란을 일으키는 까닭은 무얼까?'

어느 날 신하들은 조정에서 적고적과 황고적 가운데 누가 더 힘이 센지를 놓고 다투었다. 적고적은 빨간 바지를 입은 도적들이고 황고적은 노란 바지를 입은 도적들이라고 했다. 여왕은 조정을 떠난 뒤에도 온종일 고개를 갸웃거리며 중얼거렸다.

"어디서 바지를 물들일 빨간 염료와 노란 염료를 구했을까?"

날이 저물고 밤이 왔을 때도 같은 물음을 읊조렸으며, 수탉 울음을 듣고 깨어난 새벽에도 엇비슷한 물음을 떠올렸다.

'나도 속바지를 물들여 입게 저들한테서 빨간 염료와 노란 염료를 좀 얻을 수 없을까?'

조정에서 모든 신하들이 앉았다 일어났다 하며 소리를 지른 건 아니었다. 세력 다툼에서 밀렸거나 관등이 낮은 신하들, 또는 어디에서도 목소리를 높이거나 앞으로 나서기를 좋아하지 않는 신하들은 줄곧 잠자코 앉아 있었다. 대아찬 박용이 바로 그런 경우였다. 박용은 몸이 멀쩡한데도 폐병에 걸렸다는 핑계를 대고 관직에서 스스로 물러났다. 혹시나 꾀병을 들킬까 싶어 마차를 타고 서라벌을 벗어나는 내내 일부러 쿨럭쿨럭 기침했다.

박용은 고향인 남원에 이르자마자 가슴을 쥐어뜯으며 몸져누웠다. 온몸으로 연기를 펼치는 데 몰두한 나머지 진짜로 폐병에 걸려 기침할 때마다 입에서 허공으로 핏방울을 날렸다. 그해 겨울을 보내고 진달래가 온 산을 분홍빛으로 물들일 때까지 쿨럭거리던 박용은 방바닥에 손톱자국 열 개를 길게 남기고 눈을 감았다.

파진찬 김내원은 신라에서 네 번째로 높은 관등에 올랐는데도 논쟁에 끼어들지 못했다. 오로지 말하는 속도가 느린 탓이었다. 어쩌다가 몇 마디 입에 올릴 때가 있었다.

"제 생각엔,"

다른 신하가 말을 탁 잘랐다.

"제 생각이고 뭐고 간에 그게 말이나 되는 얘깁니까? 자, 이 문제는 이렇게 풀어 봅시다."

김내원은 숨을 깊이 들이쉬며 다음 기회를 엿보았다. 어떤 논쟁에서나 갑자기 모두가 동시에 말을 멈추면서 좌중이 침묵에 휩싸일 때가 있기 마련이었다. 양쪽 주먹을 무릎에 올려놓은 김내원은 혀가 바짝 타들어갔고 콧등에 송골송골 땀이 맺혔다. 마침내 애타게 기다리던 순간이 왔다. 완벽한 적막이 좌중을 휘감았을 때 김내원이 오른손을 들자 모두 고개를 돌리고 쳐다보았다. 그런데 김내원은 입을 벌리긴 했지만 아무런 소리도 내지 못했다. 너무 긴장한 나머지 탈진해서 곁에 앉아 있던 신하 어깨에 기대며 정신을 잃었다.

관직 생활에 회의를 느끼고 사직서를 낸 김내원은 외갓집이 있는 금관경(지금의 경남 김해)으로 갔다. 무려 열 해 넘게 말문이 트이지 않아서 사교 생활을 전혀 즐기지 못했다. 드디어 다시 조금씩이라도 말을 하게 된 김내원은 돼지를 잡고 술상을 차려 마을 사람들을 불러 모았다. 이전 날 조정에서 하고 싶어 했던 말을 입에 올렸다.

"귀족들이 너무 사치를 부려서 나라 곳간이 비게 된 거 아니겠어요? 그러니 귀족들에게 사치세를 매겨야 한다고 생각하는데, 여러분 생각은 어떤지요?"

같은 말을 다섯 번이나 되풀이했지만 아무도 듣는 시늉조차 하지 않았다. 모두가 술을 마시고 안주를 먹느라 무척 바쁜 척했다. 딱 한 사람이 막걸리를 쭉 들이켜고 혼잣말하듯이 중얼거렸다.

"왜 여기서 그런 얘기를 하실까? 우리한테 무슨 힘이 있다고."

자주색 관복을 입은 진골 귀족 고관들에게 따돌림 당한 여왕은 곧잘 궁궐 밖을 떠돌았다. 서라벌엔 일백여 년 전 당나라에서 꽃피웠던 문화를 받아들여 여러 분야의 기술 수준을 높이는 데 힘쓰는 육두품 지식인들이 있었다. 여왕은 이들이 시간을 재고 날씨와 별자리를 연구하는 기관에 들렀다. 눈빛이 무척 맑고 젊은 관리들이 열심히 일하고 있었다. 여왕은 방해하지 않으려고 멀찍이 물러서 있었는데도 풋풋하면서 싱그러운 향기에 머리가 어지러워졌다. 바닥에 털썩 주저앉기 직전에 시녀가 부축했다.

밖에 나가서 바람을 쐰 여왕은 외교 문서를 만드는 부서로 갔다. 젊은 관리 하나가 탁자 앞에 앉아 유창한 당나라 말로 중얼거리며 문서를 읽고 있었다. 살며시 뒤로 다가간 여왕이 관리 어깨에 손을 올리고 물었다.

"무슨 문서인가요?"

관리가 여왕을 돌아보고 깜짝 놀라 의자에서 일어나려 했다. 여왕이 관리 어깨를 힘껏 눌러 도로 앉혔다. 귀에 대고 따뜻하면서 들큼한 입김을 뿜으며 다시 입을 열었다. 여전히 관리 어깨에 손바닥을 댄 채였다.

"무슨 문서냐고 물었지 않니?"

"당나라 소종 황제 생신 때 보낼 축하 서신이옵니다."

"네가 직접 서신을 갖다 드릴 거니?"

"아닙니다. 그 일을 할 사람은 따로 있습니다."

"저런. 만일 네가 간다면 나도 너랑 같이 가려고 했는데 안타깝구나."

여왕은 약재를 연구하는 기관에도 들러 코를 킁킁대며 냄새를 맡아 보았다. 당나라 법률을 연구하는 기관에선 꽤 오랜 시간을 보냈다. 탁자 앞에 홀로 앉아 단 한 구절도 무슨 뜻인지 알 수 없는 글로 채워진 책을 뒤적이다가 고개를 끄덕거렸다. 오로지 졸음이 밀려온 탓이었다.

달이 뜬 날 밤이면 여왕은 시녀들을 데리고 황룡사로 가서 탑돌이를 했다. 돌아오는 길에 첨성대에 들러 밤하늘에 가득한 별을 올려다보고는 땅이 꺼지게 한숨을 쉬었다. 여왕은 아직 한창 나이인데 가까이에 살 냄새를 나눌 남자가 없어 무척 외로웠다. 첨성대 꼭대기에 앉아 있던 부엉이가 부엉부엉 울었다. 멀리서 솥이 적다고 투덜대는 소쩍새 울음도 들려왔다.

　여왕은 한참 제자리에 꼼짝하지 않고 서 있었다. 천천히 손을 들어 소매로 눈가를 훔치고 돌아섰다. 발을 질질 끌면서 엎어질 듯 고꾸라질 듯 비틀대며 궁궐로 돌아갔다.

3부

전쟁

출정

선종은 큰스님한테서 받은 법명을 내려놓고 처음 이름인 궁예로 돌아갔다. 새롭게 마음을 다지려는 뜻에서였다. 산자락에 노랗게 생강나무 꽃이 피어나는 봄날에 세달사 마을 빈터에서 출정식이 열렸다. 간밤에 느닷없이 쏟아진 폭설이 아침 햇살에 맥을 못 추고 빠르게 녹았다. 모든 마을 사람들이 빈터에 모였다. 이들은 열 살 나이에 그곳에 왔을 때 코흘리개였던 궁예가 스무 해 만에 무사가 되어 떠나는 광경을 지켜보았다.

집을 나서 빈터로 다가오는 궁예는 첫눈에 경력이 꽤 오랜 장수처럼 보였다. 짧게 잘랐던 머리가 더벅머리로 바뀌었고 덥수룩하게 수염을 기른 모습이었다. 여태껏 안 보이는 왼쪽 눈을 그대로 드러내고 지냈는데, 소가죽으로 만든 안대로 눈을 가리고 머리에 한 바퀴 띠를 둘러 안대를 고정시켰다. 이따금 실눈을 떠서 흰자위를 번득거리던 때보다 한결 강인한 느낌을 주었다. 빈터 복판에 선 궁예는 태화산 등성이를 좌우로 훑어보았다. 때마침 산꼭대기에서 용 구름이 피어올라 하늘을 길게 가로지르며 뻗어나갔다. 용트림하는 소리가 울리면서 산등성이에 아직 쌓여 있던 눈이 뽀얗게 날아올랐다.

고개를 숙인 궁예는 허리에 찬 황룡도를 바라보았다. 칼집에 새겨진 용 또한 오늘이 무척 중요한 날임을 아는 듯했다. 꼬리를 파닥거리며 고개를 틀고 입에 문 여의주를 내보였다. 궁예는 곰가죽 조끼 앞섶을 단단히 여몄다. 어깨에 멘 활이 미끄러져 내려가지 않도록 목 가까이로 끈을 당겨 조였다.

곧이어 나타난 은부는 궁예처럼 머리와 수염을 길렀다. 추위를 타지 않아서 삼베 바지에 저고리만 걸친 가벼운 차림새였다. 한겨울에도 짚신 하나로 살던 사람이 토끼털 양말에 소가죽 신을 신고 있어 꽤 어색해 보였다. 은부는 궁예가 찬 황룡도엔 미치지 못했지만 오랜만에 옛 솜씨를 발휘해 장만한 잘 벼린 칼을 허리에 차고 있었다. 지난겨울 내성군 관아에 일하러 갔다가 무기고에 몰래 들어가서 슬쩍한 칼이었다. 검은색 칼집엔 흰 등딱지에서 푸른색 머리를 쑥 내민 거북 무늬가 새겨져 있었다. 은부는 바짝 말린 노루 고기가 가득 든 묵직한 바랑을 등에 졌다.

마지막으로 종간이 신바람 난 얼굴로 깡충깡충 뛰며 나타났다. 줄곧 입을 다물고 있던 마을 사람들이 한꺼번에 웃음을 터뜨렸다.

“와, 쟤 좀 봐. 어디로 놀러가는 줄 아나 보네!”

꼬리가 그대로 달린 오소리 가죽 모자를 쓴 종간은 스무 살 나이에도 무척 앳된 얼굴에 아직 수염이 제대로 나지 않았다. 코밑 솜털을 자주 밀면 더욱 굵고 짙어진다는 소리를 어디에선가 듣고 그렇게 해 보았지만, 오히려 솜털이 한층 더 보송보송하면서 노릇해졌다. 오늘 종간은 얼굴에 숯가루를 발랐다. 눈만 빼놓고 나머지는 온통 새까매서 산적처럼 보였다.

갑자기 바닥에 엎드린 종간은 물구나무서서 두 손을 번갈아 옮기며 출정식장으로 들어왔다. 등에 진 바랑이 거꾸로 뒤집히며 땅바닥에 닿았다. 종간은 더는 나아가지 못하고 쩔쩔매더니 앞으로 온몸이 넘어가면서 아주 볼썽사납게 엉덩방아를 찧었다. 뒤통수를 긁으며 일어나는 종간에게 누군가 외쳤다.

"여기선 그렇게 넘어져도 전쟁터에 가서 그러면 못 써!"

그 소리에 모든 사람들이 다시 고개를 젖히고 웃었다.

"이렇게 돌아서 봐."

궁예가 종간을 돌려세우고 어설프게 멘 바랑을 바로잡아 주었다. 은부는 종간 옷에 묻은 흙먼지를 털어 주고 비뚤어진 모자를 벗겨 모양을 잘 잡아서 새로 씌어 주었다. 촌주 돌추가 종간에게 물었다.

"너는 무기가 어디 있니?"

종간은 궁예와 은부가 저마다 허리에 찬 황룡도와 청갑도를 바라보며 눈을 끔벅였다. 씩 웃으며 옆머리를 주먹으로 톡톡 쳤다.

"깜박 잊고 못 챙겼어요."

"잠깐 기다려라."

집으로 간 돌추는 죽창을 들고 돌아왔다. 종간이 두 손으로 죽창을 받으며 허리를 구부려 절했다.

"고맙습니다, 어르신."

궁예와 은부, 종간은 마을 사람들과 서로 껴안고 손과 어깨를 잡아 흔들며 이별 의식을 치렀다. 궁예는 꼬부랑 할머니가 된 자웅네 어머니와 가장 오래 인사를 나누었다. 열 살 때 이 마을에 자웅 등에 업혀 온 뒤에 그 여인에게서 은혜를 많이 입었다. 군식구가 생겼는데도 싫은 내색 한 번 하지 않았으며, 때가 되면 따뜻한 밥을 꼬박꼬박 차려 주었고 옷을 깨끗이 빨아 주었다. 궁예는 자웅네 어머니를 한참 꼭 껴안고 등을 쓸어내렸다. 포옹을 푼 뒤에 뼈만 남은 양 어깨를 살며시 잡고 말했다.

"어머니, 그동안 신세 많이 졌습니다. 오래오래 건강하게 사세요."

자웅네 어머니가 입을 오물거리며 대꾸했다.

"그래, 어디 가든지 밥 든든하게 먹고 잘 지내거라."

궁예는 돌추와 여러 어른들에게 다시 절하고 정든 태화산과 세달사 마을을 휘 둘러보며 돌아섰다. 새롭고 낯설며 위험한 세상을 향해 큰 걸음으로 성큼성큼 나아갔다. 은부와 종간이 재게 발을 놀려 뒤쫓아 갔다. 그때 세달사에서 누군가 종을 울렸다. 종소리는 세 사람이 마을 어귀를 벗어나 꼬불꼬불한 길을 내려가서 개울을 건널 때까지 이별을 아쉬워하며 따라왔다.

궁예는 어렸을 때 자웅에게서 활쏘기를 배웠다. 자웅이 떠나간 뒤에도 틈날 때마다 뒷산 활터에 가서 솜씨를 키우며 외로움을 달랬다. 처음부터 눈 하나가 안 보였기에 누구보다 집중력이 뛰어나서 일백 발짝 떨어진 곳에 선 소나무의 솔방울을 정확하게 맞혔다.

나뭇가지에서 팔랑대며 떨어지는 아주 작은 졸참나무 잎사귀도 놓치지 않았다. 은부가 온 뒤로는 곧잘 함께 목검을 들고 겨루었으며 검법을 다룬 책을 얻어다가 바닥에 펼쳐 놓고 연습했다. 옛 고구려와 당나라에서 전하던 수많은 검법을 그림으로 보여주는 책이었다.

지금 궁예가 등에 진 바랑엔 그 책뿐 아니라 낡은 책 몇 권이 더 들어 있었다. <금강경>과 <화엄경> <노자> <장자>는 궁예가 두세 번씩 읽은 책이었고 <미륵상생경>과 <미륵하생경>을 합한 책은 구한 지 얼마 안 되어 아직 읽지 못했다. 그밖에 삼베옷 한 벌과 짚신 다섯 켤레, 말린 도라지와 더덕이 바랑 속에 들어 있었다.

지도와 시계는 바랑이 아니라 궁예 머릿속에 들어 있어 언제 어디서든 방향과 때를 바르게 일러 주었다. 궁예는 갓난아기 때부터 온 나라를 떠돌며 살아서 눈이 무척 밝았고 코와 살갗으로 느끼는 감각이 남달랐다. 바람이 나뭇가지를 흔드는 모습과 대기 온도가 바뀌는 빠르기에서 곧 소나기가 내리리라는 걸 알아챘다. 아득한 거리에서 날아오는 물고기 냄새로 어디쯤에 강이 있는지도 알아냈고, 산 너머에서 날아오는 연기 냄새로 그곳에 민가가 있음을 알아챘다.

세달사 마을을 떠난 지 닷새가 지난 날 밤 횃불 냄새를 맡고 일어난 궁예가 나란히 풀숲에 누워 자던 은부와 종간을 깨웠다.

"산적들이 횃불을 들고 다가오고 있어. 여긴 사방이 훤히 트여 위험하니까 좀 더 안전한 곳으로 가자고."

종간이 하품하며 툴툴거렸다.

"형님도 참. 이렇게 깜깜한 밤에 산적이 돌아다닐 리 없잖아요."

기지개를 켜며 일어난 은부가 종간을 번쩍 들어 어깨에 둘러멨다.

모두 들판을 건너 비탈을 올라가 바위 뒤에 숨었다. 얼마 뒤에 횃불 여러 개가 들판에 나타나서 이리저리 오가다가 멀어졌다. 종간이 숨을 길게 내쉬며 감탄했다.

"정말 대단하세요. 개코가 따로 없어요."

은부는 늘 그랬듯이 거의 말이 없었다. 틈만 나면 칼과 도끼를 꺼내 놓고 날을 살폈으며, 끼니때마다 부싯돌로 모닥불 피우는 일을 도맡았고 말린 노루 고기를 먹기 좋게 잘라 나눠 주었다. 출정식에서 세달사 마을 사람들이 말했듯이, 종간은 전쟁터가 아니라 놀이터에 나가는 사람처럼 잠깐도 쉬지 않고 밝은 얼굴로 재잘거렸다.

"노루 고기는 슬슬 물려 가네요. 오늘 점심엔 다른 고기를 먹자고요."

궁예와 은부는 언덕에서 봄볕을 쬐며 나무에 등을 대고 앉아 쉬었다. 종간이 죽창을 들고 바랑을 등에 멘 채 저 아래 강으로 내려갔다. 바랑에서 깻묵가루를 꺼내 물에 풀자마자 아주 작은 붕어와 피라미들이 몰려들었다. 종간은 싸릿대로 촘촘하게 짠 조리로 물고기들을 걷어 올렸다. 죽창 끝에 명주실을 묶고 낚싯바늘을 달아서 작은 물고기들을 꿰어 강물에 내렸다. 붕어와 꺽지와 모래무지를 가득 낚아 나뭇가지에 꿰어 들고 언덕으로 돌아가며 외쳤다.

"은부 형님, 그렇게 가만히 앉아 있으면 어떡해요? 어서 불 피우세요!"

물고기 구이를 맛있게 먹은 세 사람은 한결 가벼워진 발걸음으로 다시 길을 떠났다. 이들은 세달사를 나선 뒤로 줄곧 서쪽으로 똑바르게 걸었다. 목적지까지 삼백 리에 이르는 길이었다. 무척 쌀쌀

한 날에 집을 나섰는데, 산길이 끝나고 평원이 나타났을 땐 햇살이 사뭇 따뜻해졌다. 모두 한낮엔 조끼를 벗어 바랑에 넣고 소매를 걷은 채 걸었다.

처음에 이들은 세달사에서 가까운 북원경(지금의 강원도 원주) 영원산성으로 가려 했다. 그러나 지금 그 성을 지키는 반란군은 생긴 지 얼마 안 되어 조직에 짜임새가 없고 분위기가 어수선하다는 얘기가 돌았다. 그래서 군대 규모가 꽤 크고 조직이 탄탄하다는 죽주성으로 가기로 마음을 바꾸었다. 세 사람은 스무 날 만에 여정을 마치고 저 멀리 모습을 드러낸 죽주성을 향해 한 발 한 발 다가갔다. 모두가 잔뜩 흥분해서 심장이 터질 듯했고 얼굴이 붉게 달아올랐다. 몇 번이나 걸음을 멈추고 가슴을 활짝 펴며 숨을 깊이 들이쉬었다가 내쉬었다.

기훤

죽주(지금의 경기도 안성 죽산)는 평야와 야산으로 이루어진 고을이었다. 드넓은 평야에서 비봉산으로 오르는 곳에 오래된 성이 하나 있었는데 고을 이름을 딴 죽주성이었다. 이 성을 지키는 장수는 기훤이었다. 기훤이 반란군을 이끌고 신라 관군과 싸워 성을 빼앗았을 때는 한 해 전이었다. 그런데 제대로 전투를 치러 이겼다고 말하긴 어려웠다. 그때 죽주성엔 이상한 병이 돌아서 모든 관군 병사들이 배탈이 나고 온몸에서 맥이 빠져 걸음을 떼지 못했다. 기훤의 반란군이 성으로 들어오자 배를 움켜쥐고 신음하며 옆으로 누운 자세로 항복했다.

지금 기훤이 이끄는 군대는 병사 숫자가 일천 명이 조금 넘었다. 기훤은 이 군대를 언제나 '우리 이천 대군'이라고 불렀다. 병사 일천 명을 이천 명으로 부풀리고 그만한 군대를 대군이라고 부르면서도 전혀 멋쩍거나 쑥스러운 얼굴이 아니었다. 도리어 아주 뿌듯한 표정을 지으며 턱을 높이 들었다.

"오늘은 우리 이천 대군이 훈련하는 날이구먼. 모두 단단히 준비하고 있겠지?"

"예, 모두 훈련장에 모아 놓았습니다."

"그동안 우리 이천 대군이 얼마나 더 멋있어졌는지 무척 궁금하구먼."

기훤은 막사에서 부관에게서 갑옷을 받아 입었다. 한 음절씩 딱딱 끊어 가며 목청을 가다듬었다.

"아, 아, 아, 아, 아. 오, 아, 오, 아, 오."

주먹을 꽉 쥐고 잔뜩 힘준 목소리로 외쳤다.

"감히 우리 이천 대군을 얕잡아보았다간 경을 칠 것이다! 반드시 뒤통수를 얻어맞고 큰코다치는 신세가 될 것이다! 만일 우리를 공격했다간 바닥에 뒹구는 머리가 목이 잘려 뒤뚱대는 몸통을 애타게 외쳐 부르게 될 것이다!"

기훤은 스스로 시 짓기를 즐긴다며 우쭐대곤 했다. 그러나 입에 올리는 말마다 지나치게 길었고 잔뜩 멋을 부린 표현으로 채워졌다. 차림새에서도 얼마나 허세가 심한 사람인지가 또렷이 드러났다. 기휜은 투구에 늘 독수리 깃털을 꽂고 다녔다.

"열 살 때 활을 쏘아 잡은 독수리 깃털이라네."

말은 그렇게 했지만 사실은 산길을 걷다가 우연히 발견한 독수리 시체에서 뽑은 깃털이었다. 두고두고 쓰려고 잔뜩 뽑아다가 화살통에 넣어 놓았다. 그리고 칼 손잡이엔 새끼줄처럼 꼰 누런색 호랑이 털을 매달았다. 장수 하나가 물었다.

"이 호랑이도 장군님께서 직접 잡으셨나요?"

기휜이 턱수염을 쓰다듬으며 웃었다.

"허허허, 그걸 꼭 내 입으로 말해야 하나?"

죽주성은 내성과 외성으로 이루어져 있었다. 내성 둘레는 오 리가 못 되었다. 두 발로 슬렁슬렁 걸어도 숨이 차오르기 전에 처음에 떠난 자리로 돌아올 수 있었다. 이동 방식에 대해 남다른 철학을 지닌 기휜은 가끔 이런 철학을 문장으로 옮겨 중얼거렸다.

"장군은 걸어 다니지 않는다. 허공에 떠서 날아다닐 뿐이다."

날마다 기휜은 아침에 꼭 백마를 타고 내성 안쪽을 한 바퀴 돌았다. 백마 이름은 중국 전설에 나오는 '붕새'였다. 날개 길이가 삼천 리이며 하루에 구만 리를 간다는 새였다. 기휜이 모는 붕새는 한번 마사를 나서면 구만 리는커녕 오 리도 채 못 걷고 돌아와야 했다. 그때마다 보통 자존심이 상하지 않아서 잔뜩 낯을 일그러뜨렸다. 앞발을 높이 들고 온몸을 사납게 흔들어 기휜을 저 멀리 성벽 너머로 날리고 싶은 얼굴이었다.

기휜은 붕새가 무슨 생각을 하는지 전혀 몰랐다. 아침 산책을 마치고 마사 앞에서 내릴 때 붕새 등을 손바닥으로 탁탁 때리며 화를 돋우었다.

"이 녀석아, 간밤에 잠을 설쳤냐? 오늘은 영 달리질 못하네."

붕새에겐 대평원을 신나게 달리고 싶은 꿈 말고 다른 꿈이 하나 더 있었다. 꼬리에 달린 빨간색 댕기를 누가 떼어내 주었으면 하는 꿈이었다. 이따금 죽주성에서 큰 행사가 열리면 성 밖에 사는 죽주 사람들이 구경하러 몰려왔다. 엄마 손을 잡고 온 여자아이들 가운데 뒷머리에 댕기를 단 아이가 적지 않았다. 댕기머리 아이들은 붕새를 무척 좋아했다.

"와, 쟤 좀 봐! 우리처럼 댕기를 달았어. 엄청 귀여워!"

죽주성은 남쪽에서 보면 평원에 있는 야성이었고 북쪽에서 보면 비봉산 자락에 있는 산성이었다. 죽주는 내륙 복판에 있는 고장이었는데 사방 어느 쪽으로나 길이 뚫려 있었다. 예로부터 여러 나라들이 이 성을 손에 넣으려고 물불을 가리지 않았다. 주인이 하도 자주 바뀌었기 때문에 그날그날 지금 주인은 누군지 물어보아야 어느 나라 성인지 알 수 있었다. 그제는 고구려 성이었는데 어제 백제 성이 되었다가 오늘은 신라 성이 되는 식이었다.

이런 성을 다스리는 기훤이 갖는 자부심은 하늘을 찔렀다. 반드시 이천 대군을 이만 대군으로 키워서 먼저 중원경(지금의 충북 충주) 관군을 무찌르고 북원경(지금의 강원도 원주)을 발판 삼아 명주군(지금의 강원도 강릉)에 이르기까지 대륙 동부 지역을 모조리 손에 넣을 생각이었다. 불끈 주먹을 쥐고 눈썹을 파르르 떨며 중얼거렸다.

"그게 끝이 아니야. 이만 대군을 거느리고 남쪽으로 붕새를 몰고 내려가서, 서라벌 월성으로 달려 들어가 옥좌에 뛰어올라 멋지게 대장정을 마무리 지어야지!"

기훤은 원회가 병사 열 명을 데리고 중원성을 떠나 죽주성에 온 날을 잊을 수 없었다. 원회는 보통 덩치가 좋고 얼굴이 잘생긴 젊은 이가 아니었다. 목이 굵고 어깨가 떡 벌어졌으며 주먹 크기가 열다섯 살 난 사내아이 머리만 했다. 겉보기에 좋으면 알맹이도 좋다고 믿는 기훤은 그날로 원회에게 중요한 직책을 맡겼다.

"우리 성에서 가장 중요한 문은 서문이다. 내일부터 서문대장이 되어 서문을 지키도록 하라."

신훤이 괴양(지금의 충북 괴산)에서 병사 여덟 명을 데리고 온 날도 기훤에겐 하늘에서 복을 내린 날로 기억에 남아 있었다. 그때 신훤은 산양 가죽조끼를 입고 있었다. 기훤이 보기에 어찌나 옷맵시가 뛰어나던지 눈이 부셨다. 게다가 신훤은 키가 무척 컸다. 기훤이 신훤에게 바짝 다가서서 똑바로 서 보라며 물었다.

"자네 키가 얼마나 되나?"

신훤이 고개를 한껏 뒤로 젖히고 자기를 올려다보는 기훤의 얼굴을 빤히 내려다보았다. 잠깐 생각하고 나서 대꾸했다.

"계속 자라고 있어 오늘은 얼마나 되는지 잘 모르겠습니다."

기훤은 사람이 키가 크면 의리가 강하다는 말을 어디에서도 들은 적이 없었다. 그러나 아마도 그렇지 않을까 하는 생각이 들었다. 이제 스무 살밖에 안 된 꺽다리에게 중요한 직책을 맡기며 앞서 원회에게 한 말과 거의 똑같은 말을 건넸다.

"우리 성에서 가장 중요한 문은 남문이다. 내일부터 남문대장이 되어 남문을 지키도록 하라."

꺽다리 신훤은 자기가 데려온 병사 여덟 명에 다른 병사 스무 명까지 더해 꽤 많은 병사들을 다스리게 된 중압감에 눌렸다. 이튿날 잠에서 깨어나 보니 키가 한 뼘쯤 줄어 있었다. 다시 꺽다리 신훤을 만난 죽주성주 기훤이 고개를 갸웃거렸다.

"참 이상하네. 어떻게 된 일이지? 나하고 키가 비슷해 보이잖아."

훈련을 앞두고 병사들이 모여 있는 곳은 내성 북문 가까이에 있는 솔숲 앞쪽이었다. 막사를 나선 기훤은 붕새를 몰고 훈련장으로 갔다. 하늘을 올려다보며 흐뭇한 미소를 지었다.

"오늘도 날이 무척 따뜻하겠어. 봄이 온 게 확실하구먼."

솔숲 앞쪽 빈터는 죽주성에서 가장 넓은 평지였지만 병사 일천 명이 한꺼번에 서 있기엔 너무 좁았다. 한 번에 이백 명씩 훈련장으로 걸어 나왔고 나머지 병사들은 솔숲 속에 앉아 차례를 기다렸다. 기훤이 백마를 탄 채 손을 높이 들며 외쳤다.

"세 줄로 길게 서라!"

창을 든 병사들이 바삐 움직이며 줄을 맞추었다. 빈터 중간쯤엔 널찍한 바위가 놓여 있었다. 병사 다섯 명은 바위에 올라서는 수밖에 없었다. 기훤이 그 병사들을 가리키며 버럭 소리쳤다.

"군대의 생명은 직선이다! 그렇게 쑥 올라와서 보기 흉한 곡선을 만들면 안 된다!"

다섯 병사는 입을 삐쭉 내밀고 서로 쳐다보더니 아예 바위에 털썩 앉았다. 다른 병사들이 창으로 앞쪽을 찌르고 옆쪽을 찌르고 뒤로 물러났다가 다시 달려 나오며 앞쪽을 찌르는 훈련을 시작했다.

"윽, 큰일 났다."

바위에 앉은 병사들은 두 손으로 머리를 감싸고 온몸을 납작하게 웅크렸다. 줄기차게 머리 위로 창이 지나가면서 쉭쉭 소리를 냈다. 이들은 창술 훈련이 끝날 때까지 일백 번쯤 죽을 고비를 넘겼다. 다음으로 칼을 든 병사 이백 명이 솔숲에서 빈터로 나왔다. 병사들은 여러 장수가 시범을 보이는 대로 검술을 익혔고 서로 겨루었다. 기훤이 줄곧 백마를 타고 왔다 갔다 하며 목소리를 높였다.

"첫째도 자세, 둘째도 자세, 셋째도 자세다! 자세가 좋으면 살고, 자세가 나쁘면 죽는다!"

기훤은 훈련을 마친 모든 병사들이 막사로 돌아간 뒤에 동북쪽 전망대로 다가가 말에서 내렸다. 따뜻한 봄볕에 아지랑이가 피어오르는 평원을 바라보며 졸린 눈을 끔벅거렸다. 부관이 비탈을 걸어 올라와 기훤에게 보고했다.

"내성군인가 뭔가 하는 곳에서 젊은이 셋이 와서 장군님을 뵙고자 합니다."

기훤은 고개를 숙이고 곰곰이 생각하는 척하다가 짧게 말했다.

"알았다."

다시 백마에 오른 기훤은 비탈을 내려가서 동문에 이르렀다. 나란히 서서 성 안쪽 풍경을 바라보던 궁예와 은부, 종간이 말발굽 소리에 돌아서서 한쪽 무릎을 꿇고 맨바닥에 앉았다. 기훤이 말을 몰면서 셋을 지나쳤다가 되돌아오며 눈살을 찌푸렸다.

"모두 일어나 봐라."

꾀죄죄한 몰골이 꽤나 못마땅한 얼굴이었다. 헛웃음을 짓더니 대뜸 손가락으로 허공을 찌르며 궁예에게 물었다.

"넌 한쪽 눈이 왜 그 모양이냐?"

궁예가 가죽 안대를 고쳐 쓰며 머뭇거렸다. 어려서 다쳤다고 대꾸하려는데, 기훤이 손가락을 옆으로 옮겨 은부를 가리키며 물었다.

"그게 옷이냐 거적때기냐?"

은부가 옷깃을 여미며 우물거렸다. 거적때기는 아니고 옷이라고 대꾸하려는데, 어느새 은부에게서 눈을 뗀 기훤이 바닥에 침을 탁 뱉으며 종간에게 물었다.

"어이, 말라깽이. 그 대나무는 뭐에 쓰려고 들고 왔니? 빨래 널려고? 아니면 가을에 감 따려고?"

종간이 이 대나무는 죽창이라고 부르며 돌추 아저씨가 주셨다고 대꾸하려 했다. 그러나 이미 고삐를 당겨 말 머리를 돌린 기훤은 다른 데로 가고 있었다. 곁에 붙어 숨을 몰아쉬며 재게 걷는 부관에게 기훤이 일렀다.

"모두 마구간으로 보내서 말똥 치우는 일을 시켜라."

그날은 궁예가 오래도록 잊기 힘든 치욕을 맛본 날이었다. 하지만 기훤은 다음 날로 그날을 잊었고, 궁예와 은부와 종간을 만난 일도 깨끗이 잊었다.

원회

원회는 덩치가 좋고 얼굴이 잘생겨서 떡대얼굴로 불렸다. 죽주성에 온 지 한 해가 지났을 때부터 쉴 새 없이 한숨이 나왔다. 온종일 너무 따분해 몸을 비비 꼬았다. 화가 치밀어 오르면 바위를 번쩍 들었다 내렸고 주먹으로 나무줄기를 내질러 딱 소리를 냈다.

"휴우, 이게 뭐야. 내가 이러려고 여기 왔나?"

원회가 병사 스무 명을 데리고 지키는 서문은 비봉산 줄기와 이어졌다. 그동안 비봉산을 타고 내려와 서문을 공격한 적병은 한 명도 없었다. 지난 해 가을에 용케 성벽을 타고 올라온 아이들을 붙든 적이 있긴 했다. 열 살쯤 된 사내아이 세 명이었다.

"모두 고개를 들어 봐라."

원회 앞에 무릎을 꿇은 아이들은 겨울나무처럼 온몸이 비쩍 말랐다. 얼굴이 허연 버짐으로 뒤덮였으며 팔꿈치와 손등과 무릎에 깨어지고 긁힌 상처투성이였다. 헝클어지고 뒤엉킨 머리엔 서캐가 가득했고 깨알보다 작은 이가 스멀스멀 기어 다니다가 어깨로 떨어졌다. 하나같이 땟국에 전 베옷을 입었는데 해지고 뜯어진 자리가 많아서 몸을 제대로 가려 주지 못했다. 한 녀석은 바지 살이 터져 고추가 드러났다.

"뭐 하러 성에 들어왔느냐?"

고추가 드러난 녀석이 손으로 살을 가리며 대꾸했다.

"배가 고파서 왔습니다."

원회는 이 아이들에게 벌을 내릴 수는 없었다. 끼니때가 아니어서 밥을 나눠줄 수도 없었기에 조용히 돌려보냈다.

앞서 중원성에서 지낼 때 원회는 기훤이 꿈과 야망이 매우 큰 장군이라는 소문을 들었다.

'언젠가는 서라벌까지 쳐들어가 신라를 무너뜨리고 왕이 되겠다

고 큰소리쳤다지?'

원회는 기훤을 처음 본 순간 이곳에 오길 잘했다며 한시름 놓았다. 첫눈에 기훤은 무척 시원스럽고 씩씩하며 굳센 사람으로 보였다. 여러 날 뒤에 기훤이 훈련장에서 우렁찬 목소리로 병사들 앞에서 연설할 때도 과연 보통 사람이 아니구나 싶었다.

"몸과 마음을 다지며 차분하게 준비하고 대비하면 반드시 승리할 것이다! 이 세상은 다른 사람들이 아니라 바로 꿈과 야망이 넘치는 여러분의 것이다!"

원회는 몇 번 본부 막사로 기훤을 찾아가서 말했다.

"제가 중원성을 드나드는 비밀 문을 잘 압니다. 보병 이백 명과 기병 오십 명을 주신다면 내일이라도 중원성으로 달려가서 성주 머리를 잘라다가 바치겠습니다."

기훤이 흐뭇한 얼굴로 고개를 끄덕였다.

"참으로 용감하구나. 때가 되면 부를 터이니 가서 기다리고 있어라."

원회는 기훤이 어떤 때를 기다리는지 알 수 없었다. 단 한 번도 기훤은 몸소 병사들을 데리고 성 밖에 나간 적이 없었다. 그저 성을 돌보고 지키는 데 힘쓸 뿐이었다.

'혹시 성 안에 말도 못하게 귀한 보물을 숨겨 놓은 거 아니야?'

원회는 슬쩍 보급 창고에 들어가 구석구석 살펴보았다. 무기와 식량, 옷, 삽과 괭이 같은 농기구와 식량이 담긴 자루들이 눈에 들어올 뿐이었고 어디에도 보물은 없었다. 기훤과 모든 병사들은 오로지 이런 것들과 자기 목숨을 지키며 세월을 흘려보내고 있다는 얘기였다. 하기는 배를 곯진 않으리라는 생각에 제 발로 성을 찾아와 병사가 된 사내들이 적지 않았다. 이들은 어제와 오늘이 똑같다는 게 전혀 마음에 거슬리지 않았다. 밥을 먹고 나면 다음 밥을 기다렸고 다음 밥을 먹고 나면 그 다음 밥을 기다렸다. 어떤 불만도 없었고 조바심을 내는 일도 없었으며 그날그날 그냥 그렇게 살았다.

원회는 곧잘 따분함을 못 참고 하품하며 서문을 떠났다. 비탈에 석축을 쌓아 만든 성 안쪽엔 성벽과 똑같은 높이로 바위를 쌓아 길을 만들어 놓았다. 고개를 오른쪽으로 돌리면 시야가 훤히 트이며 드넓은 죽주 평원이 한눈에 들어왔다. 나무 그늘에 앉아 꾸벅꾸벅 졸던 병사들이 원회가 헛기침하는 소리에 눈을 번쩍 뜨고 서로 어깨를 툭툭 치며 속삭였다.

"야, 왔다 왔어."

"괜히 한마디 들을라. 어서 일어나자."

병사들은 서둘러 성벽 끝으로 다가가서 손차양을 하고 부릅뜬 눈으로 성벽 아래쪽을 살피는 척했다. 이곳에서 성벽을 지키는 병사들을 이끄는 장수는 두 눈과 코와 입술을 뺀 얼굴에 털이 수북했다. 일부러 칼을 빼어 들고 적들의 목을 탁탁 치는 시늉을 하다가 원회를 쓱 돌아보았다.

"서문엔 별일 없지? 산에서 호랑이 안 내려왔어? 여긴 개미 새끼한 마리 얼씬거리지 않네."

원회는 털보를 쳐다보거나 대꾸하지 않고 지나쳐 갔다. 털보가 원회 등에 대고 일부러 들으라며 쏘아붙였다.

"어째 사람이 저리 재미가 없을까?"

이윽고 원회는 남문 앞에 이르러 그날 처음 입을 뗐다.

"잘 지냈나?"

껑다리 신훤이 밝게 웃으며 손을 들었다.

"어서 오세요, 형님. 오랜만입니다."

두 사람은 어린 시절과 가족 이야기까지 주고받을 만큼 가까운 사이가 되었다.

"저리로 가세."

원회가 손짓해서 신훤을 남문에서 멀찍이 떨어진 갈참나무 그늘로 데려갔다. 원회는 신훤이 겉으로 드러내지 않아도 자기처럼 이곳 생활에 지쳐 있음을 잘 알고 있었다.

"언제까지, 이렇게 허송세월하며 살아야 하지? 무슨 수를 쓰든지 해야 하지 않겠어?"

신훤이 한숨을 폭 쉬었다.

"그러게 말입니다. 답답해서 견딜 수가 없네요."

원회가 주위를 둘러보며 목소리를 낮추었다.

"먼저 우리와 뜻이 같은 사람들을 모아야 해. 누가 있을까?"

신훤이 눈을 끔벅이더니 대꾸했다.

"마구간지기 가운데 궁예라고 있지 않습니까? 눈빛만으로도 적병 서넛쯤 단번에 죽이고도 남을 사람이에요. 틀림없이 여길 빠져나갈 기회를 엿보고 있을 겁니다."

"나도 여러 번 멀리서 본 적이 있네. 검술과 활 솜씨가 아주 뛰어나다고 들었어. 언제 만나서 진지하게 얘기를 나눠보고 싶구먼."

그때 남문 앞에서 시끄러운 소리가 났다. 원회와 신훤은 고개를 돌려 그쪽을 바라보았다. 호랑이도 제 말 하면 온다더니 궁예가 병사들과 맞서 실랑이를 벌이고 있었다. 얼굴 살갗이 나무껍질처럼 거칠고 두꺼워 굴피로 불리는 병사가 궁예에게 호통쳤다.

"이 사람아, 안 된다고 하지 않나! 어서 마구간으로 돌아가란 말이야!"

궁예는 굳게 잠긴 문을 바라보고 꿈쩍도 하지 않았다. 신훤이 굴피에게 외쳤다.

"무슨 일인가?"

굴피가 창끝으로 궁예 가슴을 겨누며 대꾸했다.

"문을 열라며 고집을 부립니다. 어디 가려는지 물어도 대꾸하질 않아요."

신훤이 머뭇대는 사이에 굴피가 창을 높이 들어 궁예 어깨를 닥탁 내리쳤다.

"말똥 냄새를 풍기면서 돌아다니면 누가 좋아하겠어. 말똥구리나 좋다며 반기겠지. 안 그래?"

다음 순간 몇 가지 일이 거의 동시에 벌어졌다. 궁예가 손을 들어 창을 잡았으며 굴피는 궁예한테 창을 빼앗겼다. 궁예는 무릎 위에 대고 창을 내리쳐 두 동강 냈고 굴피가 궁예에게 달려들었다. 곧바로 궁예가 앞발을 들어 굴피 아랫배를 내질렀다.

"아악!"

비명을 지르며 허공을 붕 날아간 굴피는 저만치 멀리 나가떨어졌다. 뒤이어 궁예는 빗장을 올려 문을 열고 밖으로 나가서 어디론가 사라졌다.

말똥구리

목장과 마구간은 숙주성 북문 바깥쪽 언덕에 있었다. 빙 둘러 말뚝을 박고 가로로 길게 판자를 붙여 울타리를 쳐 놓았다. 여기서 자라는 말이 쉰 필이었고 말을 돌보는 병사가 스무 명이었다. 이들은 마구간지기로 불렸다. 모두 칼을 다루고 활 쏘는 법을 익히는 훈련에 나가지 않았다. 자기 칼이 어디 있는지, 처음부터 칼이 있기나 했는지 기억하지 못하는 병사마저 있었다. 이들은 자기를 군인으로 여기지 않았고 전쟁터에 나가더라도 전투를 하지 않고 말을 돌보게 되리라 믿었다.

내성 안쪽에서 지내는 병사들은 이들을 얕잡고 깔보았다.

"날마다 말똥 속에서 지내니까 말똥구리나 다름없어."

"워낙 말똥을 좋아해서 가끔 밥에 얹어 먹는다네."

"하하하. 어쩌면 진짜로 그럴지도 몰라."

오로지 두 사람, 궁예와 은부만 이제나 저제나 마구간지기 또는 말똥구리에서 벗어나 다른 보직을 맡을 날을 기다렸다. 종간은 두 사람과 달리 생전 처음 해 보는 목장 생활이 무척 즐거웠다. 곧잘 궁예와 은부에게 재잘거렸다.

"형님들, 세상에 이런 곳이 다 있다니 놀라워요. 말똥 냄새가 기막히게 구수하지 않아요? 말들이 정말 잘생기지 않았나요?"

말들도 종간이 자기들을 얼마나 좋아하는지 잘 아는 듯했다. 다른 말똥구리들이 다가가면 괜히 콧김을 뿜으며 발길질했다. 그런데 종간이 나타나면 제가 언제 그랬냐는 듯이 얌전하게 굴었다.

"애들아, 오늘따라 햇살이 무척 따뜻하구나. 벌써부터 슬슬 졸음이 오네."

날마다 종간은 아침에 눈을 뜨자마자 마구간으로 달려가서 말들과 일일이 인사를 나누었다. 늘 콧노래를 흥얼거리며 말들에게 말을 건넸다. 목소리가 어찌나 부드럽고 달콤하던지, 말과 사랑을 나누는 또 다른 말처럼 보였다. 종간은 모든 말에게 이름을 붙여 주었는데 어떻게 그 많은 이름을 다 외우는지 알 수 없었다.

"순둥아, 간밤에 잘 잤니?"

"진달래야, 며칠 배탈 때문에 힘들어했는데 이제 좀 괜찮아?"

"갈까마귀야, 오늘은 어제처럼 곰돌이와 다투지 말고 사이좋게 지내도록 해."

종간은 이따금 자신이 사람이라는 사실을 깜박했다. 바닥에 엎드려 네 발로 걸어 다녔고 입으로 풀을 뜯어 질경질경 씹었다. 밤에 잘 자던 중에 히히힝 울며 잠꼬대할 때도 있었다.

"말들하고 노는 게 그렇게 재밌어?"

은부는 시무룩한 얼굴로 지내다가도 종간이 말들과 어울리는 모습을 보면 웃음이 나왔다. 하루에 한 번만 그렇게 웃어도 나머지 시간을 그럭저럭 견딜 만했다.

그러나 궁예는 오래 전에 웃음을 잃어버렸다. 틈만 나면 슬며시 목장을 나서 내성으로 들어가서 성벽 위쪽에 난 길을 걸어 남문으로 갔다. 남문대장 신훤뿐 아니라 모든 병사들이 눈을 끔벅이며 궁예를 쳐다보았다. 어느 누구도 굴피처럼 궁예한테 아랫배를 걷어차이면 얼마만큼 멀리 날아가는지 알고 싶어 하지 않았다. 신훤이 남문을 열며 궁예에게 말했다.

"날이 저물기 전까지는 돌아와야 해요."

궁예는 성 밖으로 나가 발길 닿는 대로 돌아다녔다. 어느 날엔 법당에 들어가 마음을 가라앉히려고 보현사(지금의 경기도 안성 죽산 칠장사)에 들렀다.

'흠, 저들이 지금 뭐 하는 거지?'

슬금슬금 주위를 살피며 절 뒤쪽 샘터 곁에 있는 바위굴로 궤짝을 나르는 사람들이 보였다. 거친 잿빛 옷을 입은 까까머리 승려들도 있었고 반질반질한 비단옷 차림에 관모를 쓴 사람들도 보였다. 궁예가 버럭 소리치면 모두 질겁해서 제자리에 털썩 주저앉을 것만 같았다. 궁예는 그대로 돌아서서 절을 떠나며 낯을 찡그렸다.

'숨겨도 될 만한 것들을 숨길 때는 저리 불안해하지 않겠지?'

궁예가 지나가는 마을마다 배고파 우는 아이의 울음소리, 약 한 첩 달여 먹지 못하고 죽어가는 병자들의 신음소리가 가득했다. 어떤 사내는 굶주린 부모에게 허벅지 살을 베어 먹이고 들에 나와 어지럼을 못 이기고 휘청거렸다. 어른들이 자기를 잡아먹을까 봐 달아나 개울가에 앉아 우는 아이도 있었다.

궁예는 벼가 자라지 않고 풀로 뒤덮인 논에 엎드려 벌레를 잡아 입에 넣는 사내를 보았다. 아기에게 살갗만 남은 쭈글쭈글한 젖을 물린 채 밭에 누워 죽은 여자도 보았다. 마을 사람들이 아무렇게나 내다 버린 시체가 산더미처럼 쌓여 거름처럼 썩는 밭을 보았고, 시체를 이리저리 돌려 눕히며 옷을 벗겨 바랑에 넣는 노인을 보았다. 까마귀와 독수리들이 땅에 내려앉아 인육을 즐겼으며, 개들은 입에 가득 피를 물고 서로 물어뜯으며 싸웠다.

며칠 뒤에 시체 옷을 벗기는 노인을 다시 본 궁예가 성큼성큼 다가갔다.

"이보세요, 해도 해도 너무하지 않습니까?"

노인이 바랑을 지고 지팡이를 짚으며 일어났다.

"자네가 나한테 뭐라고 할 자격이 있나?"

궁예가 고개를 갸웃하고 눈을 끔벅이자 노인이 걸음을 떼며 덧붙였다.

"자기가 대단한 사람인 줄 아나 본데, 그저 교만하고 건방지며 알맹이 없는 쭉정이에 지나지 않아."

한 달 뒤에 또 궁예와 마주친 노인은 더욱 사납게 눈을 흘기며 땅에 침을 퉤퉤 뱉고 돌아서서 멀어졌다. 궁예가 잠깐 멈칫하다가 노인을 쫓아갔다. 노인이 걸음을 멈추고 돌아서서 지팡이로 궁예 가슴을 쿡 찔렀다.

"어서 마구간으로 돌아가. 자네 하나가 쉬는 바람에 다른 말똥구리들이 그만큼 더 힘들게 일하고 있어."

그 소리에 궁예는 아무 말도 하지 못했다. 노인이 하늘을 가로질러 날아가는 까마귀 떼를 바라보고 고개를 가로저었다.

"누군가 꼭 해야만 하는 일을 할 때는 그 일을 얕보면 안 돼. 정신 똑바로 차리고 참된 말똥구리가 되도록 하게나."

궁예는 뒤통수를 세게 얻어맞은 느낌에 비틀거리며 죽주성으로 돌아갔고, 다시는 바깥나들이를 하지 않았다.

맞대결

　궁예는 아침에 누구보다 일찍 일어나 말똥을 치우고 망가진 울타리를 손보았다. 가장 늦게 밥 먹는 자리에 나타나 가장 먼저 숟갈을 놓고 자리를 떠 마구간으로 가서 부지런히 빗과 솔로 말갈기를 빗겼다. 구유를 물로 깨끗이 닦았으며 더럽고 질퍽거리는 볏짚을 모두 긁어내고 잘 마른 볏짚과 풀을 바닥에 새로 깔았다.

　밤에도 궁예는 쉬지 않았다. 잠깐 눈을 붙이고 밖으로 나가 느린 걸음으로 목장을 여러 바퀴 돌았다. 어둠 속에서 짐승들이 푸른 눈빛을 번득이면 돌을 던지고 소리치며 달려가 멀리 쫓았다. 졸음이 밀려와 눈꺼풀이 무거워지면 샘물을 바가지로 떠서 머리 위에 끼얹었다. 그랬는데도 잠이 오자 허벅살을 꼬집고 주먹으로 옆머리를 탁탁 때렸다.

　마구간에 붙은 움집에서 누군가 달빛을 받으며 걸어 나왔다. 목장 위쪽 너럭바위에 앉은 궁예에게 다가간 은부가 말했다.

　"내가 망볼 테니까 들어가서 눈 좀 붙여."

　궁예가 고개를 가로저었다.

　"아까 잤어."

　"얼마나 잤다고 그래?"

　은부가 머뭇대다가 덧붙였다.

　"무슨 일 있었어?"

　"일은 무슨 일."

　"다른 사람들이 망볼 차례인데도 자네가 보겠다고 했다며? 벌써

한 달째 이러고 있잖아."

궁예가 빙긋 웃었다.

"내가 좋아서 이러는 거니까 걱정하지 않아도 돼."

여름 장마가 지나가면서 일이 몇 곱절로 늘어났다. 무엇보다도 빗물에 쓸려 내려간 진흙과 말똥에 막힌 도랑을 삽과 괭이로 터야 했다. 궁예가 땡볕 속에서 이 일을 앞장서서 했다. 나날이 눈에 뜨이게 야위었고 새까맣게 살이 탔다. 멀리서도 헉헉대는 숨소리가 들렸지만 좀처럼 쉬지 않았다. 바삐 일하느라 끼니를 거를 때가 많았고 여러 날 한숨 안 자고 일할 때도 있었다.

목장 두엄자리는 오른쪽 비탈 아래 있었다. 말똥구리들은 마구간에서 말똥을 긁고 떠내서 손수레에 실어 이곳에 날라다가 버렸다. 장마 때 흘러 들어간 빗물에 아주 넓은 웅덩이로 바뀐 두엄자리는 지름이 쉰 발짝쯤 되었다. 어느 날 말똥구리 가운데 가장 나이가 많은 달충이 수레를 밀고 당기며 비탈을 내려가다가 발을 헛디뎠다.

"어, 어어어어—"

수레 손잡이를 놓친 달충은 몸의 중심을 잃고 뒤뚱대다가 바닥에 주저앉았다. 수레 혼자 얼마만큼 굴러가서 옆으로 쓰러졌고, 달충은 축축한 풀밭에서 길게 미끄러지더니 두엄 웅덩이에 풍덩 빠졌다. 머리까지 쏙 들어갔다가 나와, 흑갈색 말똥 반죽을 뒤집어쓴 채 입으로 똥물을 뿜으며 비명을 질렀다.

"사람 살려!"

비탈 위쪽에서 그 소리를 들은 말똥구리 하나가 나머지 말똥구리들에게 외쳤다.

"두엄자리에 사람이 빠졌다!"

모든 말똥구리들이 우르르 몰려갔다. 조심스레 비탈을 내려가 악취가 코를 찌르는 두엄자리에 바짝 다가섰다. 허우적대는 달충을 바라보며 어찌하면 좋을지 몰라 발을 동동 굴렀다. 종간이 장대를 들고 와 앞으로 내밀었다.

"이거 잡으세요!"

장대는 달충한테 미치지 못했다. 말똥구리들끼리 서로 소리쳤다.

"더 긴 장대를 가져와!"

"알았어, 내가 갔다 올게!"

헤엄칠 줄 모르는 달충은 머리가 안 보일 때가 보일 때보다 늘었다. 이젠 비명을 지르지도 않았다. 입으로 똥물을 토해 내고 다시 꼬르륵 가라앉기를 되풀이했다.

누군가 비탈 위쪽에서 두엄자리까지 한달음에 미끄러지고 구르며 내려왔다. 나무 그늘에 앉아서 졸던 궁예였다. 숨을 크게 들이쉰 궁예는 두 팔을 쭉 뻗으며 수렁으로 뛰어들었다. 똥물이 허공으로 높이 튀어 올랐다. 궁예는 절반은 헤엄치고 또 절반은 목까지 잠긴 채 걸어 달충에게 다가갔다. 팔을 겨드랑이에 껴서 달충을 낚아챘다. 곧 돌아서서 다시 헤엄치다간 걸으며 풀밭으로 나아갔다. 눈앞이 안 보여 손등으로 얼굴에 묻은 똥물을 닦아 내며 가까스로 풀밭에 이르렀다. 다른 말똥구리들이 다가가서 궁예 손을 잡고 힘껏 당겼다.

"이영차! 이영차!"

궁예와 달충은 풀밭 위로 올라와 하늘을 보고 누워서 번갈아 똥물을 길게 뿜어 올렸다. 지켜보던 모든 말똥구리들이 두 팔을 번쩍 들고 외쳤다.

"만세! 궁예 만세!"

똥독이 오른 궁예는 온몸이 벌겋게 부어올랐고 쌀알만 한 돌기로 뒤덮였다. 온종일 화끈거리고 가려워서 이를 악물고 주먹을 꽉 쥔 채 지냈다. 두 달 넘게 살갗에 비름나물을 찧어 바르고 볏짚을 태운 연기를 쐬자 겨우 똥독이 가라앉았다. 기운을 차린 궁예가 은부와 종간에게 말했다.

"갈수록 몸이 둔해져서 안 되겠어. 솔개와 족제비처럼 날랬던 예전으로 돌아가자고."

세 사람은 날마다 동트기 전에 목장 위쪽 언덕에 모였다. 먼저 목검을 들고 자세를 가다듬었으며 서로 맞서 겨루었다. 뒤이어 소나무에 네모 난 판자 하나를 기대어 세워 놓고 과녁으로 삼아 일백 발짝 떨어진 거리에서 활을 쏘았다. 활 다루는 솜씨는 어려서부터 익혀온 궁예가 가장 뛰어나서 연거푸 과녁 복판을 맞혔다. 은부는 다섯 번 쏘면 한두 번 맞혔다. 종간이 쏜 화살은 늘 과녁에 한참 못 미쳐 힘없이 떨어졌다. 그래도 종간은 아주 재미있다는 얼굴로 깔깔 웃었다.

"형님들, 저는 아직 어리니까 봐주세요! 언젠가는 말을 타고 달리며 과녁을 맞힐 날이 오겠지요!"

가을이 깊어가면서 밤에 우는 늑대 소리가 나날이 가까워졌다. 배고픈 늑대들은 말들을 노리고 있었다. 비봉산엔 몇 해 전부터 굶주린 사람들이 몰려 올라가 닥치는 대로 잡는 바람에 짐승들이 크게 줄었다. 토끼와 고라니, 오소리, 너구리들이 사라졌고 멧돼지도 보기 힘들어졌다. 모두가 늑대들의 먹이였다.

궁예는 밤마다 두 눈을 부릅뜨고 목장을 지켰다. 여름에 암말 여러 마리가 새끼를 낳으면서 마구간이 비좁아졌다. 목장 풀밭에서 밤을 보내는 말이 내여섯 마리나 되었다. 지난봄에 말 한 마리가 늑대한테 물려죽은 뒤로 울타리를 더 높였으며, 낡은 판자를 모두 뜯어내고 새 판자를 붙였다. 그러나 늑대들은 마음만 먹으면 언제든지 울타리를 타넘을 수 있었다. 어떤 늑대는 울타리 너머 갈참나무에 높이 올라가서 허공을 가르며 날아 목장으로 들어왔다.

'허, 저 녀석 좀 보게나.'

궁예가 그 모습을 직접 보았다. 때는 별빛에 어슴푸레 사위가 드러난 한밤이었다. 목장으로 들어온 늑대는 낮게 엎드려 바닥을 기었다. 웃자란 풀을 헤치며 마구간으로 다가갔다.

"휘이익―"

궁예가 입에 손가락을 넣고 휘파람을 불었다. 무슨 소리인가 하고 멈칫한 늑대가 고개를 들고 돌아보았다. 그 순간 궁예가 쏜 화살은 휙 소리를 내며 날아가서 늑대의 두 눈 사이를 꿰뚫었다.

첫서리가 내린 날 새벽에도 궁예는 울타리를 타넘는 짐승을 보았다. 마구간을 하나 더 지은 지 얼마 안 되었을 때였다. 이제 거의 모든 말들을 안에서 재우게 되었다. 밖에서 자는 말은 두 마리뿐이었다. 궁예는 이 말들을 곁에서 지켰다. 목장으로 들어온 짐승은 매우 눈이 밝았고 코가 날카로웠다. 궁예가 자기를 지켜보고 있는 걸 알고 있었다. 풀밭에 납작 엎드려 꼼짝도 하지 않았다.

활을 든 궁예는 숨소리를 죽이고 어둠 속을 노려보았다. 녀석이 오래도록 움직이지 않자 조바심이 나면서 입속이 바짝 타들어갔다.

어제 오후에 마구간 옆쪽 벽에서 낡은 판자를 사람 둘이 드나들 만큼 뜯어낸 일이 퍼뜩 떠올랐다.

'저 녀석은 어제 가까운 숲속에 웅크리고 앉아 있었을 거야. 판자가 뜯겨 나가며 생긴 구멍을 노려보고 고개를 끄덕거렸겠지.'

궁예는 활을 내려놓고 황룡도를 들었다. 울타리를 타고 비탈을 멀리 돌아 마구간으로 서둘러 내려갔다. 같은 시각에 침입자도 풀밭에 배를 깔고 기다시피 해서 마구간으로 내려가기 시작했다. 그 사이에 동이 트면서 궁예의 눈에 침입자가 흐릿하게 들어왔다. 그 녀석은 늑대가 아니었다. 덩치가 어른 네댓 명을 합한 호랑이였다.

마구간에 먼저 이른 궁예는 비탈을 내려오는 호랑이와 눈이 딱 마주쳤다. 호랑이 눈빛이 곱절로 밝고 파랗게 번쩍였다. 궁예와 호랑이 모두가 움찔하며 움직임을 멈추었다. 서로 스무 발짝쯤 떨어진 거리였다. 궁예는 칼집에서 황룡도를 빼어 들었다. 날카로운 쇳소리가 침묵을 깼다. 다리를 넓게 벌린 궁예는 두 발을 번갈아 들었다 내리며 힘차게 땅을 디뎠다.

'자, 어서 덤벼라.'

두 손으로 칼자루를 꽉 쥐고 칼끝으로 앞을 겨누었다.

"어흥!"

호랑이가 고개를 옆으로 틀며 소리치더니 궁예를 향해 냅다 달려왔다. 뒷다리로 땅을 박차고 솟구친 호랑이는 마치 하늘에서 내려오듯이 궁예에게 날아왔다.

"얍!"

궁예는 짧게 기합을 넣으며 칼을 좀 더 높이 들었다. 칼끝은 호랑이 아래턱 복판을 찔렀고, 턱 밑을 길게 쭉 가른 뒤에 정확하게 호랑이 목을 꿰뚫었다. 호랑이 몸무게에 중력이 더해져서 엄청난 힘이 칼날을 지나 칼자루를 쥔 궁예의 두 손을 타고 온몸으로 선해졌다. 호랑이 목에서 뿜어져 나온 뜨거운 피가 궁예 얼굴을 덮쳤고, 궁예의 두 손은 칼자루를 넘어가서 칼날을 길게 훑었다. 엄지를 뺀 여덟 개 손가락 안쪽이 칼날에 베였다 싶은 순간, 궁예는 칼을 놓고 옆으로 몸을 날렸다.

궁예를 지나쳐 바닥에 쿵, 하고 떨어진 호랑이는 데굴데굴 굴러가서 마구간과 부딪혔다. 판자를 우지끈 부서뜨리고 파르르 떨다가 숨을 거두었다. 궁예는 풀밭에 쓰러진 채 피가 줄줄 흐르는 두 손을 위로 들고 의식을 잃었다.

웃는 장군

한 해가 저물어 갈 즈음에 궁예는 두 손에 감았던 붕대를 풀었다. 그 뒤로 석 달이 더 지나서야 근육이 되살아나 주먹을 쥘 수 있었다. 궁예가 호랑이를 잡은 일은 겨우내 죽주성 병사들의 입에 오르내렸다. 일부러 궁예를 보려고 내성 북문을 지나 목장에 들른 병사가 한 둘이 아니었다.

"저기 저 친구가 궁예 맞지?"

"외눈박이라니까 맞을 거야. 덩치가 그다지 크지 않은데 몸이 바위처럼 단단해 보이네."

성주 기훤은 아무 일도 없었다는 듯이 입을 다물고 지냈다. 궁예가 잡은 호랑이 가죽은 기훤이 지내는 본부 막사 바닥에 깔렸다. 기훤은 두 발로 호랑이 가죽을 딛고 서서 세월이 흐르기만 기다렸다.

'언젠가는 모두가 이 호랑이를 잡은 사람이 누군지 잊어버리겠지.'

그때가 되면 그럴듯하게 이야기를 지어내는 솜씨를 뽐내기로 했다. 자기가 어떻게 이 호랑이를 잡게 되었는지 온 세상 사람들에게 자세히 들려줄 생각이었다.

서문대장 원회와 남문대장 신훤이 목장으로 궁예를 찾아가 큰절을 올렸다.

"왜들 이러시나. 어서 일어나시게."

궁예가 팔을 잡아 일으키지 원회가 대뜸 말했다.

"앞으로 형님으로 모시겠습니다. 저희를 받아 주시고 이끌어 주신다면 더한 영광이 없겠습니다."

두 번째로 궁예를 찾아간 날 신훤이 목소리를 낮추고 말했다.

"우리는 이미 오래 전에 기훤 장군에 대한 기대를 모두 버렸습니다. 우리와 함께 이곳을 떠나면 어떻겠습니까?"

궁예가 은부와 종간을 불렀다. 다섯 명이 모인 자리에서 저마다 어떤 생각을 갖고 있는지 들어 보고 입을 열었다.

"나도 여러분과 뜻이 같네. 먼저 어디로 갈지를 의논해서 정하고 이곳을 떠날 날을 잡도록 하세."

892년 봄, 아직 진성여왕이 왕궁과 첨성대 사이에서 심장병과 몽유병에 시달리며 신라를 다스리던 때였다. 북원경 금대골(지금의 강원도 원주 금대리) 골짜기를 오르면 무척 가파른 비탈 위에 산성이 하나 있었다. 치악산 등성이 아래로 우묵하면서 너른 땅을 복판에 두고 돌로 벽을 쌓아 둘러친 산성 이름이 영원산성이었다. 양길은 이곳에 모인 반란군 병사들을 다스리는 장군이었다. 키가 육 척이 훨씬 더 되었고 가슴이 떡 벌어졌다. 여느 사내 두셋을 더한 것만큼 몸통이 두꺼워서 얼핏 보면 곰 같았다.

한때 양길은 농부로 살았다. 북원경 서쪽 마을 문막에서 쌀과 보리와 콩 농사를 지었다. 무척 힘이 세어 쌀 두 섬을 양 어깨에 지고 성큼성큼 걸었다. 한가위에 북원경에선 쌀 지고 달리기 대회를 열었다. 양길은 이 대회에 나갈 때마다 일등을 해서 상으로 송아지를 탔다. 네 마리째 송아지를 탄 이듬해에 주최 측에서 대회를 앞두고 닭 스무 마리를 양길네 집에 가져가 협상을 벌였다.

"이번 대회 때는 집에서 쉬거나 구경만 하면 좋겠네. 다른 사람들도 골고루 일등 맛을 보아야 하지 않겠어?"

몇 해 전에 양길은 가뭄이 심하게 들어 벼농사를 크게 망쳤다. 때로는 인생살이가 어깨에 쌀을 지고 달리는 일보다 버거울 수 있다는 사실을 온몸으로 깨달았다. 엎친 데 덮친 격으로 나라에선 아주 성질이 고약한 관리를 보냈다. 이 관리는 날마다 찾아와서 집 구석구석을 샅샅이 뒤지며 목에 핏대를 세우고 윽박질렀다.

"나라 땅을 썼으면 세금을 내야 할 거 아니야! 계속 이러면 감옥에 집어넣는 수밖에 없어!"

어느 날 헛간에서 농기구 뒤쪽을 살피던 관리가 하하하 웃었다. 씨앗으로 쓰려고 놔둔 콩 한 줌을 들고 나왔다. 양길이 관리를 막아섰다.

"그건 절대로 안 돼요. 씨앗이 없으면 농사를 지을 수 없어요."

관리가 땅바닥에 침을 탁 뱉었다. 헛웃음을 지으며 곤봉으로 양길의 배를 쿡쿡 찔렀다.

"이 자식 좀 보게. 세금이 먼저지, 농사가 먼저냐?"

관리는 곤봉을 들어 양길의 머리를 탁 때렸고, 그 자리에서 양길은 바윗돌만 한 주먹으로 관리를 때려눕혀 팔다리와 얼굴과 가슴과 배가 모조리 바닥에 닿게 만들었다. 반란군이 되기로 마음먹은 양길은 여러 농부들과 함께 낫과 쟁기를 들고 문막을 떠났다. 영원산성에 올라 죽기 살기로 덤벼 관군을 물리치고 성주가 되었다. 소문을 들은 농부들이 무리지어 산성으로 오면서 한 해 만에 농민군 숫자가 이백 명에서 오백 명으로 늘었다. 다시 해가 바뀌었을 땐 이 숫자가 일천 명으로 바뀌었다.

양길은 잠자코 성을 지킬 뿐이고 밖에 나가 싸울 생각을 하지 않는 기훤과 전혀 달랐다. 틈만 나면 군대를 보내 관청 창고를 털었으며 다른 도적 떼하고도 싸웠다. 때로는 직접 군대를 이끌고 앞장서 칼을 휘둘러 적을 물리쳤으며 포로들을 산성으로 데려가 자기편으로 만들었다. 북원경 일대에서 양길은 나날이 이름이 높아졌고 겉모습과 성격에 관해 온갖 억측이 나돌았다.

"키가 작고 뚱뚱하면서 꼭 두더지처럼 생겼다지?"

"성질이 아주 사납고 잔인해서 하루라도 피를 보지 않으면 못 견딘대. 벽에 대고 자기 얼굴을 찧어 코피를 보고 나서야 겨우 마음을 놓는다네."

"눈뜰 때부터 종일토록 어찌나 버럭버럭 화를 내고 소리를 질러대던지, 부하 가운데 고막이 멀쩡한 이가 없대."

이런 소리를 전해 들을 때면 양길은 고개를 뒤로 젖히고 웃음을 터뜨렸다.

"하하하하! 진짜 우습구나!"

한참 웃다가 눈물이 그렁그렁한 얼굴로 웃음을 그쳤다. 잠깐 지나서 입을 한껏 벌리고 다시 달달 떨리는 목젖을 내보이며 웃었다. 양길은 웃는 모습만큼이나 성격이 밝고 시원스러우며 품이 넓은 사람이었다. 작은 일에 얽매이지 않았고 머리를 쥐어뜯으며 끙끙 앓는 일도 없었다. 좋으면 좋다, 싫으면 싫다, 하고 딱 잘라 말했다. 지나간 일을 되짚지 않았으며 자기가 가진 것보다 많은 것을 내주려 했다. 예전에 부장 윤오와 첨술이 저마다 다른 곳으로 전투를 치르러 가기에 앞서 양길에게 청했을 때도 그랬다.

"병사 오백 명씩 주십시오."

양길이 선뜻 대꾸했다.

"줄게, 데려가."

그때 영원산성에서 지내던 병사 숫자가 일천 명이었다. 두 사람에게 오백 명씩 주면 남는 병사가 없었다. 양길 혼자 산성을 지켜야 한다는 얘기였다. 이튿날 양길은 윤오와 첨술을 불러 키와 목소리를 함께 낮추고 뒤통수를 긁으며 애원하듯이 말했다.

"삼사백 씩만 데려가면 안 될까? 나도 좀 데리고 있어야 하거든."

어느덧 병사 숫자가 꼭 일천 오백 명에 이르렀을 때였다. 그때를 기다렸다는 듯이 낯선 병사가 말을 타고 비탈을 올라 산성으로 들어왔다. 무진주(지금의 광주광역시)를 점령한 직후부터 백제를 다시 세울 준비에 들어간 진훤이 보낸 사자였다. 신라군이 다스리는 대륙 복판을 뚫고 온 백제군 사자는 파김치가 돼 있었다. 말에서 내려 휘청거렸는데, 숨이 차서 한참 아무 말도 하지 못했다. 냉수를 한 대접 다 마시고 겨우 정신을 차린 사자가 눈을 크게 뜨며 감탄했다.

"엄청나게 가파른 곳에 성이 있네요. 아무도 함부로 덤비지 못하겠어요."

사자는 가슴에서 편지를 꺼내 펼쳤다. 갑자기 아주 굵직한 목소리를 내며 편지를 읽었다.

"나 진훤은 너 양길에게 백제군 비장 벼슬을 내리노라."

사자는 편지 내용이 이렇게 짧은 줄 몰랐다는 얼굴로 고개를 갸웃했다.

"참 이상하네. 한 장을 어디에 빠뜨렸나?"

편지를 뒤집어 보더니 거꾸로 들어 탈탈 먼지를 털었다. 양길이 빙긋 웃으며 부관에게 일렀다.

"답장 내용을 불러줄 테니까 받아 적어라."

종이를 펼치고 붓을 든 부관에게 짧게 말했다.

"감사히 잘 받겠습니다. 비장 양길 올림."

양길은 겉으로 드러내진 않았지만 말할 수 없이 기뻤다. 올해 진훤의 나이는 스물다섯 살밖에 안 되었다. 그러나 양길은 그가 무척 용감하며 전술을 펼치는 솜씨가 뛰어날 뿐 아니라 민심을 읽는 눈이 날카롭다는 얘기를 이미 들어 잘 알고 있었다.

'이렇게 대단한 인물이 나를 끌어들일 생각을 했다니 참으로 영광스럽구먼!'

진훤 스스로 서라벌 서쪽 땅을 치고 양길은 북쪽 땅을 치게 해서 서라벌을 압박하려 하고 있음이 틀림없었다. 양길이 사자에게 넌지시 물었다.

"진훤 장군께선 스스로를 무어라고 부르시던가?"

사자가 한숨을 폭 쉬며 옷깃 속으로 손을 넣었다. 종이를 하나 더 꺼내 더듬거리며 읽었다.

"신라서면도통지휘병마제치지절도독 정무공득주군사 행전주자사 겸 어사중승상주국한남군개국공 식읍이천오."

양길이 눈을 둥그렇게 뜨고 물었다.

"그렇게 긴 벼슬 이름을 다 외우시던가?"

사자가 되물었다.

"무슨 수로 다 외우겠습니까."

양길이 더는 못 참고 웃음을 터뜨렸다. 껄껄 웃으면서도 사자가 그대로 진훤에게 전할까 봐 걱정되었다. 손가락으로 하늘을 가리키며 웃음소리 사이에 띄엄띄엄 중얼거렸다.

"저 까마귀 좀 봐. 하하하! 정말 웃기게 생기지 않았어? 하하하하! 어쩌면 부리부터 발끝까지 저리 온통 새까말 수가 있지? 우하하하하!"

양길은 사자에게 푸짐하게 음식을 차려 대접하라고 일렀다. 막사를 떠나 봄볕 속으로 걸어 들어가면서 미소를 지으며 중얼거렸다.

"비장, 비장. 이제부터 내 벼슬 이름은 백제군 비장이라 이거야."

여느 날보다 세상이 한결 아름답고 평화로워 보였다. 어디에서나 진달래와 철쭉이 활짝 피어나서 갈색 배경을 부드러운 보랏빛으로 물들였다. 여기저기 삼삼오오 모여 앉아 무기를 닦고 손질하는 병사들이 보였다. 빨래를 탁탁 털어 줄에 너는 병사들도 보였다.

양길은 머지않아 세 곳에 군대를 보내면서 겨우내 쉬었던 전투에
들어가기로 했다. 먼저 올봄이 가기 전에 북원경 관아를 완전히 손
에 넣을 생각이었다. 뒤이어 여름이나 가을에 남쪽으로는 중원경(지
금의 충북 충주)과 괴양(지금의 충북 괴산)까지 쳐 내려가고 남서쪽으로
는 기훤이 지키는 죽주성을 공격하기로 마음먹었다. 그런데 양길의
부하 가운데 이런 지역들을 잘 아는 장수가 없었다. 모두 북원경 일
대는 손금 보듯이 샅샅이 꿰고 있었지만 몇 발짝만 벗어나면 장님
이나 다름없었다.

'무얼 알아야 작전을 펴든 말든 하지, 이거야 원.'

한숨을 쉰 양길은 앞날을 밝게 보는 성격답게 곧 얼굴이 편안해지
면서 입가에 미소가 번졌다. 저만치에서 커다란 궤짝을 나르느라 낑
낑대는 병사 둘이 보였다. 양길이 성큼성큼 다가가며 외쳤다.

"잠깐 기다려라!"

병사들이 궤짝을 바닥에 내려놓고 이마에 맺힌 땀을 닦았다.

"어디로 나르지?"

"저기 저 막사 안으로요."

양길이 활짝 웃으며 두 손으로 궤짝을 번쩍 들었다. 마치 텅 빈 궤
짝을 나르듯이 거의 달리는 걸음으로 멀어졌다. 병사 둘이 멍한 얼
굴로 서로 쳐다보았다. 양길처럼 환하게 웃으며 뒤늦게 양길을 쫓
아 막사로 달려갔다.

이튿날 양길은 어제처럼 뜻하지 않았던 손님들을 맞았다. 궁예
가 은부와 종간, 원회와 신훤과 함께 병사 열다섯 명을 데리고 산성

으로 들어왔다. 이들은 커다란 자루 여러 개에 칼과 활을 가득 담아서 실은 말 다섯 필을 끌고 왔다. 양길은 새로 얻은 병사들을 하나씩 덥석 껴안고 등을 두드리며 웃었다. 껄껄 웃고 하하 웃고 으하하하 웃었다.

"반갑군, 반가워! 정말 반갑다, 이 말일세!"

양길은 대번에 병사들을 이끄는 우두머리가 궁예임을 알아챘다. 궁예와 눈이 마주칠 때마다 성큼 다가가 다시 와락 껴안았다. 껴안는 힘이 보통 센 장사가 아니었다. 궁예는 나중엔 다른 병사들 뒤쪽으로 물러나서 발치를 내려다보았다. 그러나 양길은 영원산성이 얼마나 뛰어난 성이며 지금 산성을 지키는 병사들이 어쩌다가 농사를 그만두고 반란군이 되었는지 설명하던 중에 줄곧 눈으로 궁예를 찾았다. 다시 고개를 든 궁예와 눈이 딱 마주치자 두꺼비 같은 손을 들고 흔들었다.

"어이, 자네 이리 앞쪽으로 나오게나. 이제 안 껴안을게."

양길은 궁예에게서 각 병사들이 어디 출신이며 어떤 장기를 지녔는지 자세하게 듣더니 입을 크게 벌리고 무척 기뻐했다.

"원회, 진짜로 예전에 중원성을 지킨 적이 있단 말이지? 성 안쪽 구조를 잘 알겠네."

"신훤, 자네와 따로 의논할 일이 많다네. 괴양이 어떤 곳인지 무척 궁금하구먼!"

얼굴이 말을 닮아 가면서 세로로 길어지고 입이 튀어나온 종간을 보고는 앞으로 두 팔을 쭉 뻗었다. 따각따각 하고 말발굽 소리를 내며 덩치에 어울리지 않게 폴짝폴짝 뛰는 시늉을 했다.

"자네, 말 좋아하지? 내가 척 보면 안다니까."

은부에겐 주먹을 내보였다.

"몸이 아주 다부져 보여. 언제 나하고 힘을 겨루어 보세."

양길은 짐짓 심각한 표정을 지으면서도 웃음소리를 그치지 않았다. 양길의 웃음에 전염된 궁예와 모든 병사들이 웃었다. 지나가던 병사들도 이들을 돌아보고 웃었고 빨래를 걷던 병사들도 웃었다. 이 웃음은 그 뒤로도 사흘 동안 산성 곳곳에서 이어졌다.

양길이 웃음을 뚝 그치자 온 산성에 침묵이 드리워졌다. 본부 막사에서 작전회의가 열리면서 아주 낮고 차분한 목소리가 오갔다.

"자, 모두 이 지도를 잘 들여다보라고."

"어디 지도입니까?"

"북원성 지도야. 이곳에 관아가 있고 여긴 무기고야. 지금부터 한 달 동안 새로운 전술로 훈련한 뒤에 북원성을 공격한다."

치악산은 신라의 작은 서울 다섯 개 가운데 하나인 북원경 동쪽에서 위아래로 길게 뻗은 바위산이었다. 가장 높은 비로봉을 지나 남쪽으로 내려가는 산등성이는 좀처럼 험한 기세가 꺾이지 않았다. 영원산성은 치악산 등성이 중간쯤에서 향로봉을 지나 상원사로 나아가다가 서쪽으로 조금 내려간 곳에 있었다. 비로봉이 공룡 머리라면 영원산성 위쪽 등성이는 공룡 꼬리가 시작되는 곳이었다. 이따금 공룡이 가볍게 꼬리를 흔들면 산등성이 아래로 우르르 돌이 굴러 내렸다. 비탈 곳곳에서 나무 한 그루 자라지 않는 회색 돌밭을 볼 수 있었다.

"어, 연기를 아주 길게 올리네. 저게 무슨 신호지?"

"모두 잘 지내냐는 신호잖아요. 연기가 너무 길긴 하지만요."

비로봉을 지키던 관군들은 북원성에서 양길 부대의 공격을 받은 건물들이 불타며 내는 연기를 봉화로 잘못 보았다. 곧바로 봉화대에서 토끼 똥을 태운 연기를 높이 올려, 잘 지내고 있으니 걱정하지 말라고 응답했다. 그런데 북원성에서 피어오르는 연기는 좀처럼 가라앉지 않았다. 이튿날도 그 다음 날도 계속 연기가 하늘 끝으로 올라갔다.

"난리가 벌어졌나 봐. 이제 어떡하지?"

"각자 알아서 하자고. 나는 집에 갈래."

봉화지기 하나가 군복과 투구를 벗어 던지고 집으로 달아났다. 다른 병사들도 머뭇대다가 비로봉을 떠나 줄행랑을 쳤다. 치악산 비로봉에서 봉화를 피우면 향로봉과 상원사에서 봉화대를 지키는 병사들이 연기를 보고 봉화로 응답하게 돼 있었다. 봉화는 백운산을 지나 저 멀리 중원경 동서쪽에 있는 월악산으로 전달되었다. 월악산 봉화대 병사들은 사흘째 백운산에서 쉬지 않고 피어오르던 봉화가 갑자기 끊어지자, 봉화 연기를 두 번 짧게 올리며 무슨 일인지 물었다. 백운산 봉화지기들은 연기를 짧게 세 번 올려 자기들도 무슨 일인지 모르겠다고 대꾸했다.

월악산 봉화지기들이 하얗게 질린 얼굴로 주고받았다.

"북원성에서 큰일이 벌어진 게 틀림없어."

"어서 중원경에 알려야겠어."

중원경을 다스리는 최고 관직 사신은 최희술이었다. 그가 여러 장군과 장수들을 성으로 불러들여 회의를 열었다.

"머잖아 양길 군대가 이리로 올 거예요. 하루빨리 진형을 갖추고 전투태세에 들어갑시다."

북원성에서 관군과 양길의 군대는 이레 동안 서로 치열하게 싸웠다. 드디어 전투가 끝나면서 양길 군대는 북원성 복판에 깃대를 세웠다. 곰처럼 생긴 농부가 쌀자루를 어깨에 메고 달리는 그림이 그려진 깃발이 바람에 펄럭거렸다.

"여기서 우리 깃발을 보게 되는구먼. 그동안 모두 애썼네!"

줄곧 치악산 건너 매봉산 언덕에서 북원성을 내려다보며 전투를 지휘하던 양길이 활짝 웃었다. 수염을 길게 쓰다듬으며 물었다.

"검은색 투구를 쓰고 갈색 말을 탄 장수가 궁예가 맞지?"

곁에 있던 부관이 대꾸했다.

"예, 맞습니다. 궁예 부장입니다."

궁예는 영원산성에 오자마자 원회와 신훤과 함께 부장 자리에 올랐다. 부장은 사상이라고도 부르는 직급인데, 장군이나 대장을 보좌하면서 병졸들을 다스리는 자리였다.

"말을 몰고 달리며 칼을 다루는 솜씨가 눈부시구먼. 번갯불 같다고나 할까. 여간 빠르고 날카롭지 않아."

"산성에서 훈련할 때 보던 모습 그대로입니다."

양길뿐 아니라 어느 누가 보더라도 북원성을 무너뜨리는 데 가장 큰 공을 세운 이는 궁예였다. 궁예는 앞장서서 병사들을 이끌고 누구보다 용감하게 싸웠다. 한번은 말을 몰고 달려드는 관군 기마병 예닐곱 명과 맞섰다. 서로 부딪혔다 싶은 순간, 눈 깜짝할 사이에 이들의 목을 모조리 베어 허공으로 머리를 날렸다. 궁예는 적들의 기세를 읽는 눈 또한 매우 날카로웠으며, 숨 돌릴 틈 없이 치고 빠지는 전술로 적들이 정신을 못 차리게 만들었다. 적들은 넌더리를 내며 디는 싸울 의욕을 잃었다.

"자, 슬슬 내려가 보세."

양길은 말을 몰고 언덕을 떠나 북원성으로 갔다. 환하게 웃으면서도 한쪽 눈가를 살짝 찌푸리며 속으로 중얼거렸다.

'오래도록 곁에 두고 싶지만, 여기서 썩히기엔 너무 아까워.'

석남사

가을에 궁예는 영원산성을 떠났다. 쌀쌀하면서도 무척 맑고, 온산에 곱게 단풍이 든 날이었다. 출정식에서 양길 장군이 궁예에게 갑옷을 입혀 주었다.

"자네가 반드시 큰일을 해내리라 믿네. 삭주 중원을 휩쓸고 명주(삭주와 명주는 지금의 강원도 일대 땅)까지 손에 넣은 뒤에 건강한 모습으로 다시 만나세."

궁예가 무릎을 꿇고 절했다.

"안녕히 계십시오. 먼 길을 돌아 이 자리에서 다시 뵙겠습니다."

궁예는 원회와 신훤하고도 인사를 나누었다. 둘 다 머지않아 군대를 이끌고 중원성과 괴양성을 치게 돼 있었다.

"다시 만날 날이 있겠지."

떡대얼굴 원회가 밝게 웃으며 궁예 손을 덥석 잡았다.

"형님, 중원성을 손에 넣는 대로 초대하겠습니다. 꼭 오셔야 합니다."

"알겠네. 몸조심하게나."

꺽다리 신훤도 궁예 손을 한참 잡고 놓아 주지 않았다.

"괴양성에도 들르셔야 합니다. 그때는 성문지기 배를 발로 내지르시면 안 됩니다."

"알았어, 안 그럴게."

껄껄 웃으며 돌아선 궁예는 말에 올랐다. 말 머리를 돌려 기마병 서른 명과 보병 이백 칠십 명을 데리고 치악산 등성이에 올랐다.

"어휴, 왜 저리 서두르실까? 형님, 아니 부장님, 좀 천천히 가세요. 이러다가 놓치겠어요."

종간이 진땀을 흘리며 앞쪽과 뒤쪽을 번갈아 쳐다보고 종종걸음쳤다. 말을 돌보는 데 쓰는 연장과 도구를 실은 말 고삐를 힘껏 당겼다. 은부가 무기를 고치는 연장을 실은 말을 타고 뒤따르며 외쳤다.

"이곳 지리를 알아 두었으니까 걱정하지 마."

궁예 부대는 남쪽으로 산등성이를 타고 내려갔다. 꿩이 자기 목숨을 구해 준 선비에게 은혜를 갚으려고 온몸을 던져 종을 치다가 죽은 상원사를 지났다. 방향을 동쪽으로 튼 부대는 가파른 비탈로 들어섰다. 그때 낮잠을 자던 공룡이 깨어나 꼬리를 쳤고, 온 땅이 흔들리면서 돌과 자갈이 비탈로 굴렀다.

"지진이 일었나 봐."

보병 여럿이 돌을 밟고 넘어졌다가 절뚝거리며 일어났다. 기마병들이 말들에게 소리쳤다.

"이랴, 천천히 내려가자! 조심조심!"

종간에게 훈련을 잘 받은 말들은 옆걸음과 앞걸음, 뒷걸음을 고루 섞으며 걸었다. 모두 한나절 쉬지 않고 비탈을 내려가서 골짜기 아래 평평한 땅에 이르렀다. 온몸이 땀에 흠뻑 젖은 병사들이 길게 숨을 내쉬며 주고받았다.

"이 마을에서 겨울을 보낼 거라며? 저기 절이 한 채 보이네."

"석남사라고 하는데 작지만 꽤 오래된 절이래."

석남사는 아담한 법당과 방이 세 칸밖에 없는 요사채로 이루어져 있었다. 절이 있는 마을답게 마을 이름은 절골이었다. 치악산 동쪽에 있는 응봉산 아래 들판에선 절골로 들어가는 길을 찾기 힘들었다. 네 발로 기어야 할 만큼 가파르고 높은 언덕이 앞을 가로막고 있어서였다. 숨을 몰아쉬며 언덕길을 넘어 한참 내려가면 골짜기 오른쪽으로 길고 양지바른 땅이 나왔다. 이곳에 석남사와 집들이 모여 있었다.

노인들이 지팡이를 짚고 서서 궁예 부대를 맞았다.

"어디서 오는 군대인가요?"

궁예가 노인들에게 고개 숙여 인사했다.

"영원산성에서 오는 양길 부대 병사들입니다. 여기서 천막을 치고 겨울을 나도 괜찮을지요?"

"그렇게 하세요. 농사를 짓지 않고 버려둔 땅이 많아요."

노인들은 한때 절골에 스무 가구가 살았다고 말했다.

"모두 농사를 지었고 짬짬이 나물을 캐러 산에 올랐어요. 지금보다는 몇 곱절로 좋았던 시절이었지요."

절골 밭엔 흙보다 돌이 많았다. 마을 사람들은 거친 땅에서도 잘 자라는 콩을 키워 장에 내다가 보리와 바꾸어 왔고 콩에 보리와 나물을 섞어 끓여 먹었다. 이가 없는 노인들과 잇몸이 약한 어린아이들은 늘 낯을 찌푸리고 깔깔한 밥을 먹다 보니 얼굴에 잔주름이 많이 생겼다. 관아에선 절골 사람들을 전혀 돌보지 않으면서 꼬박꼬박 세금을 걷어 갔다. 게다가 열다섯 살에서 예순 살 사이 사람들을 뻔질나게 불러 일을 시켰고 전쟁터에 내보냈다. 몸이 아파서 일할 수 없는 사람들에게 세금을 거듭 물렸으며, 열 살이 안 된 아이들에게도 억지로 부역 의무를 지게 해서 세금을 걷었다.

"저기 저 절이 텅 비어 있으니까 요사채를 쓰도록 하세요. 이제 절 골엔 우리 같은 노인과 여자와 어린아이밖에 없어요. 젊은 사내들은 먹을 걸 구하러 집을 나갔는데 좀처럼 돌아오질 않네요."

궁예가 병사들에게 석남사 앞쪽 땅을 가리켰다.

"저곳에 짐을 풀고 막사를 지어라. 군량미 한 섬을 아직 마을에 남아 있는 사람들에게 나눠주어라."

궁예 부대는 절골에서 가을이 가고 겨울이 지날 때까지 지냈다. 검술과 궁술을 익히고 여러 전술에 따라 손발을 맞추며 땀을 흘렸다. 골짜기에서 물이 꽁꽁 얼고 칼바람이 휘몰아치는 날에도 절골 훈련장에선 더운 입김이 뿌옇게 피어올랐다. 병사들이 내지르는 기합과 함성이 골짜기를 울리며 메아리쳤다. 낮잠을 설친 부엉이와 올빼미들이 짜증을 내며 부리가 찢어지게 하품하면서 다른 데로 날아가 버렸다.

궁예는 스스로를 장군이라고 불렀고, 사상 또는 부장이라고 일컫는 지휘관 다섯을 밑에 두었다. 여느 부대 같았으면 부장은 적어도 오백 명이 넘는 병사들을 다스리는 자리였다. 궁예는 앞으로 군대 규모가 커질 때에 대비했는데 부장마다 쉰 명이 좀 넘는 병사들을 지휘했다. 부장 가운데 가장 책임이 무거운 이는 기마병들을 이끄는 장일이었다. 북원경 토박이 장일은 궁예보다 다섯 살이 어렸으나 전투에 참여한 경험이 많았다.

'풋내기한테 지휘를 받아야 하다니, 내 꼴이 참 우습게 됐네.'

무척 자존심이 상해서 울분을 삭이느라 밤새 술을 마시고 이튿날 눈에 핏발이 선 얼굴로 나타나기 일쑤였다. 어느 날 아침에 궁예가 장일을 불렀다.

"오늘은 종간이 기마병들에게 말이 지닌 습성에 대해 들려주는 시간을 갖겠다. 기마병들이 말을 몰고 훈련장에 모이게 하라."

늘 그랬듯이 장일은 한두 박자 뜸을 들였다가 대꾸했다.

"음—그러지요."

"자네 얼굴이 안 좋아 보이는데 어디 아픈가?"

"음—아닙니다."

여기저기 모닥불을 피워 놓은 석남사 앞 훈련장에 기마병 서른 명이 말을 몰고 나타났다. 모두 말에서 내려 말 고삐를 잡고 줄을 맞추어 섰다. 맨 앞에 선 장일은 입이 댓 발 튀어나왔다. 간밤에 마신 술이 줄줄 흘러 얼굴이 번드르르했다. 수건으로 얼굴을 닦아서 꼭 짜면 술 한 대접은 나올 듯했다.

"종간, 뭐 해? 어서 이리 나와."

궁예가 손짓하자 종간이 명랑한 말처럼 껑충껑충 뛰어왔다. 기마병들을 바라보고 손짓 발짓을 섞어 가며 큰 소리로 말 이야기를 펼쳐 보였다.

"말들도 사람처럼 기쁨과 슬픔과 괴로움 같은 감정이 있고 생각할 줄 알아요. 마치 친형제나 자식을 대하듯이 따뜻하게 다루면 절대로 주인 뜻을 거스르지 않아요."

기마병뿐 아니라 말들도 귀를 쫑긋 세우고 종간의 말을 귀담아들었다.

"다른 일로 화가 났을 때 말을 거칠게 다루면 언젠가는 반드시 보복을 당해요. 코앞에서 창칼을 들고 눈을 부라리는 적들을 향해 달려가는데 말이 갑자기 멈추어 서서 돌아섰다고 생각해 봐요. 곧 무슨 일이 벌어질지 뻔하잖아요."

"잠깐만."

궁예가 종간을 가까이 오게 했다. 목소리를 낮추고 종간에게 일렀다.

"너는 지금 나 대신에 말하는 거야. 반말을 써도 괜찮아."

"아, 그렇군요. 잘 알겠어요."

종간이 활짝 웃으며 기마병들에게 돌아갔다. 그런데 말투가 좀 이상해졌다. 문장 끝에서 짧게 말을 끊었다가 이었다.

"말들은 사람보다 뛰어난 점이 많아, 요. 무엇보다 직감이 뛰어나, 요. 우리보다 먼저 위험을 알아챌 때가 많아, 요. 말들을 마음속 깊이 진정으로 사랑하게 되면 말들이 하는 행동을 의심하지 않게 돼, 요. 자기가 탄 말이 갑자기 이상한 행동을 하더라도 마구 다그치거나 몰아붙이는 일이 없어져, 요."

한 박자 쉬더니 처음 말투로 돌아갔다.

"앞서 죽주성에서 있었던 일인데요. 기마병들이 성 밖에 멀리 나갔다가 밤늦게 돌아오게 되었어요. 보름날인데 구름이 잔뜩 끼어 몇 발짝 앞이 잘 보이지 않았어요. 성 가까이에 꽤 폭이 넓은 개울이 있었는데요. 개울을 가로질러 나무다리가 놓여 있었지요. 다리 앞에 이르렀을 때 앞장선 말이 우뚝 걸음을 멈추었어요. 기마병이 어서 가자며 말 옆얼굴을 쓰다듬었어요. 하지만 말이 히히잉 울며 꼼짝도 하지 않았어요."

종간의 얘기를 듣던 서른 마리 말들이 동시에 히힝거리며 앞발로 땅바닥을 따닥따닥 때렸다.

"얘들이 갑자기 왜 이래?"

기마병들이 고삐를 당겨 겨우 말들을 진정시켰다.

"그 기마병은 말을 믿었고요, 말이 어떤 위험을 알아챘구나 하고 생각했어요. 그래서 다른 길로 돌아가자고 동료들에게 말했어요. 하지만 바로 뒤쪽에 있던 기마병이 말을 몰고 앞으로 나왔어요. '이 멍청한 친구야. 자네 말이 겁쟁이여서 그러는 거야.' 그러고는 채찍으로 자기 말을 내리쳤어요."

서른 마리 말들은 자기가 채찍에 얻어맞은 듯이 눈을 부라리며 푸우푸우 입김을 뿜었다. 종간이 말들에게 말했다.

"얘들아, 괜찮아. 조용조용."

금세 모든 말들이 입을 꾹 다물고 눈을 끔벅거렸다. 종간이 다시 말을 이었다.

"쩔쩔매던 말은 채찍에 더 맞기 싫어 다리로 올라서서 나아갔어요. 그런데 그 다리는 지난여름 홍수에 중간쯤이 내려앉아 있었어요. 잠시 뒤에 우지끈 소리가 났고, 기마병은 말과 함께 개울로 떨어졌어요. 얼마만큼 떠내려가다가 개울 복판에 튀어나온 바위에 머리를 부딪혀 죽었지요.”

말들이 다시 히힝거리며 앞발로 땅을 더욱 빠르고 세게 때렸다. 기마병들은 눈을 동그랗게 뜨고 종간을 바라보며 동시에 외쳤다.

“와아!”

딱 한 사람, 장일은 여전히 입을 꾹 다물고 있었다. 아주 못마땅한 얼굴로 싸라기눈이 날리는 하늘을 올려다보았다. 종간이 말을 마치고 물러나자 궁예가 장일에게 물었다.

“도움이 좀 되었나?”

장일은 입을 삐죽 내밀고 대꾸하지 않았다. 궁예가 허허 웃었다.

“딴 생각을 하는 모양이구먼.”

기마병들이 두 사람을 번갈아 바라보며 마른침을 삼켰다. 장일이 궁예한테 불만이 많음을 모두가 느낌으로 알고 있었다. 뒤쪽에 있던 기마병들이 속삭였다.

“손에 땀이 나네.”

“오늘 기어이 뭔 일이 벌어지는 거 아니야?”

장일이 궁예를 똑바로 쳐다보고 시큰둥한 목소리로 말했다.

“장군님께선 늘 우리더러 겸손하라고 말씀하시는데요, 제 눈엔 장군님처럼 고개를 꼿꼿이 세우는 이가 없는 듯합니다. 단 한 번도 누구 앞에서 자세를 낮추는 모습을 본 적이 없소이다.”

모든 병사들이 윗몸을 뒤로 젖히며 입김을 길게 뿜었다. 하나같이 장일을 걱정하는 표정이었다. 잠깐 머뭇거리던 궁예는 장일 앞으로 한 걸음 나아갔다. 두 손을 앞으로 모으고 똑바로 서더니 얼음이 덮인 땅에 넙죽 엎드려 장일에게 절했다. 무릎을 꿇고 바닥에 손바닥과 이마를 댄 모습으로 꼼짝도 하지 않았다.

병사들이 다시 입을 벌리며 입김을 뿜었다. 어떤 병사는 흡, 하고 숨을 멈추었다. 깜짝 놀란 장일은 온몸이 바짝 얼어붙었다. 겨우 정신을 차리고 달려 나가 허리를 구부리고 궁예 팔을 잡았다.

"아이고, 장군님, 왜 이러십니까!"

그러나 궁예는 아무런 대꾸가 없었다. 장일이 하얗게 질린 얼굴로 덧붙였다.

"장군님, 제가 잘못했습니다. 다시는 그러지 않을 테니까 제발 어서 일어나세요."

천천히 고개를 들고 일어난 궁예는 아무 일 없었다는 듯이 덤덤한 얼굴이었다. 땅바닥에 댔던 두 손을 맞비비며 기마병들을 바라보고 말했다.

"날이 꽤 쌀쌀하구먼. 모두 막사로 돌아가서 쉬다가 오후 훈련 때 다시 보세."

다시 만난 곰분이

온 들에서 눈과 얼음이 녹고 냉이와 쑥이며 돌나물과 씀바귀 싹이 올라올 때였다. 궁예는 부대를 이끌고 석남사를 떠나 첫 번째 원정

길에 나섰다. 원회와 신훤이 저마다 군대를 이끌고 중원성과 괴양성을 치기에 앞서 그 지역들과 서라벌 사이를 잇는 동맥을 끊을 생각이었다. 궁예 부대는 속도를 늦추지 않고 남쪽으로 내달렸고, 내제군(지금의 충북 제천)에 이르러 단번에 성을 손에 넣었다.

맨땅에 엎드린 관군 병사들은 자기들을 무릎 꿇린 병사들이 어디 소속인지 무척 궁금했다. 병사 하나가 용기를 내서 고개를 들고 물었다.

"도대체 누구시죠?"

궁예 부대 병사가 대꾸했다.

"우리는 양길 장군 밑에 있는 궁예 부대야. 잘 기억해 두라고."

궁예가 앞으로 나서 관군 포로들에게 양길 장군에 대해 설명했다.

"원래 농사를 짓던 분이다. 날마다 세금을 내라며 들볶고 씨앗까지 빼앗아 가는 관리들의 횡포를 못 견디고 반란군이 되셨다. 우리와 함께 가려는 자들은 일어나 보아라."

포로 이백 명 가운데 절반이 일어났다. 이들은 궁예 부대에 들어갔으며, 나머지는 군복과 투구를 벗고 터벅터벅 집으로 돌아갔다.

오백 명으로 불어난 궁예 부대는 계속 아래로 내려가 예천성(지금의 경북 예천)에 이르렀다. 예천성 관군은 내제군 관군과 달리 무척 억세게 궁예 부대에 맞섰다. 나중엔 성문을 열고 들판으로 달려 나와 정면으로 맞붙어 싸웠다.

"공격하라! 한 발짝도 물러서지 마라!"

예천성 성주 김평은 목소리가 무척 굵고 우렁찼으며 참으로 용감한 군인이었다. 마지막 순간까지 빠르게 말을 몰며 온힘을 다해 칼을 휘둘렀다. 투구가 벗겨져 어디론가 날아간 모습이었다. 김평은 자기가 화살에 맞았다는 것도 모르는 듯했다. 어깨와 등에 화살이 세 개나 꽂혀 있었다. 이윽고 관군 숫자가 크게 줄었음을 알아채고 고개를 흔들며 말 머리를 돌렸다.

장일이 시위에 화살을 재서 성으로 돌아가는 김평을 겨누었다. 궁예가 손을 번쩍 들며 외쳤다.

"쏘지 마라! 사로잡아라!"

그러나 이미 화살은 장일의 활을 떠났다. 허공을 가르고 휙 소리를 내며 날아가 정확하게 김평의 뒷목을 꿰뚫었다. 외마디 소리를 내며 고개를 푹 숙인 김평은 옆으로 온몸이 쏠리면서 말에서 떨어지려 했다. 하지만 곧 고삐를 잡아당기며 말 등에 바로 앉았다. 어깨와 등뿐 아니라 뒷목에 화살이 꽂힌 채, 말을 돌려 다시 궁예 부대를 향해 나아갔다. 맨 앞에서 말 등에 앉아 있는 궁예와 눈이 마주친 김평은 느릿느릿 칼을 들어 올렸고, 마치 무척 즐거웠던 옛일을 떠올리듯이 빙긋 웃었다. 다음 순간 온몸이 빙글 돌면서 말에서 거꾸로 떨어져 숨을 거두었다.

관군 병사들은 성주를 잃자 사기가 바닥으로 떨어졌다.

"큰일 났다. 이제 어떡하지?"

모두 우왕좌왕하더니 사방으로 흩어져 달아났다. 뒤쫓아 간 궁예 부대 병사들에게 붙들린 관군 가운데 절반은 앞서 내제군 병사들이 그랬듯이 집으로 돌아갔다. 나머지 절반은 궁예 부대에서 충성을 다하리라 맹세하고 반란군으로 신분을 바꾸었다. 궁예 부대가 예천성에서 무기와 장비를 손보며 닷새를 머무는 동안, 궁예는 주민 가운데 예천군을 다스릴 태수를 새로 뽑아 앉혔다. 궁예의 명을 받은 병사들은 관청 창고에 있던 곡식을 내다가 마차에 실어 집집마다 돌아다니며 백성들에게 나누어 주었다.

다시 말에 오른 궁예는 성문을 나서지 못했다. 예천군 사람들이 궁예 부대가 떠난다는 말을 듣고 벌떼같이 몰려와 성문을 막아섰다. 이들은 궁예 부대가 예천군에 계속 머무르며 자기들을 지켜 주기를 바랐다. 궁예가 곁에 서 있는 태수를 돌아보았다.

"오래지 않아 양길 장군이 이끄는 부대가 와서 지켜 줄 것이오. 백성들에게 그렇게 전해 주시오."

태수가 활짝 열린 성문으로 다가가서 군중에게 몇 마디 외쳤다. 웅성거리던 소리가 곧 가라앉았다. 몇 사람이 주먹을 쥐고 높이 들며 외쳤다.

"약속을 꼭 지켜 주세요!"

"기다리고 있겠습니다!"

성문 밖을 바라보던 궁예가 외눈을 반짝거리더니 말에서 땅에 내려 성문으로 걸어갔다. 부장 하나가 달려와서 앞을 막아섰다.

"군중 속에 자객이 숨어 있을지 모릅니다."

"괜찮으니까 물러서게."

궁예가 성문 밖으로 나가자 군중이 양쪽으로 갈라지며 길을 터 주었다. 이윽고 궁예는 머리가 하얗게 세었고 얼굴이 곰보 자국으로 뒤덮인 노파 앞에 이르렀다. 노파는 언덕으로 오르는 길에 홀로 서 있었다. 궁예가 노파 손을 잡으며 물었다.

"곰분이 아주머니?"

노파가 흠칫 놀라며 눈을 끔벅였다.

"어떻게 저를 아시나요?"

"웅주(지금의 충남 공주)는 여기에서 오백 리나 떨어져 있지 않습니까. 어쩌다가 여기까지 오시게 되었는지요?"

노파가 눈을 가늘게 뜨고 찬찬히 궁예 얼굴을 살폈다. 먼 옛날 웅주 주막거리에서 지내던 때를 떠올리며 외쳤다.

"어머나, 설마 그때 그 꼬마가!"

가마솥 앞에서 곰분이와 곰분이 남편 구레가 양쪽에서 자기 팔을 잡아당기던 일이 궁예 머릿속을 스쳤다.

"맞습니다. 제가 그 꼬마입니다. 말썽을 많이 피우던 때였지요."

그 소리에 노파가 빙긋 웃었다.

"아주머니께서 저를 많이 예뻐해 주셨어요. 만일 그때 도와주시지 않았다면 가마솥에 빠져 죽었을 겁니다."

노파 얼굴에서 웃음이 깨끗이 사라지고 슬픔이 어렸다. 궁예가 말을 이었다.

"아마도 그때 남편을 잃게 되셨겠지요. 그 일을 떠올릴 때마다 마음이 많이 무겁습니다."

노파가 고개를 흔들었다.

"그게 어찌 장군님 잘못이겠습니까."

입술을 파르르 떨며 덧붙였다.

"얼마 지나지 않아 주막거리는 없어졌어요. 장사가 너무 안 되었거든요. 먹고 살 길을 찾아 발길 닿는 대로 헤매다가 이 고장에 발을 들이게 되었지요. 보잘 것 없는 이 늙은이를 알아봐 주셔서 그저 고

마을 따름입니다."

궁예는 노파 손을 꼭 쥐었다.

"별 말씀을 다 하십니다."

한 걸음 물러나서 허리를 구부리고 꾸벅 고개 숙여 절했다.

"그만 가 보겠습니다. 건강하게 오래오래 사세요."

성문 쪽을 돌아보고 손을 높이 들어 흔들었다. 내처 주인을 기다리던 말이 큰 소리로 울며 번개처럼 달려왔다. 어느덧 오백 명으로 불어난 병사들도 성문 밖으로 나왔다. 말에 오른 궁예가 앞장서 드넓은 평원으로 나아갔고, 모든 병사들이 한껏 사기가 오른 얼굴로 뒤따랐다.

찢어진 화상

부석사는 신라가 삼국을 통일한 676년에 승려 의상이 내령군(지금의 경북 영주)에 세운 절이었다. 그 뒤로 이백여 년이 흐르는 동안 신라 화엄종의 본산으로서 세력을 넓히며 온 나라에서 불교가 발전하는 데 이바지했다. 그러나 언젠가부터 이곳 승려들은 백성들이 어떻게 사는지에 눈길조차 주지 않았다. 오로지 자기 배를 부풀리고 서라벌 왕실과 진골 귀족들을 돕는 데 힘썼다. 어마하게 넓은 장원에서 나는 곡식을 금은보화로 바꾸어 절을 화려하게 꾸몄으며, 나머지 재물과 곡식은 창고에 차곡차곡 재워 두었다.

내령군 백성들은 부석사 쪽을 바라보기만 해도 한숨이 나왔다. 부역을 나가 절 건물을 짓거나 축대를 쌓을 때면 가슴속에서 뜨거운 불덩어리가 올라왔다.

"우리는 날마다 뱃속에 넣을 음식을 찾느라 눈이 빠지려 하잖아. 그런데 저들은 겉을 번지르르하게 꾸밀 생각만 한단 말이지."

이들은 궁예 부대가 예천성을 무너뜨렸다는 소식을 듣자마자 들판에 나와 목을 길게 뽑았다. 궁예 부대가 내령군에도 들러 타락한 관리와 승려들을 몰아내기를 간절히 빌었다. 이들의 한숨과 울먹이는 소리는 남서쪽으로 바람과 구름을 타고 날아갔다.

궁예 부대는 처음에 계획한 대로라면 내령군에 들를 일이 없었다. 예천군으로 내려갈 때 밟았던 길을 그대로 거슬러 올라가서, 석남사에 돌아가 전열을 가다듬고 동쪽으로 나아갈 생각이었다. 예천을 떠난 지 하루가 지났을 때, 궁예가 고삐를 당겨 말이 달리는 속도를 늦추었다. 오른쪽 저 멀리로 보이는 산 너머에서 윙윙 울리는 소리가 들려왔다.

"저게 무슨 소리지?"

곁에서 말을 몰던 장일이 고개를 갸웃했다.

"사람 울음소리 같은데요."

그 소리는 잠깐 멈추었다가 다시 들려왔다. 온 산과 들에 개나리와 진달래가 피어나 저절로 눈이 즐거워지는 한낮에, 수많은 사람들이 한꺼번에 우는 듯한 소리는 무척 기괴한 느낌을 주었다.

"저 산 너머는 어디인가?"

"내령군입니다."

"내령군이라면 부석사가 있는 곳인가?"

"예, 그렇습니다."

궁예는 부석사에 있다는 어떤 건물에 얽힌 소문을 떠올렸다. 얼마쯤 더 가서 말을 멈추어 세운 뒤에 부장 다섯을 모아 놓고 일렀다.

"여기서 내령군까지 백 리 떨어져 있지만, 그곳을 거치더라도 아주 멀리 돌아가는 길은 아니다. 저 골짜기에서 밤을 보내고 내일 내령군으로 들어간다."

이튿날 궁예 부대는 산을 넘고 강을 건너 북동쪽으로 나아갔다. 중간에 점심을 먹고 내령군에 거의 다 이르러 다시 저녁을 맞아 잠자리를 마련했다.

밤이 가고 날이 밝아올 때, 내령군 관아는 이리 뛰고 저리 뛰는 관리들로 눈과 귀가 어지러웠다.

"용맹하기로 이름난 김평 장군이 지키던 예천성이 무너졌다지? 적들이 만만치 않게 센 모양이야!"

내령군 태수뿐 아니라 모든 관리들이 지레 겁먹고 짐을 꾸려 말에 실었다. 저마다 동쪽과 북쪽으로 말을 몰고 쏜살같이 달아났다. 관청을 에워싼 성을 지키던 성주 또한 쥐도 새도 모르게 사라졌다.

관군 병사 여럿이 성벽에 올라 주고받았다.

"예천성이 어느 쪽이지?"

"저쪽이잖아. 적들이 간밤에 저 언덕 너머에서 묵었다니까 곧 들이닥치겠네."

모두 남서쪽 들판을 바라보며 마른침을 삼켰다. 어떤 병사는 슬며시 손을 들어 오늘 안에 잘릴지도 모를 목덜미를 쓰다듬었다.

"온다, 저기 좀 봐."

"아지랑이 아니야?"

"저렇게 누런 아지랑이가 어디 있어."

들판 끝에서 흙먼지가 뽀얗게 피어올랐다. 따각따각 하고 말발굽 소리가 귀에 잡히더니 갈수록 빠르게 커져 갔다. 신호를 받은 관군 기마병 쉰 명이 성문 안쪽에서 세 줄로 섰다. 투구를 고쳐 쓰며 손바닥에 밴 땀을 옷에 닦고 칼집을 꽉 쥐었다. 성문이 열리자마자 밖으로 달려 나가서 싸울 생각이었다.

"근데 성주님이 어디 계시지? 아까부터 안 보이시잖아."

성주뿐 아니라 앞으로 어떻게 해야 할지 일러 줄 지휘관이 아무도 없었다. 관군 병사들은 입을 꾹 다문 채 온몸이 돌처럼 딱딱하게 굳었다. 뒤늦게 궁사들이 화살통을 어깨에 메고 성벽에 올랐지만 손이 너무 떨려 활시위에 화살을 제대로 재지 못했다. 모두가 식은땀을 흘리며 연거푸 화살을 바닥에 떨어뜨렸다.

궁예 부대 기마병들은 성문에서 일백여 발짝 떨어진 곳까지 다가가 말을 세웠다. 뒤쪽에서 보병들이 발걸음에 맞추어 구호를 외치며 달려왔다. 궁예가 칼끝으로 성문을 가리켰다.

"성문을 불태워라!"

쌍두마차 두 대가 앞으로 달려 나갔고, 온몸을 가릴 만큼 큰 방패를 든 병사들이 바짝 뒤쫓았다. 그때 내령성 성벽 위에서 화살이 날아왔다. 화살은 얼마 날지 못하고 힘없이 바닥에 떨어졌다. 마치 활에 재어서 쏘지 않고 손으로 던진 것 같았다. 화살에 맞은 병사 여럿이 비명을 질렀지만 화살은 병사들의 몸에 꽂히지 않고 튕겨 나갔다. 쌍두마차가 성문 앞에 이르자 병사들이 성문에 바짝 붙여 장작을 부리고 불을 붙였다. 불길은 금세 나무로 만든 성문으로 옮겨 붙었고 성문이 통째로 불타서 무너져 내렸다.

궁예가 칼을 높이며 외쳤다.

"공격!"

둥둥 울리는 북소리에 모든 병사들이 창칼을 흔들며 목청껏 함성을 질렀다. 장일이 이끄는 기마부대는 시원스럽게 구멍이 뚫린 성문으로 달려 들어갔다. 보병들이 창칼로 앞을 겨누며 달음박질쳐서 뒤따랐다.

성문 안쪽에 모여 있던 내령성 기마병들은 갑자기 줄이 흐트러지면서 갈팡질팡했다. 궁예 부대 기마병들과 맞부딪히기 무섭게 줄줄이 칼에 베어 말에서 떨어졌다. 칼이 스치지도 않았는데 비명을 지르며 머리부터 땅바닥으로 떨어지는 기마병도 있었다. 기마병 뒤쪽에 서 있던 관군 보병 이백 명이 창칼을 버리고 바닥에 털썩 무릎을 꿇으며 머리를 조아렸고, 성벽에 올라서 있던 병사들도 칼을 내던지고 내려왔다. 어떤 병사는 밧줄로 묶기 좋게 등허리 뒤에서 뒷짐 지듯이 두 손을 맞잡았다.

부장들에게 뒷정리를 맡긴 궁예는 은부와 무사 다섯을 데리고 성을 나섰다. 석남사에서 지낼 때부터 두 사람은 단 둘이 있을 경우엔 궁예의 뜻대로 서로 말을 편하게 했다. 처음에 은부는 절대로 그럴 수 없다며 고개를 가로저었다.

"서로 관등이 다른데 어찌 그럽니까?"

"그래서 단 둘이 있을 때라고 하잖아."

"안 된다니까요."

마지막으로 은부를 설득하는 자리에서 궁예가 딱 잘라 말했다.

"자네가 계속 이러면 우리는 더 이상 친구가 아니네."

은부가 뒤통수를 긁으며 멋쩍게 웃었다.

"알았어, 그렇게 하자고."

아침에 관군을 무찌르자마자 말을 타고 내령성을 떠난 궁예 일행은 길을 잃고 헤맸다. 점심때가 한참 지나서야 부석사에 이르렀다.

"너희는 여기서 기다리고 있어라."

궁예는 천왕문으로 오르는 돌계단 앞에 무사들을 놔두고 은부와 함께 말에서 내렸다. 나란히 천왕문을 지나 절 마당으로 들어섰다. 궁예가 칼을 풀어 내려놓으려 하자 은부가 말렸다.

"관군 병사들이 숨어 있을지도 모르지 않나."

둘 다 옆구리에 칼을 찬 채 마당을 건너갔다. 여기저기 웅장한 건물들을 짓다가 멈춘 경내엔 개미 한 마리 보이지 않았다. 모든 승려들이 이미 부리나케 달아난 뒤였다.

은부가 눈을 크게 떴다.

"이렇게 건물마다 번쩍거리는 절은 처음 보네."

모든 건물이 새로 단청을 입힌 지 얼마 안 되어 눈부시게 밝고 화려했다. 은부가 혀를 내두르며 궁예를 돌아보았다.

"아무도 없나 본데 그만 돌아가지?"

은부는 궁예가 무슨 일로 부석사에 들르자고 했는지 알지 못했다.

"금방 다녀올게."

궁예 혼자서 은부를 마당 복판에 놔두고 앞으로 나아갔다. 이 건물 저 건물을 살피더니 법당 앞뜰에 선 탑을 보고 합장했다. 탑을 돌아 돌계단을 올라가서 옆문으로 법당 안을 들여다보았다. 극락에 머물며 설법한다는 아미타여래불상을 보고 다시 합장했다. 법당을 천천히 한 바퀴 돌고 승려들이 지내는 요사채로 다가가서 사립문 너머를 건너다보았다. 고양이 한 마리가 볕을 쬐며 졸다가 궁예를 돌아보았다.

"야아아옹―"

깜짝 놀라 벌떡 일어난 고양이는 날카로운 소리를 내며 요사채를 돌아 사라졌다. 다시 법당 앞쪽 탑으로 돌아온 궁예는 범종루 왼쪽으로 눈을 주었다. 법당 못지않게 큰 건물이 그곳에 서 있었다. 아까부터 탑 곁에 우두커니 서서 궁예를 지켜보던 은부는 하품을 하며 쪼그리고 앉았다. 햇살을 피해 등을 돌리며 고개를 숙이고 땅바닥을 내려다보았다.

궁예가 막 범종루를 지나칠 때였다. 누군가 획 튀어나와서 두 팔을 벌리고 궁예를 막아서며 물었다.

"넌 누구냐?"

부석사 주지 현담이었다. 온몸에 투실투실 살이 쪘고 얼굴이 무척 사납게 생겼다. 눈 밑과 양쪽 볼과 턱에 붙은 살덩이엔 심술이 가득 들어차 있었다. 현담이 입에 한 마디씩 올릴 때마다 살덩이가 출렁거렸다.

"누구냐고 묻지 않느냐! 감히 여기가 어디라고 칼을 차고 팔을 휘저으며 돌아다니느냐?"

궁예가 걸음을 멈추고 아무런 표정 없이 현담을 바라보았다. 다시 발을 떼려는데 현담이 냅다 달려들어 두 손으로 와락 가슴을 밀치며 또 소리쳤다.

"이놈이 눈 하나가 멀더니 귀까지 먹었느냐?"

현담은 비틀거리는 궁예 다리를 걸었다.

"냉큼 절 밖으로 나가지 못할까!"

얼떨결에 궁예는 땅바닥에 무릎을 꿇었다. 뒤늦게 달려온 은부가 팔을 잡아 궁예를 일으켜 세웠다. 은부는 칼집을 앞으로 들고 칼 손잡이를 잡으며 현담을 노려보았다. 궁예가 고개를 흔들었다.

"괜찮으니까 물러서 있게."

궁예는 은부와 현담을 지나쳐 앞쪽 건물로 뚜벅뚜벅 걸어갔다.

"어어, 저놈이!"

현담이 어이없다는 얼굴로 멍하니 궁예를 바라보았다. 섬돌을 밟고 선 궁예는 건물 문을 활짝 열어젖혔다. 햇빛이 쏟아져 들어가 실내를 밝혔다. 건물 안엔 왼쪽부터 오른쪽으로 벽 세 곳을 가득 채우며 신라 역대 왕들의 화상이 걸려 있었다. 부석사를 세운 문무왕부터 진성여왕에 이르는 스물 두 명의 왕이었다.

궁예는 날마다 아침에 눈을 뜨면 낯을 깨끗이 씻고 바랑에서 책을 꺼내 몇 구절씩 읽었다. 그날도 새벽에 일찍 깨어나서 등불을 밝히고 <화엄경> 중간에 끼워 두었던 종이 한 장을 꺼냈다. 세달사에서 지낼 때 법윤에게서 빌린 <무량수경>에서 옮겨 적은 구절이 적혀 있었다. 아주 먼 옛날 국왕 출신으로 승려가 된 법장이라는 이가 있었다. 법장은 아미타불이 되고자 수행하는 중에 깨달음을 얻고 굳게 다짐했다.

'나 혼자서 부처가 되는 건 아무런 의미가 없음을 알겠네. 그러

니 앞으로는 모든 중생이 부처가 될 수 있도록 구제하는 데 힘써야 겠어.'

법장을 떠올리며 입을 굳게 다문 궁예는 눈을 감았다.

'오직 자기밖에 모르고 백성들이 어떻게 살든지 아무런 관심이 없는 왕들의 화상을 걸어 두고 모시다니, 이렇게 해괴망측한 일이 세상에 또 있겠는가.'

다시 눈을 뜬 궁예는 칼집에서 황룡도를 꺼냈다. 건물 안으로 들어가 왼쪽 벽으로 다가갔다. 옆걸음으로 움직이며 칼끝으로 왕들의 목을 잇달아 베었다. 정면 벽에 걸린 화상까지 모조리 찢은 궁예는 오른쪽 벽면으로 돌아섰다. 칼을 쥔 궁예 손이 갈수록 눈에 뜨이게 떨렸고, 윗니로 꽉 깨문 아랫입술에서 핏물이 배어났다.

이제 궁예는 자기 아들이 세상에 나자마자 죽이라고 명한 왕을 노려보았다. 바로 궁예의 아버지 헌안왕이었다. 이 왕은 생전에 왕실의 권위와 체면만을 생각했고 백성 한 사람 한 사람을 귀하게 여길 줄 몰랐다. 왕이 눈을 가늘게 뜨고 이맛살을 찌푸리며 으르렁거렸다.

'네 이놈, 내가 누군 줄 모르느냐? 도대체 지금 뭐 하는 짓이냐?'

곧이어 코맹맹이 소리로 훌쩍거렸다.

'소인이 죽을죄를 지었습니다. 제발 목숨만 살려 주십시오.'

곧바로 왕의 목을 벤 궁예는 배다른 누나의 남편 경문왕을 바라보았다. 이 왕은 생전에 그저 어질고 착할 뿐이었다. 누가 자기를 헐뜯을까 봐 걱정하느라 귀한 시간을 흘려보냈고, 귀족과 관리들이 나라를 마음대로 주무르는 걸 알고도 그대로 놓아두었다. 궁예가 칼을 들어 자기 목을 자를 때 왕이 엉뚱한 소리를 중얼거렸다.

'아직까지도 내 귀가 당나귀 귀라고 외치는 소리가 들려오니, 이거 창피해서 얼굴을 들 수가 없구먼.'

궁예는 잠깐 멈추었다가 다시 칼을 들었다. 역시 백성을 제대로 돌보지 않고 수렁에 빠뜨린 두 왕의 목을 잇달아 베었다. 이들은 춤추고 사냥하기를 밥 먹기보다 좋아한 경문왕의 두 아들 헌강왕과 정강왕이었다.

마지막으로 궁예는 지금 옥좌에 앉아 있는 왕 앞으로 다가섰다. 온종일 멍하니 앉아 있다가 밤이면 넋 나간 얼굴로 돌아다니는 진성여왕이었다.

궁예가 칼끝을 목에 대자 여왕의 입에서 덜덜 떨리는 목소리가 새어 나왔다.

'이러지 말아요, 외삼촌. 제발!'

휙, 하고 칼끝이 여왕의 목을 그었다. 외마디 비명에 이어 깔깔거리는 소리가 울렸다.

'이런다고 뭐가 나아질 줄 알아요? 나 살기도 바쁜데, 남들을 돌아볼 여유가 어디 있나요.'

웃음소리는 궁예가 건물을 나서 절 마당을 건너 천왕문으로 들어설 때까지 따라왔다. 나란히 천왕문을 지나 돌계단을 내려갈 때, 은부가 고개를 갸웃거리며 물었다.

"저 소리가 뭐지?"

"웃음소리지 뭐겠어."

"웃음소리? 내 귀엔 울음소리로 들리는걸."

궁예는 잠깐 걸음을 멈추고 눈을 끔뻑이더니 다시 돌계단을 내려갔다. 슬픔에 찬 얼굴로 더는 아무런 대꾸가 없었다.

여우 울음소리

고구려는 신라와 당나라 연합군에 패하며 망했다. 그 뒤로 서른 해가 지나서 당나라 땅 요령성에 잡혀 있던 대조영은 고구려 유민을 이끌고 탈출해 말갈족을 끌어들여 발해를 세웠다. 발해는 종교와 학문과 교육이며 경제 등 모든 분야에서 눈부신 발전을 이루었다.

군사력 또한 매우 강해져서 한때 신라 땅 다섯 곱절에 이르게 영토를 넓혔다. 신라처럼 소경 즉 작은 서울을 다섯 곳에 두었으며, 찌임새 있고 촘촘하게 행정 구역을 나누어 왕권이 모든 고을에 두루 미치게 했다. 당나라뿐 아니라 동해 건너 왜나라까지 오래도록 내분과 반란이 없고 온 백성이 고루 배부르며 즐겁고 행복하게 사는 발해를 부러워했다.

그러나 세상일이란 겉보기와 다를 때가 많았다. 오랜 세월 발해 왕들은 가슴속 깊이 한을 품고 살았다. 열세 번째로 옥좌에 오른 대현석 왕 또한 마찬가지였다.

'어느덧 발해가 세워진 지 이백 년 가까이 지났네.'

대현석은 역대 왕들을 지나며 전해 오는 한 가지 훈시를 떠올렸다. 저절로 고개가 돌아가면서 눈길이 남쪽으로 날아갔다.

'언젠가는 반드시 고구려 땅을 모두 되찾고 새로이 삼국을 통일하도록 하라.'

올 들어 대현석은 부쩍 마음이 불안해져서 한쪽 방향을 오래 바라보지 못했다. 왼쪽을 바라보고 있으면 오른쪽에서 갑자기 묵직한 돌멩이가 쌩 날아와 옆머리를 때릴 것만 같았다. 오른쪽을 바라보고 있으면 왼쪽에서 화살이 허공을 가르며 날아오는 느낌에 온몸이 움츠러들었다. 그리고 앞쪽을 바라보면 뒤통수가 근질근질해졌고 뒤를 돌아보면 앞쪽이 불안해졌다.

'어느 쪽에서도 세상 돌아가는 꼴이 영 어지럽고 어수선하구먼.'

남쪽 신라 땅에선 각 지방에서 호족과 도적떼가 들고일어났고, 창칼이 맞부딪치는 소리와 건물이 불타는 연기가 그칠 새가 없었다. 서쪽 당나라 또한 황족과 귀족들이 백성들의 고혈을 짜내는 데 힘쓰는 바람에 온 나라에서 그들을 원망하는 소리가 나날이 드높아졌다. 더는 못 참겠다면서 하루가 멀다 하고 백성들이 들고일어나 반란을 일으켰다. 그리고 발해 북서쪽에선 거란이 여러 나라를 잇달아 삼켜 덩치와 힘을 한껏 키우며 우쭐거렸다.

'당나라를 먼저 칠까, 아니면 발해를 먼저 칠까?'

행복한 고민에 빠진 거란은 곧잘 양쪽 나라 국경을 넘어가 군사력을 시험했다. 간밤에도 거란 병사들이 몰래 부여부로 들어왔다. 부여부는 발해가 당나라와 거란과 국경을 이룬 곳에서 그다지 멀지 않은 곳이었다. 거란 병사들은 성을 지키던 발해 병사들을 닥치는 대로 죽이고 달아났다.

"모두 서른 명에 이르는 우리 병사들의 목이 잘렸고 귀와 코가 사라졌습니다."

대현석은 아침 일찍 부여부에서 벌어진 참변 소식을 들었다.

"저런, 끔찍한 일이 또 벌어졌구먼."

용천부 상경성 망루에 오른 대현석은 눈을 가늘게 떴다. 탁 트인 서쪽 벌판에서 말을 부리며 쟁기로 밭을 가는 농부들이 보였다. 왕은 한쪽을 오래 바라보지 못하는 버릇 때문에 곧 왼쪽으로 고개를 돌렸다. 저 멀리 아득한 거리에서 동모산 꼭대기와 등성이가 눈에 들어왔다. 동모산은 먼 옛날 대조영이 나라를 세운 곳이었다.

'당나라 군대가 얼마나 두려웠으면 저리 험한 산꼭대기에 도읍을 정했을까.'

그런 물음을 스스로에게 던진 대현석은 가슴속이 답답해지면서 숨이 가빠졌다. 몸을 왼쪽으로 마저 틀고 고개를 돌려 성 안쪽을 바라보았다. 눈부신 햇살을 받은 건물 지붕에서 아지랑이가 피어올랐다. 건물 사이에서 자라는 나무마다 새싹이 올라와 연둣빛이 짙어졌다. 참새와 까치들이 나무 위로 포르릉 날아오르며 즐거이 노래를 불렀다. 잠깐 기분이 좋아진 왕은 빙긋 웃었다.

그러나 북쪽으로 고개를 돌리자마자 금세 낯빛이 하얘졌다. 그쪽에서도 한때 발해한테 크게 혼이 난 뒤로 세력이 줄었던 흑수말갈이 골치를 썩이고 있었다. 잊을 만하면 송화강을 건너와 민가에 불을 질렀고, 곡식뿐 아니라 그릇과 솥 같은 부엌 살림살이까지 모조리 빼앗아 갔다.

"전하, 그만 내려가서 조반 드시지요."

망루 아래로 다가온 왕비가 왕을 올려다보고 말했다.

"예, 그러지요."

왕은 시녀들의 부축을 받아 조심조심 계단을 내려갔다. 심장병과 당뇨병을 앓은 지 오래되었는데 이젠 머리와 위에도 말썽이 생겼다. 갈수록 신경이 약해졌고 소화가 잘 안 되었다. 오늘따라 왕은 낯빛이 부쩍 창백했으며 부쩍 몸이 야위어 보였다. 한 걸음 옮길 때마다 무릎에서 나는 삐걱 소리에 맞추어 끙 소리를 냈다.

"천천히 걸으세요. 그러다가 넘어지시겠어요."

왕비가 팔을 내밀어 왕의 소매를 잡아당겼다. 왕이 고개를 끄덕이며 왕비 손을 꼭 잡았다. 두 사람이 나란히 걸으며 이야기를 나누기는 오랜만이었다. 왕이 색색거리는 숨소리 사이로 한 마디씩 건네 문장을 만들었다.

"우리는 고향을 잃은 사람들, 고향에서 쫓겨난 사람들이에요… 어떻게 잠시라도 고향을 잊을 수 있겠어요… 여우도 죽을 때는 머리를 자기가 살던 굴 쪽으로 둔다는데 말이지요."

다시 고개를 돌려 남쪽 하늘을 바라보는 왕의 눈에 물기가 어렸다. 가뜩이나 느린 걸음이 더욱 느려지면서 흐트러졌고 점점 어깨가 처지고 허리가 구부러졌다. 왕비가 겨드랑이에 손을 깊이 넣어 왕을 바로 세웠다.

"전하, 앞만 보고 걸으세요."

왕은 윗니로 입술을 깨물며 똑바로 궁전을 바라보고 한 발 한 발 나아갔다. 하지만 얼마 안 지나서 버릇이 되살아났다. 다시 왼쪽을 쓱 쳐다보고 오른쪽을 쓱 돌아보았다. 고개를 돌려 뒤쪽을 바라볼 때 기어코 일이 벌어졌다. 다리가 꼬이는 바람에 온몸이 크게 흔들리며 비틀거렸다. 왕과 왕비는 서로 손을 놓쳤고, 왕관이 벗겨져 날아가 탁 소리를 내며 땅바닥에 떨어졌다. 왕은 몸이 빙글 돌면서 바닥에 무릎을 꿇었으며 남쪽을 향해 머리를 두고 엎어졌다.

왕비와 시녀들이 왕에게 팔을 뻗으며 비명을 질렀다.

"어머나, 어머나!"

"이 일을 어째!"

모두가 달려가서 왕을 에워싸고 허리를 구부렸다. 얼마나 다쳤는
지 알 수 없거니와 두려운 마음에 어느 누구도 선뜻 왕에게 손을 대
지 못했다. 두 팔을 앞으로 뻗고 뒤로 두 다리를 뻗고 엎드린 왕은 한
참 꼼짝도 하지 않았다. 손가락을 꼬물거리더니 천천히 땅에 댔던
얼굴을 들었다. 하얗던 낯빛이 까맣게 바뀌어 있었다. 간신히 눈을
뜨고 입을 쑥 내민 왕은 남쪽 하늘을 바라보며 야릇한 소리를 냈다.

"꺼우꺼우— 꺼꺼꺼우— 꺼꺼꺼꺼우—"

그것은 사람 소리가 아니었다. 죽을 때는 머리를 자기가 살던 굴
쪽으로 둔다는 여우 울음소리였다.

갈림길

궁예 부대는 그해 여름이 올 때까지 연거푸 영원산성에 승전보를
올렸다. 그때마다 양길은 절골로 떡과 고기를 내려 보냈다. 한번은
병사 여럿이 돼지 세 마리를 끌고 골짜기를 내려왔는데, 돼지들이
잘 걷지 않으려 해서 모두가 죽도록 고생했다.

궁예가 병사들을 맞으며 물었다.

"장군께서 다른 말씀은 안 하시던가?"

"이걸 전하라고 하셨습니다."

병사 하나가 숨을 몰아쉬며 편지를 내밀었다. 양길이 호탕하게 웃으며 큰 붓으로 시원스럽게 쓴 글씨가 적혀 있었다.

'중원성 공격에 연거푸 실패해서 우울했다네. 오랜만에 웃게 해주어 고맙구먼.'

물을 벌컥벌컥 마시고 한숨을 돌린 병사에게 궁예가 다시 물었다.

"원회 부장은 지금 어디 있나?"

"앞서 중원성을 칠 때 어깨를 칼에 베였습니다. 상처가 낫는 대로 다시 출격할 것으로 알고 있습니다."

"신훤 부장은 어찌 되었나?"

"원회 부장이 이끄는 부대를 지원하느라 괴양을 치는 일은 엄두를 못 내고 있습니다."

중원성에 막혀 괴양으로 내려가지 못하고 있다는 얘기였다. 곁에 있던 은부가 병사들이 물러간 뒤에 걱정스러운 얼굴로 궁예에게 말했다.

"또다시 중원성 공격에 실패하면 우리 부대를 부르지 않을까 싶네."

궁예가 고개를 끄덕였다.

"내 생각도 그래."

궁예 부대는 이미 주천현(지금의 강원도 영월 주천)을 손에 넣고 내성군(지금의 강원도 영월)까지 무너뜨렸다. 울오(지금의 강원도 평창)를 치러 떠날 날을 하루 앞두고 궁예는 은부를 호위대장으로 임명했다. 종간을 불러 마구간지기에서 호위병으로 보직을 바꾸어 주며 덧붙였다.

"네가 가진 짐을 모두 챙기도록 해. 이번엔 나와 같이 가자."

지금껏 종간은 전쟁터에 나가지 않고 석남사에서 어린 말과 병든 말들을 돌보았다. 종간이 울상을 지었다.

"저는 말을 돌보는 일이 좋은데요. 그냥 여기 남아 있으면 안 될까요?"

궁예가 종간을 가까이 오게 해서 작게 말했다.

"그러면 우리는 영영 다시 못 만나게 될 수도 있어."

"말도 안돼요."

종간이 눈을 크게 뜨며 고개를 가로저었다. 곧장 마구간으로 달려가 서둘러 짐을 꾸렸다. 몸이 아프거나 너무 어려서 함께 떠나지 못할 말들을 하나씩 돌아보며 볼을 맞비비고 갈기를 쓰다듬었다.

궁예 부대는 주천을 다시 찾았다. 이곳은 북원경에서 저 멀리 명주(지금의 강원도 강릉)로 가는 옛길 어귀에 있는 고을이었다. 배에 짐을 싣고 주천강을 오르내리는 뱃사람들이 쉬어 가는 곳이기도 했다. 망산 골짜기 바위 아래서 맛있는 술이 나온다고 해서 주천으로 불리게 되었다. 물이 맑으니 술이 맛있을 수밖에 없는 주천 강가엔 오래된 주막거리가 있었다. 두 달 전에 치열한 전투로 쑥밭이 되었던 곳치고는 무척 평화로웠고 생기가 넘쳤다. 텅 비었던 주막거리에 다시 몰려든 사람들이 막 지나가는 궁예 부대를 보고 수군거렸다.

"저기 저 장수가 궁예라며? 내성군도 단번에 무너뜨렸다며?"

"못된 관리들을 몰아내 줘서 얼마나 고마운지 몰라."

궁예 부대는 처음보다 곱절 넘게 규모가 커졌다. 기마병 일백 명과 보병 칠백 명은 강을 건너려고 나루터로 갔다. 맑은 날씨에 갑자기 돌풍이 불며 흙먼지가 날려 모두 손을 들어 눈을 가렸다. 하늘이 빠르게 먹구름에 뒤덮였고 번갯불이 번쩍이며 천둥이 울려 온 땅을 뒤흔들었다. 말들이 놀라서 앞발을 들고 울었고 모든 병사들이 어깨를 움츠렸다.

"어, 저게 뭐지? 강 복판에서 무언가 꿈틀거리잖아."

몹시 성난 용이 온몸을 뒤틀며 으르렁거리는 듯했다. 바다라면 모를까, 강에서 그처럼 어른 키 서너 곱절 높이로 물결이 이는 일은 있을 수 없었다.

"모두 모래언덕으로 올라가라."

궁예는 기마병과 보병들을 강에서 멀찍이 물러서게 했다. 부장들을 모아 놓고 물었다.

"어떻게 하면 좋겠나?"

궁사들을 이끄는 금대가 대꾸했다.

"강에 사는 용이 배가 고픈 듯합니다. 무얼 좀 먹이면 어떨까요?"

"그렇게 하세."

금대는 병사들에게 밀기울 세 포대를 강에 뿌리라고 일렀다. 병사들이 밀기울을 들고 강으로 다가갔다. 별안간 강물이 높이 솟구치더니 와락 병사들을 덮쳤다. 병사 여럿이 강물에 휩쓸려 사라졌고, 나머지 병사들은 허둥대며 네 발로 기어 모래언덕으로 돌아왔다. 은부가 손을 들고 말했다.

"굿으로 귀신을 달래듯이 악기 연주로 용을 달래면 어떨까 합니다."

"그 방법도 써 보자고."

병사 예닐곱이 북과 꽹과리와 피리를 들고 강으로 내려갔다. 먼저 피리 소리가 울렸고 북과 꽹과리 소리가 뒤따랐다. 잠깐 가라앉았던 물살이 다시 점점 거칠고 드세져서 집채만 해졌다. 연주를 멈춘 병사들은 낯빛이 하얗게 질려 엎어지고 고꾸라지며 언덕으로 돌아왔다. 궁예는 부장들과 또다시 머리를 맞댔다.

"어째서 강물이 저리 성났을까?"

아무도 대꾸하지 못하고 뒤통수를 긁었다. 궁예가 무언가 퍼뜩 떠오른 얼굴로 창병들을 이끄는 박충에게 물었다.

"앞서 우리가 주천현 관군과 마지막으로 전투를 치른 산이 있지 않나. 그 산 이름이 뭐였더라?"

박충이 흠칫하며 대꾸했다.

"망산이던가요? 뭐 그 비슷한 이름이 아니었나 싶습니다."

"자네가 앞장서게. 그 산에 가 봐야겠네."

망산 전투에서 궁예는 병사 서른 명을 잃었고 관군은 여든 명이 저세상으로 갔다. 보름 만에 전투가 끝났을 땐 온 산이 피로 뒤덮였다. 그날 궁예는 망산에서 먼저 내려오면서 박충에게 일렀다.

"모두 잘 묻어 주게."

박충이 이끄는 창병들은 망산 전투에서 후방을 지켰다. 나무가 빽빽한 숲속에서 전투가 벌어졌기 때문에 창을 쓸 일이 없었다. 창병 가운데 희생자는 길을 잃고 헤매다가 활에 맞은 세 사람밖에 없었다. 궁예는 가장 힘이 남아도는 창병들에게 아군뿐 아니라 적군 시체까지 땅에 묻는 일을 맡겼다.

두 달 만에 다시 망산에 오른 궁예는 코를 막고 낯을 찌푸렸다. 박충이 두 손을 맞비비며 쩔쩔맸다. 말에서 내린 궁예는 호위대장 은부와 함께 숲속으로 들어갔다. 곳곳에 땅을 파서 시체를 묻고 흙으로 덮은 무덤이 보였다. 그런데 무덤 사이에 창칼에 맞고 쓰러진 자세 그대로 썩어 가는 시체들이 널브러져 있었다. 은부가 고개를 절레절레 흔들었다.

"갑옷을 보니 모두 관군들이야. 이들은 하나도 땅에 묻지 않았어."

궁예와 은부는 말을 세워 둔 곳으로 돌아 내려왔다. 박충이 땅에 무릎을 꿇고 앉아 고개를 푹 숙이고 있었다.

"잘못했습니다. 용서해 주십시오."

궁예가 박충에게 따끔하게 말했다.

"저들은 처지가 달라서 우리와 맞서 싸웠을 뿐이다. 살아서나 죽어서나 우리와 같은 사람들이야. 한 집안의 든든한 가장이기도 하고, 어느 여인의 귀한 아들이기도 하다. 다시 내 명을 어기면 그대로 내칠 것이니 그리 알아라."

박충은 창병들을 데리고 숲으로 들어가서 땀을 뻘뻘 흘리며 관군 시체들을 땅에 잘 묻어 주었다.

이튿날 새벽에 강물이 거짓말처럼 잠잠해졌다. 궁예 부대는 동틀 때부터 뗏목 세 개를 타고 강을 건너기 시작했다. 모두 강을 건넜을 때는 이미 해가 하늘 복판에 뜬 뒤였다. 꼬불꼬불한 길을 따라 옥려봉을 넘은 궁예 부대는 산기슭에서 두 밤 더 잔 뒤에 울오현에 이르렀다. 이곳에선 호족 마창이 성주가 되어 관군과 스스로 키운 군대를 지휘하고 있었다.

울오현에서 궁예 부대가 치른 전투는 앞서 부석사 아래쪽 내령성에서 치른 전투와 비슷했다. 성주 마창은 전투가 시작되기 무섭게 온데간데없이 사라졌다. 용기 없는 사람이 위험에 빠졌을 때 얼마나 빨리 달아날 수 있는지 보여주는 듯했다. 전투에서 궁예 부대 병사 하나가 죽고 스무 명이 다쳤으며 관군 열다섯 명이 세상을 떴다. 관군 일백칠십 명은 옷을 갈아입고 궁예 부대로 들어왔다. 나머지 관군은 무기와 갑옷과 투구를 버리고 바랑을 짊어진 채 터벅터벅 걸어 집으로 돌아갔다.

이 고을에서 가장 높은 관리인 현령 이함 또한 다른 관리들과 함께 성주 마창 못지않게 빠른 속도로 달아났다. 그러나 이함은 너무 깊은 산속으로 들어갔다가 길을 잃고 호랑이밥이 되었다. 여러 날 뒤에 벌어진 일이지만, 어떤 관리들은 앞으로 궁예 부대가 나아갈 길만 골라서 달아나는 불운을 겪었다. 아무리 기를 쓰고 달아나도 궁예 부대가 쫓아오자 녹초가 되어 땡볕에 쓰러져 빨갛게 온몸이 익은 관리가 일곱 명이나 되었다. 이들 가운데 하나는 비틀거리며 겨우 일어나서 막 다가오는 궁예 부대 병사들에게 신경질을 부렸다.

"이건 아니잖아요. 좀 심하다고 생각하지 않아요? 예?"

울오현 전투를 마친 지 사흘째 되던 날 양길이 보낸 사자가 궁예 앞에 나타났다. 사자는 양길이 불러 주어 받아쓰게 한 편지를 큰 소리로 읽었다.

"영원산성으로 돌아와서 원회 부대를 지원해 중원성을 공격하라! 백제군 비장 양길!"

궁예가 사자에게 말했다.

"잘 알았으니까 그만 돌아가도록 하라."

사자가 눈을 말똥거리며 고개를 갸웃했다.

"양길 장군님께 전할 말씀이 없으십니까?"

궁예가 딱 잘라 대꾸했다.

"없다."

말을 타고 떠난 사자는 저 멀리 들판 끝에서 한 점으로 작아져서 사라졌다. 곧이어 다시 한 점으로 되살아나더니 궁예 앞으로 돌아왔다. 도대체 왜 그러는 거냐고 나무라는 얼굴로 물었다.

"진짜로 전할 말씀이 없으시다, 이거지요?"

궁예가 손을 들어 밖으로 툭 털며 대꾸했다.

"없다."

궁예는 사자가 확실하게 돌아간 뒤에 호위대장 은부와 다섯 부장들을 막사로 불렀다.

"지금 우리는 갈림길에 서 있다. 양길 장군에게 돌아가느냐, 아니면 계속 동쪽으로 나아가느냐. 둘 가운데 하나를 골라야 한다. 나는 내친김에 계속 동쪽으로 나아가겠다. 쇠뿔도 단김에 빼라고 했고, 처음에 받은 명령대로 삭주와 명주를 모조리 손에 넣어야 하겠기 때문이다."

부장 셋은 눈썹 하나 움직이지 않았다. 나머지 둘은 서로 쳐다보며 눈을 끔벅거리고 어깨를 들썩였다. 궁예가 덧붙였다.

"돌아가려는 자는 언제든지 돌아가라. 다만 병사들에게 스스로 선택하게 하라. 억지로 끌고 가선 안 된다."

기마대장 장일과 궁사대장 금대, 창병대장 박충은 여느 날처럼 병사들과 함께 무기를 손보고 행장을 꾸리며 바쁘게 지냈다. 보병대장 검모는 마음을 정하지 못하고 말을 몰고 장암산으로 떠났다. 다른 보병대장 양명은 양길의 조카였다. 양명이 궁예에게 작별 인사를 했다.

"저로선 어쩔 도리가 없습니다. 안녕히 계십시오."

"그래, 잘 가거라. 그동안 고생 많았다."

양명은 자기와 뜻이 같은 병사 스무 명을 데리고 삼촌 양길에게 돌아갔다.

다음 날 장암산에서 돌아온 검모는 눈이 쑥 들어갔고 수염이 웃자란 얼굴이었다. 자기가 이끄는 병사들에게 가서 말했다.

"무기를 잘 손질했지? 활시위를 팽팽하게 조였어? 자, 내가 봐 줄 테니까 이리 내보아라."

궁예는 정선현(지금의 강원도 정선)을 치러 떠나는 날까지도 양명이 비운 자리를 채우지 않았다. 여태껏 양명이 이끌어 온 보병 일백오십 명은 누구를 따라야 할지 몰라 무척 불안해했다. 궁예는 은부더러 한동안 임시로 이들을 지휘하라고 일렀다. 은부가 다른 부장들이 지켜보는 자리에서 궁예에게 물었다.

"양명이 다스리던 병사들 가운데 괜찮은 병사가 여럿 있습니다. 이들 가운데 하나를 골라 부장으로 올리면 어떻겠습니까?"

궁예가 고개를 가로저었다.

"양명이 자리를 비운 지 얼마 안 되었지 않나. 지금 그 자리를 채우는 건 떠나간 사람에 대한 예의가 아닐세,"

하늘에 구름이 짙게 낀 날이었다. 궁예 부대가 정개산을 넘어 비탈을 내려갈 때 빗방울이 떨어졌다. 병사들은 숲으로 들어가 서둘러 천막을 쳤고 무기와 군량미를 천막 안에 넣었다. 밤새 비가 내렸고,

이튿날 아침에 잠깐 날이 개는 듯하더니 더욱 굵어진 빗줄기가 떨어졌다. 검모가 하늘을 올려다보며 눈을 끔벅거렸다.

"장마가 시작되었나 봅니다."

오후에 궁예는 짚을 엮어 만든 도롱이를 어깨에 걸치고 몸이 아픈 병사들이 묵는 막사로 갔다. 병사들이 일어나 앉으려 하자 궁예가 손을 내저었다.

"모두 그대로 누워 있게나."

궁예는 전투 중에 다친 병사와 배탈 난 병사, 부스럼이 난 병사들을 일일이 돌아보았다. 손으로 이마를 짚어 보고 어깨를 두드리며 힘을 북돋워 주었다. 칼에 맞아 옆구리를 다친 열여덟 살 난 병사 곁에선 꽤 오래 머물렀다. 부모는 어디서 살고 형제는 몇인지, 지내기에 불편한 점은 없는지 물었고 병사가 대꾸하는 말을 귀담아들었다.

비가 내려서 일찍 날이 어두워졌고 저녁밥이 그만큼 일찍 나왔다. 궁예는 병사들 속으로 들어가 함께 쭈그리고 앉아 밥을 먹었다. 얼핏 보면 장수라기보다는 농부나 막일꾼 같았다. 투구를 쓰지 않아 그대로 드러난 머리칼이 비에 젖어 뒤엉켰다. 위아래 걸친 삼베옷이 무척 후줄근해 보였다. 병사 하나가 뒤늦게 밥과 반찬이 함께 담긴 대접을 들고 막사로 들어왔다. 술을 즐기지 않는데도 늘 코끝이 빨개서 딸기코로 불리는 병사였다. 딸기코가 다른 병사들을 헤치고 다가가서 궁예 옆구리를 발로 툭 찼다.

"어이, 좀 물러앉아 봐. 나도 끼어 앉아서 먹자고."

이미 궁예를 알아본 병사들이 눈을 동그랗게 뜨고 딸기코와 궁예를 번갈아 바라보았다. 궁예는 군말 없이 엉덩이를 움직여 옆으로 물러났다. 딸기코가 부지런히 밥을 떠서 입에 넣으며 팔꿈치로 궁예를 쳤다.

"많이 먹어 둬. 정선 관군들은 보통내기들이 아니라는 소문이 있어. 아주 힘든 전투가 될 거야."

궁예가 공손하게 대꾸했다.

"예, 잘 알겠습니다."

깨끗이 비운 대접을 들고 슬며시 일어나 본부 막사로 돌아갔을 때, 전혀 생각지 않았던 손님이 기다리고 있었다. 이 손님은 석남사부터 여기까지 물어물어 궁예 부대를 쫓아왔다. 겨우 따라잡을 만하면 멀찍이 앞서나가는 바람에 걸음을 서두르느라 많이 지쳐 있었다. 은부와 함께 이야기를 나누던 손님이 끙 소리를 내며 벌떡 일어섰다. 막사로 들어서는 궁예에게 달려가 손을 덥석 잡았다.

"와아, 그 사이에 어른이 다 됐네! 아주 늠름해졌어! 지난달에 세달사에 들렀다가 네 소식을 들었어. 늘 말이 없고 수줍음이 많아서 이렇게 많은 병사들을 이끄는 장군이 될 줄은 미처 몰랐네. 지금 네 나이가 서른셋이던가? 내가 세달사를 떠난 지 무려 열다섯 해가 지났구나!"

손님은 어느 해 가을날 숲에서 쓰러져 자다가 죽을 뻔한 어린 궁예를 구해 주고, 오랜 나날 늘 곁에 붙어 다니며 따뜻하게 보살펴 준 자웅이었다. 햇빛과 바람에 시달려 까맣게 탄 얼굴엔 얽힌 자국과 주름이 가득했다. 그러나 바깥세상에 대한 호기심으로 이글거리던 눈빛은 예전과 똑같았다.

열여덟 살 난 소년으로 돌아간 궁예가 앳된 목소리로 외쳤다.

"형, 정말 오랜만이에요! 그동안 어디서 어떻게 지냈어요?"

자웅과 궁예는 힘껏 끌어안고 서로 등을 두드렸다. 한참 만에 포옹을 풀고 막사 복판 멍석에 마주앉았다. 둘 다 얼굴에서 웃음이 떠나지 않았다. 추적추적 비가 내리고 아주 시원한 여름날 밤에 이들은 모닥불을 피워 놓고 옷과 몸을 말리며 지난 세월 이야기를 주고받았다.

궁예 먼저 세달사를 떠나기 전까지 겪은 일, 죽주성과 영원산성에서 지낸 일, 석남사에서 병사들을 데리고 훈련한 일, 출정해서 여러 고을을 친 일을 들려주었다. 뒤이어 자웅이 온 나라 곳곳을 떠돌다가 신라와 당나라 사이를 오간 일을 아주 생생하고 또렷하게 펼쳐 보였다.

당나라 이야기

자웅은 한동안 서라벌 시장에서 숯 가게와 포목점을 오가며 일했다. 왕궁이 있는 월성 동쪽에 자리를 잡아서 동시라고 불린 이 시장에선 이따금 아랍인들을 볼 수 있었다. 개운포(지금의 울산 앞바다)에 배를 대고 마차를 빌려 온갖 물건을 싣고 온 상인들이었다. 자웅은 아랍 상인들에게 손짓 발짓으로 어디를 거쳐 왔으며 무얼 사려고 하는지 물었다.

"너희 나라에서 여기까지 계속 배를 타고 왔니? 아니면 중간에 내륙을 거쳤니? 가장 갖고 싶은 게 뭐야?"

바닥에 양탄자를 펼쳐 놓은 아랍 상인들이 손가락으로 허공에 사람 모습을 그리며 웃었다. 자웅이 고개를 끄덕였다.

"아, 인삼 말이구나. 인삼이 좋다는 얘기는 어디서 들었니?"

아랍 상인들이 뒤쪽에 있는 포목점을 돌아보며 뭐라고 중얼거렸다. 손으로 부드럽게 오르내리는 물결을 그려 보였다.

"아하, 매끄럽고 고운 신라 비단보다 좋은 비단은 없다는 얘기구나."

자웅은 그들을 따라 아랍에 가고 싶었다.

"언제 집에 돌아갈 거니? 너희 나라에 나 좀 데려다 줘라."

그런데 우연하게 당나라로 가는 길이 먼저 열렸다. 어느 날 마차 여러 대에 짐을 가득 싣고 동시를 떠나려던 무역상이 땅이 꺼지게 한숨을 쉬었다. 자웅과 서로 얼굴을 아는 상인인데, 소처럼 덩치가 크다고 해서 '우거인'으로 불렸다.

"이 일을 어쩌지?"

자웅이 우거인에게 물었다.

"무슨 일 있으세요?"

"마부 하나가 몸이 많이 아파서 당나라에 같이 못 가게 되었다네."

"저런. 마부 없이 말 혼자서 끌고 가는 마차는 본 적이 없어요. 참 골치 아프게 되셨네요."

"여보게, 자네 마차를 몰아본 적 있나?"

"시장에서 일하려면 마차를 몰 줄 알아야 해요."

"그럼 잘됐네. 보수를 두둑하게 줄 터이니 마차를 몰아 보겠나?"

우거인이 그렇게 묻기가 무섭게 자웅은 껑충 뛰어 마차에 올라 마부대에 앉았다. 왼손엔 고삐, 오른손엔 채찍을 감아쥐고 활짝 웃으며 외쳤다.

"자, 어서 떠나지요."

모두 여섯 대에 이르는 마차는 한 줄로 시장을 빠져나갔다. 마차엔 비단과 명주 천과 고운 베, 인삼과 우황이며 영지며 상황버섯이 가득 실려 있었다. 어느 마차엔 신라에서 많이 나는 금과 은이 숨겨져 있었다. 그러나 오로지 세 번째 마차를 모는 무역상만 어느 마차에 금과 은이 실려 있는지 알았다. 허리에 칼을 찬 무사 세 사람이 함께 갔다. 무사들은 말을 타고 왔다 갔다 하며 마차들을 지키면서 길을 막고 선 사람들에게 외쳤다.

"이봐요, 마차 가는 거 안 보여요? 어서 옆으로 비켜요!"

우거인은 서라벌 왕족과 귀족들에게서 미리 주문을 받아 두었다. 당나라에 가면 지금 싣고 가는 물건들을 내주고 고급 향료와 도자기, 에메랄드 같은 진기한 보석이며 약재며 책들을 가져올 생각이었다. 우거인 일행은 낙동강을 건너 상주를 지나 소백산맥 고갯길인 계립령을 넘었다. 이윽고 중원경을 지나 남한강에 이르자 마부들이 가슴을 쫙 펴며 숨을 깊이 들이쉬었다.

"오랜만에 강 같은 강을 보네. 정말 엄청나게 넓구먼!"

이곳에서 마차를 두 채씩 실을 수 있는 뗏목을 세 대 빌렸다. 모두 황효현(지금의 경기도 여주)까지 뗏목을 타고 간 뒤에 뭍에 내렸다. 다시 여러 날 마차를 몰고 가서 당은군(지금의 경기도 화성) 앞바다에 있는 당은포에 이르렀다. 포구엔 셀 수 없이 많은 배들이 닻을 내린 채 머무르고 있었다. 줄지어 선 민박집과 주막은 밤낮없이 상인과 뱃사람들로 북적거렸다.

며칠 뒤에 어마하게 큰 범선에 마차와 함께 오른 일행은 바닷길을 따라 북쪽으로 올라가서 해주만을 지나 장구진(지금의 황해도 장연)에 이르렀다. 여기서 출국 조사를 받은 뒤에 마차와 말을 모두 맡겨 두고 다른 범선에 짐을 옮겨 실었다. 범선을 타고 바다를 건넌 일행은 드디어 당나라 산둥반도 덩저우에 발을 내딛었다.

여기까지 얘기한 자웅이 설레설레 고개를 가로저었다.

"봄날 서라벌을 떠났는데 덩저우에서 가을을 맞았어. 일행 아홉 명 가운데 둘은 큰 병이 들어 바다를 건너기 전에 서라벌로 돌아갔어. 또 하나는 풍랑이 심한 날 서해를 건너던 범선 갑판에 서 있다가 파도에 휩쓸려 사라졌어."

우거인 일행은 하나같이 뼈에 새까만 가죽을 씌운 몰골이 되었다. 모두가 어딘가에 잠자코 누워 있으면 이미 죽은 사람처럼 보였고, 가만히 앉아 있으면 곧 죽을 사람처럼 보였다. 이들은 덩저우 여관에서 보름을 푹 쉬고 겨우 몸이 나아져서 다시 길을 떠났다. 마차를 빌려 짐을 싣고 두 달에 걸쳐 여행해서 항저우로 내려갔다. 무역상 우거인이 마부와 무사들에게 설명했다.

"영산강 하구 회진에서 배를 타고 서해를 건너면 되는데, 왜 이리 먼 길을 돌아왔는지 궁금하지 않아? 바로 해적들 때문이야. 요 앞쪽 바다에 얼마나 해적이 많은지 몰라. 상선보다 해적선이 몇 곱절 많다고 보면 틀림없어."

일행은 항저우에서 배를 타고 운하를 따라 서쪽으로 나아갔다.

"와, 정말 멋지다!"

자웅이 두 눈을 동그랗게 뜨고 외쳤다. 밤잠을 설친 날 낮에도 전혀 피곤한 줄 몰랐다. 온갖 이국어로 떠드는 엄청나게 많은 사람들, 생전 처음 보는 동물과 나무와 꽃들, 깎아지른 절벽과 어마하게 높은 곳에서 쏟아지는 물줄기를 돌아보느라 눈이 점점 더 튀어나왔다. 같은 소리를 입에 올리고 또 올렸다.

"어려서부터 보고 싶어 했던 세상이 바로 여기에 있었네!"

추저우와 화이수를 지난 우거인 일행은 수나라 황제가 만든 변하를 따라 변주까지 간 뒤에 배에서 내렸다. 다시 마차를 빌려 타고 당나라 서울 장안으로 들어갔다. 자웅은 무역상 우거인이 시장에서 물건을 팔고 사는 동안 날마다 발에 물집이 잡히도록 발길 닿는 대로 돌아다녔다. 온 거리에 책방이 줄지어 서 있었고 음식과 기름 냄새가 코를 찔렀다. 어디에서나 가락을 넣어 시를 읊조리는 소리가 들렸으며 가야금과 거문고와 비파를 뜯고 북을 치는 소리가 울렸다. 그리고 어디로 고개를 돌려도 대궐 같은 사원과 하늘을 찌르는 탑이 보였다.

자웅은 행인과 상인들에게 물어 가며 부지런히 당나라 말을 배웠다. 닥치는 대로 아무한테나 말을 붙여 보았고 하나라도 더 익히려 애썼다. 그러자 짙은 안개가 걷히며 눈앞이 사뭇 밝아지는 느낌이 들었다. 자웅이 당나라 사람들과 주고받은 얘기는 대충 이런 내용이었다.

"이 나라에서 가장 발달한 문화는 무엇인가요?"

"종교 가운데 불교를 믿는 사람이 가장 많아요. 자연스럽게 불교 문화가 가장 발달했지요."

"다른 종교로는 어떤 것들이 있나요?"

"서역을 오가는 무역상들이 전한 여러 종교가 널리 퍼져 있어요. 조로아스터교와 기독교, 마니교 같은 종교들이에요."

당나라 황실은 도교를 알리는 일에도 힘썼다. 아름드리나무 그늘엔 도인들이 혼자 꼼짝하지 않고 앉아서 명상에 잠겨 있었다. 갑자기 한 뼘씩 허공으로 살짝 떠올랐다가 내려앉는 도인들도 보였다.

막사 복판에서 타오르던 모닥불이 거의 꺼져 갔다. 이제 궁예와 자웅은 옆으로 누워 마주보고 이야기를 나누었다. 궁예가 물었다.

"형, 그곳 백성들은 살림살이가 어떻든가요?"

자웅이 손을 들어 파도가 출렁이는 시늉을 하며 대꾸했다.

"신라와 거의 비슷해. 왕족과 귀족들은 저 높은 곳에서 더없이 풍요롭게 살아. 하지만 백성들은 밑바닥에서 주린 배를 틀어쥐고 겨우 목숨을 이어가고 있지. 오래지 않아 당나라는 망할 거야."

분노한 당나라 백성들은 도적과 반란군이 되어 관청을 습격했다. 게다가 토번과 돌궐과 거란 같은 이민족들이 창칼을 휘두르며 뻔질나게 국경을 넘어왔다. 이런 난리 통에도 황제의 외척과 환관들이 서로 권력을 손에 넣으려고 다투는 바람에 조정이 잠잠할 새가 없었다.

자웅은 갈수록 발음이 흐려지면서 말이 느려졌다. 어느 순간에 입을 다물고 코를 골며 깊이 잠들었다. 궁예 혼자 어둠 속에서 눈을 끔벅이며, 이 나라는 앞으로 어찌 될까 하고 스스로에게 물음을 던지고 또 던졌다. 차츰 잦아드는 빗소리에 귀를 기울이다가 동틀 녘에야 잠이 들었다.

설마 그럴 리가!

양길 장군은 울오에 가서 궁예를 만나고 빈손으로 돌아온 사자 앞에서 움찔하더니 웃음을 터뜨렸다. 손바닥으로 무릎을 치며 웃었고, 천천히 일어나 한쪽 무릎을 꿇고 앉은 사자에게 다가가 아주 세게 어깨를 탁탁 때리며 웃었다. 나중엔 사자의 양 어깨를 잡고 앞뒤로 흔들며 웃었다. 잠깐 웃음을 멈추고 고개를 갸웃거리며 사자 눈을 똑바로 바라보고 말했다.

"설마 궁예 부장이 아무 말도 하지 않았을까?"

천막 복판에 뚫린 공기구멍으로 장마가 지난 뒤의 맑게 갠 하늘을 올려다보며 덧붙였다.

"네가 궁예 부장한테 전하고 받은 말을 다시 읊어 보거라."

사자는 똑같은 문장을 다섯 번이나 되풀이해야 하는 자기 신세가 처량해서 몰래 한숨을 내쉬었다. 이번이 마지막이길 간절히 바라며 입을 열었다.

"영원산성으로 돌아와서 원회 부대를 지원해 중원성을 공격하라. 그렇게 전했더니 궁예 부장이 이렇게 대꾸했습니다. 잘 알았으니까 그만 돌아가도록 하라. 그래서 제가 양길 장군님께 전할 말씀은 없으십니까 하고 물었더니, 없다 하고 딱 잘라 대꾸했습니다."

양길이 다시 빙긋 웃으며 중얼거렸다.

"설마 그럴 리가 있나."

그 뒤로도 보름 넘게 궁예가 돌아오기를 기다리던 양길은 궁예에게 보냈던 사자가 양길 자신이 쓴 편지를 아직 갖고 있다는 걸 알았다. 편지를 돌려받아 읽으며 눈을 번쩍 떴다.

"내가 이럴 줄 알았어. 언제 돌아오라거나 속히 돌아오라거나, 그런 말을 내가 빠뜨리고 편지를 썼구먼!"

다시 중원성을 치러 갈 날을 하루 앞둔 원회는 마음이 조급해졌다. 온종일 성벽 너머를 바라보고 두 손을 맞비볐다.

"궁예 부대는 다른 곳으로 간 모양이야. 이제 어쩐다? 아무도 지원해 주지 않으면 이번에도 이기기 힘들 거야. 적들이 여간 드세게 저항해야 말이지."

뜻밖에도 이튿날 아침에 양길이 갑옷을 입고 투구를 쓴 채 원회 부대가 묵는 막사 앞에 나타났다. 허리에 칼을 차고 말을 탄 모습이었다. 기마병 일백 명과 보병 삼백 명을 데려온 양길이 원회에게 목청껏 외쳤다.

"내가 이번 전투를 지원하겠다. 작전회의를 마치자마자 출발할 테니까 모두 준비하라."

올 들어 양길은 직접 군대를 이끌고 황효현(지금의 경기도 여주)을 쳐서 무너뜨렸다. 뒤이어 지금껏 황무현(지금의 경기도 이천)을 무너뜨리는 데 온힘을 쏟아 왔다. 그러나 원회가 중원성 전투에서 계속 병사들을 잃고 있어 더는 놔두고 볼 수 없었다.

일천 명이 넘는 병사들이 줄지어 영원산성을 떠나 골짜기로 내려갔다. 원회 부대가 앞장섰고 중원성을 손에 넣자마자 괴양을 칠 신훤 부대가 뒤따랐다. 양길이 이끄는 부대는 맨 뒤에서 행진했다. 골짜기를 빠져나가 평야로 들어선 부대는 북원성 쪽으로 나아가다가 왼쪽으로 방향을 틀었고 야트막한 언덕 몇 개를 넘어 꽤나 가파른

양안치 고개에 올라 하룻밤을 묵었다.

다음 날 군대는 꼬불꼬불한 내리막길을 지나 목계 나루터에 이르렀다. 여기까지는 이미 양길이 장악한 지역이었다. 나루터를 지키던 병사들이 양쪽으로 줄지어 서서 양길 군대를 맞았다. 주막거리에선 예전만 못해도 여전히 적지 않은 상인들이 평상에 둘러앉아 늦은 점심을 먹고 있었다. 양길은 발이 넓고 세상이 어떻게 돌아가는지 잘 아는 상인을 찾았다.

산삼과 녹용을 팔며 온 나라를 돌아다니는 마당발이라는 이가 양길에게 와서 허리를 구부리고 절했다.

"이리 앉게."

양길이 평상에 올라앉은 마당발에게 막걸리를 한 잔 따라주고 물었다.

"남쪽 세상은 요즘 형세가 어떻게 돌아가던가?"

막걸리를 쭉 들이켜 목을 축인 마당발이 손으로 입을 가리고 작게 말했다.

"백제 왕이 군대를 이끌고 가서 남원경(지금의 전북 남원)을 함락시켰는데요. 뒤처리를 이상하게 하는 바람에 소문이 좋지 않습니다."

스스로를 왕으로 부르기 시작한 진훤의 백제군은 열 번에 걸쳐 남원성을 공격하는 동안 병사를 오백 명이나 잃었다. 머리끝까지 화가 치민 진훤은 잠깐도 가만히 있지 못하고 펄쩍펄쩍 뛰었다. 열한 번째 전투에서 드디어 성문을 부수고 달려 들어간 백제 병사들은 신라 관군과 민간인을 가리지 않고 닥치는 대로 죽였다. 무기를 버리고 무릎을 꿇으며 머리를 조아린 병사들도 칼로 뒷목을 찔러 죽였고,

맨바닥에 누워 앙앙 우는 아기들도 말발굽으로 밟아 죽였다. 집에 숨어 있던 부녀자들은 먼저 욕보인 뒤에 죽였으며, 심지어 욕보기 싫어 스스로 목숨을 끊은 부녀자까지 욕보였다.

진훤은 이 모든 짓을 잠자코 지켜볼 뿐 말리지 않았다. 오히려 백제 병사 하나가 부녀자를 끌고 헛간으로 들어가려다가 자기를 보고 뒤통수를 긁자 손짓하며 말했다.

"어서 일 보거라."

마당발이 말을 마치자 양길이 둥그런 눈으로 고개를 갸웃거렸다.

"설마 그럴 리가 있나."

고개를 갸웃거리는 버릇이 생긴 양길은 강을 건너고 들을 지나 중원성에 이르는 동안 고개를 기울인 쪽으로 윗몸이 쏠리며 숱하게 말에서 떨어질 뻔했다. 원회가 이끄는 부대가 냅다 달려 나가 성문을 부술 때도, 신훤 부대가 사다리를 놓고 성벽을 기어오를 때도, 스스로 부대를 이끌고 성 안으로 달려 들어가 적병들과 창칼을 맞부딪치며 싸울 때도 줄곧 고개를 갸웃거렸다.

마침내 양길은 적병을 겨누고 높이 들어 올린 칼로 허공을 내리긋는 순간 또다시 고개를 갸웃하다가 온몸이 휙 돌아가면서 말에서 떨어졌다. 손으로 바닥을 짚고 앉아 좌우로 세게 머리를 흔들었지만 초점이 맞지 않아서 안개 속처럼 눈앞이 흐렸다. 적병이 창끝으로 양길을 겨누고 달려왔다. 양길은 칼을 찾아서 쥐려 했으나 뜻대로 되지 않았다. 말에서 떨어질 때 어깨를 다친 탓이었다.

바로 그때 뒤쪽에서 병사 하나가 앞으로 뛰쳐나갔다. 병사는 칼을 휘둘러 적병을 베어 쓰러뜨리고 양길의 겨드랑이에 손을 넣어 일으켜 세웠다. 양길이 흐린 눈으로 병사를 보고 중얼거렸다.

"아니, 궁예 부장이지 않나… 정말 반갑네… 자네가 돌아올 줄 알았어…"

더는 말을 잇지 못하고 의식을 잃으며 온몸이 축 늘어졌다.

양길이 눈을 떴을 때는 이미 전투가 끝난 뒤였다. 장수와 병사들이 외치는 만세 소리가 귓가에 쟁쟁 울렸다. 부관이 따라 준 찬물로 목을 축인 양길이 물었다.

"지금 궁예 부장은 어디 있나? 어서 이리 오라고 해라."

부관이 눈을 끔벅거렸다.

"무슨 말씀이신지요?"

"궁예 부장이 적병을 베고 나를 구해 냈단 말이다."

"사람을 착각하신 듯합니다. 궁예 부장은 울오에서 돌아오지 않았습니다."

양길이 멈칫하더니 고개를 들고 부관을 빤히 바라보았다. 부관이 재빨리 덧붙였다.

"아까 중원성 장수 하나를 심문하다가 궁예 부대 소식을 들었습니다. 울오를 친 뒤에 정선현 쪽으로 이동했다고 합니다."

"그럼 내가 허깨비를 보았단 말이냐?"

"아마도 그러신 모양입니다."

양길이 힘없이 웃었다. 눈을 끔벅이고 또다시 고개를 가로 저으며 중얼거렸다.

"설마 그럴 리가 있나."

용녀

　허깨비로도 불리고 허수아비로도 불린 진성여왕은 열한 해 동안 멀뚱멀뚱한 눈으로 입술을 조그맣게 오므리고 옥좌에 머물렀다. 마지막 순간까지도 여왕 앞엔 나라를 바로 세울 수 있는 길이 두 가지나 놓여 있었다. 아무 길이나 골라서 두 눈 꾹 감고 성큼 발을 들여놓으면 되었다.

　한 가지 길은 당나라에 유학하고 돌아온 최치원이 여왕에게 올린 글 속에 들어 있었다. 육두품 출신 학자들을 조정에 불러들여 왕권을 강화해서, 오로지 자기 배를 채우는 데 온 힘을 쏟는 진골 귀족들을 견제하는 길이었다. 또 하나는 왕권을 한껏 내려놓고 호족과 반란군들을 포용하여, 그들이 바라는 바를 국정에 반영해서 모두가 평화롭게 살아갈 터전을 마련하는 길이었다.

　그러나 여왕은 처음부터 나무를 겨우 볼 뿐이고 숲은 못 보는 근시안이었다. 그릇으로 치면 간장 종지였고 조류로 치면 굴뚝새나 참새였다. 게다가 귀가 어찌나 얇던지 누가 거짓말을 해도 다 속아 넘어갔다. 때로는 거짓말이 참말인지 참말이 거짓말인지 헷갈렸다. 참말을 한 궁녀에게 발끈하며 눈을 부라렸다.

　"이게 어디서 참말 하고 있어? 참말 하지 말라고 몇 번이나 말했잖아."

　여왕 또한 아버지와 오빠들처럼 일찍 늙는 유전자를 조상한테서 물려받았다. 서른 살이 되기도 전에 얼굴이 쭈글쭈글해졌고 온몸에서 힘이 떨어졌다. 시녀 가운데 여왕이 가장 가깝게 여기는 용녀가 안쓰러운 목소리로 말했다.

"어서 젊은 기운을 채워 넣지 않았다간 일 나겠어요."

"어떻게 해야 하지?"

용녀가 눈을 동그랗게 떴다.

"정말 모르세요? 나이 많은 귀족 어르신들이 어린 여자들을 첩으로 들이는 까닭을 꼭 입에 올려야겠어요?"

여왕은 다시 심장병이 도져 쿵쿵거리는 가슴에 손을 얹었다. 용녀에게 생각할 시간을 달라며 중얼거렸다.

"겉모습을 잘 꾸미면 늙음을 숨길 수 있을 거야. 이 방법부터 써 볼래."

"제가 도와드릴게요."

용녀는 날마다 비단 옷을 짓는 재단사를 궁궐로 불러들여 여왕의 몸 치수를 재게 했다. 여왕이 얼굴에 바를 분과 연지를 잔뜩 사들였는데, 신라 귀족 부인 일백 명이 한 해 동안 쓰고도 남을 양이었다. 용녀는 진주와 에메랄드와 홍옥을 주렁주렁 매단 왕관을 스물여덟 개나 더 만들게 했고, 귀고리와 목걸이 같은 장신구와 황금 신발과 황금 혁대를 수레에 가득 실어 궁궐로 들였다.

"혹시 독이 묻어 있을지 몰라요."

여왕한테서 허락을 받은 용녀는 늘 여왕보다 먼저 왕관을 써 보고 분과 연지를 발라 보았다. 이것저것 몸에 매달고 발에 신고 어깨에 걸치고 거울에 자기 모습을 비추었다. 눈이 번쩍 뜨일 만큼 멋지고 아름답다는 생각에 등허리가 곧게 펴지고 목에 힘이 들어갔다. 이런 일이 되풀이되면서 용녀 뱃속에 잔뜩 바람이 들었다. 이따금 용녀는 자기 곁에 속옷 바람으로 서서 어서 옷을 벗어 주기를 기다리는 여왕이 시녀이고 자기는 여왕이라는 착각이 일었다. 황금빛이 번쩍이는 비단 옷을 입고 금관을 쓴 채, 턱을 높이 들고 제자리 맴을 돌며 여왕에게 말했다.

"이봐, 어때? 나 멋있어?"

자기가 말실수를 했음을 깨닫고 재빨리 덧붙였다.

"여왕마마께서 이 옷을 입으시면 틀림없이 제가 금방 한 말을 입에 올리실 거예요."

겉모습을 한껏 잘 꾸민 여왕은 여느 때보다 자부심이 강해졌다. 권위 의식까지 생겨나서 더는 고관과 귀족들 앞에서 쭈뼛거리거나 옹송그리지 않게 되었다. 그들이 자기를 얕잡아본다고 여겨지면 가슴속에서 뜨거운 기운이 일어 부글부글 끓으며 목으로 올라왔다. 이 기운은 입을 거치면서 버럭 외치는 소리로 바뀌어 모두를 깜짝 놀라게 만들었다.

"이것 보세요. 내가 누구예요? 왕이잖아요. 왕 앞에서 그게 할 말이에요? 그냥 그 주둥아리를 확!"

고관과 귀족들이 움찔하며 두 팔을 벌리고 윗몸을 뒤로 젖혔다. 여왕이 뼈만 남은 주먹을 흔들며 부르르 떨리는 목소리로 덧붙였다.

"숙이세요. 고개를 숙이고 허리를 앞으로 구부리라고요. 어디서 그런 거만한 자세로 왕을 대하라고 배웠어요, 응?"

거기까지가 전부였다. 여왕에겐 자부심을 뒷받침해 줄 능력이나 지식이 없었다. 통치 철학이니 국정 과제니 하는 말이 무슨 소리인지 알지 못했고 어느 관서에서 무슨 일을 하는지도 잘 몰랐다. 반대

로 고관대작들은 여왕이 어떤 사람인지 익히 잘 알고 있었으며, 간
장 종지가 하루아침에 국그릇으로 바뀌는 기적은 있을 수 없다고 굳
게 믿었다. 여왕이 버럭 소리칠 때 삼깐 멈칫하긴 했지만 여전히 나
라를 마음대로 주무르고 권세를 휘두르며 재산을 불리는 즐거움을
누렸다.

이 지점에서 용녀가 성큼 몇 발짝 앞서나가 여왕을 돌아보고 손
짓했다.

"지금이 딱 좋은 기회예요. 젊은 기운을 채워 넣는 동시에 왕권을
되찾아 귀족들에게 반격할 수 있는 길로 모실 테니까 따라오세요."

용녀를 좇아 조정을 떠나 침방으로 간 여왕은 얼굴이 소녀처럼 예
쁘고 늘씬하며 훤칠한 세 청년을 보았다. 한 청년은 긴 머리를 잘 빗
어 꼭뒤에서 푸른색 띠로 묶었다. 옷 색깔도 위아래가 같은 푸른색
이었다. 가운데 선 청년은 붉은색 옷을 입었고 오른쪽 청년은 흰색
옷을 입었다. 이 청년들은 여왕과 침방을 함께 쓰기 시작했다.

용녀 외에는 아무도 이들의 신분이 귀족인지 평민인지 알지 못했
다. 이들 모두가 조정에서 매우 중요한 자리를 맡아 여왕 곁에 앉았
다. 그러나 여왕처럼 세상 물정에 어두워서 침방 밖에선 제대로 하
는 일이 없었다. 귀족들에게서 뇌물 받기를 즐겼으며, 뻔질나게 왕
궁을 나서 말을 타고 가까운 산을 돌며 꿩이나 노루를 사냥했다. 어
떤 날엔 개울에서 발가벗고 술을 마시다가 실없이 빨래하는 여인들
을 놀렸다.

"이봐요, 여인네들. 같이 옷 벗고 재미나게 놀자고요."

또 어떤 날엔 지나가던 노인이 자기들을 흘겨보았다며 다리를 걸

어 쓰러뜨렸다.

"이 늙은이가 죽으려고 환장했나?"

한꺼번에 와락 노인에게 달려들어 침을 뱉고 발로 마구 밟았다. 노인은 입에서 피를 쏟으며 꿈틀대다가 팔다리를 쭉 뻗었다.

피가 펄펄 끓는 청년들은 낮에 파김치가 되도록 놀면서도 밤일을 여왕 마음에 쏙 들게 해냈다. 일찍 늙어 생애 말년에 접어든 여인 하나를 만족시키는 건 이들에게 일도 아니었다. 그렇게 여왕은 청년들 속에서 은밀한 쾌락에 빠져들며 백성들에게서 멀어져 갔고, 하늘은 이런 여왕이 다스리는 나라에서 고개를 돌렸다. 홍수와 가뭄을 번갈아 내려 보내 신라의 멸망을 재촉했다.

정선 아라리

궁예 부대가 울오에서 정선까지 가는 길에 지났던 여러 산엔 화전민이 많이 살았다. 이들은 풀과 나무를 베어 내고 불태운 곳을 일구어 어렵게 농사를 짓고 살았다. 하나같이 거의 먹지 못해 입에 거미줄이 쳐졌고 몸에 뼈만 남았다.

"제발 우리를 버리지 마세요."

"무슨 일이든지 시키는 대로 할게요. 함께 가게 해 주세요."

이들은 궁예 부대를 끈질기게 쫓아가며 삽과 쟁기 대신 창칼을 들게 해 달라고 빌었다. 궁예는 이들 가운데 너무 어린 사람이나 노인을 뺀 사내들을 모조리 받아들였다.

정선 관아 앞으로는 동강이 흘렀고 뒤쪽으로는 가리왕산 줄기와 골짜기가 겹겹이 이어졌다. 정계산을 떠난 궁예 부대는 동강을 오른쪽에 끼고 회동계곡을 지나 정선성으로 다가갔다. 이제 관군은 동강을 등지고 배수진을 친 꼴이 되었다. 물러설 곳이 없으니 궁예 부대와 맞싸워 이기지 못하면 죽을 수밖에 없었다.

어느덧 궁예 부대는 병사 숫자가 일천 오백 명으로 불어났다. 티 없이 맑은 날 회동계곡과 봉양마을 사이에 모든 병사들이 모였다. 활을 든 궁병들을 앞세운 부대는 정선성으로 다가갔다. 궁예가 황룡도를 빼서 높이 들었다가 내리며 우렁차게 외쳤다.

"공격!"

궁병들이 성벽에 올라선 관군을 겨누고 한꺼번에 활을 쏘았다. 곧이어 기마병들이 칼을 빼어 들고 궁사부대 앞쪽으로 말을 몰고 달려 나갔다. 정선성은 흙으로 쌓은 성이었는데 성벽이 그다지 높지 않은 곳이 많았다. 얕은 언덕이나 다름없어 말을 타고 너끈히 넘을 수 있었다.

궁예 부대 기마병들이 토성 위로 올라서고 보병들이 토성을 기어오를 때였다. 정선성 안쪽에서 느닷없이 노랫소리가 들려왔다. 여자들이 부르는 애절하고 구슬픈 아라리였다. 꼬불꼬불한 동강처럼 길고 느리게 흐르다가 여울목 물소리처럼 빠르게 치고 돌며 구성지게 꺾이는 가락이었다. 어느 누구도 피와 살이 튀는 전쟁터에서 이런 소리가 울려 퍼질 줄은 전혀 생각하지 못했다.

"눈이 올라나— 비가 올라나— 억수장마 질라나— 만수산 검은 구름이 막 모여든다— 아리랑— 아리랑— 아라리요— 아리랑 고개고

개로— 나를 넘겨 주소—"

기마병들은 말을 멈추어 세우고 손에 든 칼을 천천히 밑으로 내렸다. 고삐를 바짝 당겨 잡고 말 등에 낮게 엎드렸던 윗몸을 바로 세우며 노랫소리에 귀를 기울였다. 뒤쪽에서 기마병들을 따르던 보병들도 창칼을 내리고 눈을 끔벅거렸다.

아라리는 좀처럼 그치지 않고 동강처럼 끊어질 듯 이어졌고 또다시 이어졌다.

"정선 물레방아는— 사시장철 물을 안고— 뱅글뱅글 도는데— 우리 집— 서방님은 나를 안고 돌 줄을— 왜 모르나—"

집에 아내를 놔두고 온 병사들은 한숨을 폭 쉬더니 눈시울을 붉혔다. 아직 장가를 가지 않은 병사들도 고향집을 떠올렸다. 옆집 예쁜이와 뒷집 꽃분이는 아직 시집 안 가고 자기를 기다리고 있을까 궁금해 하며 먼 하늘을 올려다보았다. 코를 훌쩍이는 병사도 있었고 두 손바닥에 얼굴을 묻는 병사도 있었다.

기마부대와 함께 성벽에 올라선 궁예가 말 머리를 돌리며 부장들에게 외쳤다.

"퇴각하라!"

이튿날 궁예 부대는 정신을 가다듬고 다시 성을 공격했다. 모든 병사들이 목청껏 함성을 올리며 달렸고, 악사들은 힘껏 북과 장구와 꽹과리를 두드려 사기를 돋우었다. 그러나 어제처럼 적진에서 다시 아라리 소리가 들려와 병사들의 눈물샘을 건드렸고 가슴속으로 파고들어 애간장을 녹였다.

궁예는 모든 병사들을 바닥에 앉아 쉬게 했다. 부장들을 모아 놓고 보병대장 귀평에게 일렀다.

"옷을 짓지 않고 따로 놓아둔 삼베가 있을 것이다. 조각내서 병사들에게 나눠주어라."

귀평은 앞서 양명이 삼촌인 양길 장군에게 돌아가면서 자리가 빈 부장에 오른 지 열흘 되었다.

"병사들이 삼베 조각으로 귀를 막게 하라는 말씀이군요."

궁예가 고개를 끄덕였다.

"그러면 모두 소리를 듣지 못할 것이다. 따라서 부장들은 지시를 내릴 때 몸짓을 더욱 크게 해야 한다. 맞붙어 싸우게 되면 창칼이 부딪치는 소리와 함성과 말발굽 소리에 노랫소리가 묻힐 것이다. 그때 귀에서 삼베 조각을 빼도록 병사들에게 미리 일러 두어라."

아직도 아라리 소리가 들려오는 적진을 바라보며 덧붙였다.

"노인과 아이와 부녀자들을 해쳐선 안 되고 민가에 들어가 살림살이를 빼앗아서도 안 된다. 오로지 관청 창고와 무기고에만 들어갈 수 있다."

삼베 조각으로 귀를 막은 궁예 부대 병사들은 또다시 함성을 지르며 내달렸다. 단번에 관군 저지선을 뚫고 적진 복판으로 들어가서 날카로운 쇳소리를 내며 적들과 창칼을 맞부딪히면서 용감하게 싸웠다.

뒤쪽에 물러서 있던 악사들이 앞으로 걸어 나가며 북과 꽹과리를 힘껏 두드렸다. 관군들은 비명을 지르며 쓰러져 뒹굴거나 뒷걸음치다가 동강으로 뛰어들었고, 무기를 던지며 땅바닥에 엎드린 병사들도 적지 않았다.

전쟁터를 뒷정리하는 데 닷새가 걸렸다. 아군과 적군 시체를 뒷동산에 묻고 장사를 지냈으며 정선 곳곳에서 몰려온 백성들에게 곡식을 나눠주었다. 포로 절반은 집으로 돌려보냈고 나머지는 관군 옷을 벗게 해서 궁예 부대 옷을 입혔다.

태백산을 향해 정선을 떠나던 날 궁예는 앞서 아라리를 불렀던 여자들을 관아 앞뜰에서 만났다.

"정선에서 얼마나 오랫동안 이 노래가 불렸나요? 저마다 누구한테서 노래를 배웠나요?"

아무도 선뜻 대꾸하지 않았다. 한참 침묵이 흐른 뒤에 여자 하나가 옆으로 몸을 돌린 채 먼 하늘을 보고 당당한 목소리로 말했다.

"누구한테 배우긴요. 여기 사람들은 태어날 때부터 핏속에서 이 노래가 울린답니다."

잠자코 서 있던 궁예는 앞으로 두 손을 모으더니 이마가 땅에 닿도록 허리를 구부리고 고개를 숙여 아라리 여인들에게 절했다. 뒤이어 말에 올라 돌아서서 정선 관아 앞뜰을 떠났고 모든 기마병과 보병들이 뒤따랐다. 궁예 부대가 산골짜기를 건너고 산등성이 하나를 넘을 때였다. 정선성 쪽에서 여자들이 부르는 한층 구슬프면서 멋들어진 아라리 소리가 다시 들려오기 시작했다.

"아우라지 뱃사공아— 배 좀 이리로 보내 주게— 싸릿골 올 동박이 다 떨어진다— 떨어진 동박은 낙엽에나 쌓이지— 사시장철 님 그리워 나는 못 살겠네— 아리랑— 아리랑— 아라리요— 아리랑 고개 고개로— 나를 넘겨 주소—"

천제단

궁에 부대는 태백산을 넘기에 앞서 당골에 짐을 풀었다. 부상자들을 돌보고 무기를 손보며 며칠 쉬었다. 어느덧 계절이 가을로 접어들면서 나뭇잎마다 싱그러운 녹색이 메마른 갈색으로 바뀌어 갔다. 새파란 하늘에 뭉게구름과 양털구름이 드문드문 떠가는 맑은 날이 이어졌다. 그러나 태백산 꼭대기 쪽은 늘 희뿌연 구름에 덮여 있었다.

아침 일찍 바랑을 등에 진 궁예는 은부와 무사 둘을 데리고 당골을 떠나 비탈을 걸어 올라갔다. 말로만 듣던 천제단을 눈으로 보고 싶었다. 궁예와 은부는 정선성을 공격하던 중에 말없이 사라진 자웅 이야기를 주고받았다. 전투가 끝난 뒤에야 궁예는 자웅이 남긴 편지를 받아 읽었다.

'아우야, 건강한 모습을 보게 되어 얼마나 기분이 좋은지 모른다. 꼭 네가 품은 뜻을 이루기 바란다. 나는 아직 다리가 튼튼할 때 돌아보고 싶은 곳이 남아 있어 서둘러 떠난다. 잘 지내거라.'

은부가 신갈나무 숲속으로 들어서며 말했다.

"서운하지 않아? 직접 작별 인사를 건네지 않고 훌쩍 떠나가서 말이야."

궁예가 빙그레 웃었다.

"형은 원래 그런 사람이야. 마음이 새처럼 자유로워 틀에 얽매이길 싫어하지."

이윽고 궁예 일행은 산등성이에 올랐다. 갈수록 안개가 짙어져서 몇 발짝 앞이 잘 보이지 않았다. 모두 앞으로 손을 내저으며 철쭉과 진달래 같은 키 작은 떨기나무들을 헤치면서 걸었다. 바람이 세차게 불면 안개가 흩어져 눈앞이 멀리까지 트였다. 하지만 바람이 잦아들자마자 모두가 금세 다시 안개 속에 갇혔다. 어디에선가 여럿이 노래하듯이 가락을 넣어 웅얼거리는 소리가 들려왔다.

"이게 무슨 소리지?"

은부가 궁예를 돌아보았다.

"몰랐어? 오늘이 하늘에 제사를 올리는 날이잖아."

궁예는 어지러운 꿈속을 헤매는 느낌에 연거푸 헛발을 딛고 비틀거렸다. 얼마쯤 더 나아갔더니 한결 안개가 옅어졌고, 꽤나 넓으면서 나무 한 그루 보이지 않는 평평한 땅이 나타났다.

저만치 앞쪽으로 불룩한 언덕에 편마암을 쌓아 만든 제단이 보였다. 빨갛고 파랗고 노란 깃발 수백 개가 바람에 펄럭거렸다. 제단으로 오르는 돌계단 밑에 수많은 사람들이 모여 합장하며 고개를 주억거리고 있었다. 제단 위쪽 하늘에선 동물처럼 생긴 구름이 둥둥 떠있었다. 용과 거북이며 봉황이며 뱀, 호랑이 같은 동물이었다. 구름은 저마다 제단에서 오르는 온갖 빛깔 연기에 물들어 빨갛고 파랗고 노란 빛깔을 띠었다.

"너희는 여기서 기다리고 있거라."

궁예가 허리에 찼던 칼을 무사들에게 건넸다. 은부와 함께 제단쪽으로 천천히 나아갔다. 누군가 소나무 그림이 있는 부채를 활짝펴며 막아섰다. 깨끗한 흰색 저고리를 입고 검은색 관모를 쓴 사내였다.

"당신들은 들어오면 안 돼요."

은부가 물었다.

"왜 안 된다는 거죠?"

사내가 혀를 끌끌 찼다.

"온몸에서 피비린내가 물씬 풍기잖아요."

궁예와 은부는 걸음을 멈추고 물끄러미 천제단을 바라보았다. 천제단에서 제관이 느릿느릿 운율을 넣어 읊는 축문이 흐릿한 안개를 뚫고 날아왔다.

"어느덧 가을이 되었습니다─ 지난 한 해도 한울님께서 우리를 보살펴 주셔서─ 이렇게 올해 거둔 곡식을 놓고─ 축원을 올리게 되었습니다─"

축문 속엔 오로지 감사하는 마음이 가득했다. 겸양과 겸손, 소박함과 절제하는 마음이 제관의 목소리에 오롯이 배어 있었다. 은부가 머리를 긁적거렸다.

"온 나라가 난리 통인데 여기는 전혀 딴 세상이네. 아주 평화롭고 고요해."

궁예는 오른쪽에 물러선 사내를 돌아보고 흠칫 놀랐다. 아까 보았던 사내와 전혀 달랐다. 관모를 벗어 손에 들었는데, 그 사이에 머리칼이 하얗게 세어 있었다. 곧았던 허리가 구부러져서 키가 한 뼘쯤 작아졌고 어깨가 축 내려앉았다. 백발노인은 두 손으로 지팡이를 짚고 서 있었다. 소나무 그림 부채는 어디로 갔는지 알 수 없었다. 궁예가 노인에게 물었다.

"까막산에서 뵈었던 운악 할아버지 아니신가요? 이미 돌아가신 줄 알았는데 여긴 어쩐 일이세요?"

노인이 천제단 쪽에서 눈을 떼지 않고 대꾸했다.

"불생불멸이라고 했거늘, 세상에 난 적이 없는데 어찌 죽을 수 있겠느냐. 어렸을 때 온갖 못된 짓을 일삼더니 그새 정신 좀 차렸느냐?"

궁예가 금세 붉어진 얼굴로 쩔쩔맸다. 노인이 절레절레 고개를 흔들며 말했다.

"너처럼 형편없는 녀석까지 설쳐 대니 나라가 더욱 어지러워지겠구나."

노인이 지팡이를 들고 돌아서서 궁예 어깨를 탁탁 때렸다.

"아직도 네 가슴속엔 네가 잘났다는 마음이 들어 있다. 밑바닥까지 자신을 낮추지 않고서 어떻게 백성을 섬길 수 있겠느냐. 적군이건 아군이건 모든 목숨은 네 목숨 못지않게 귀하다. 여기까지 오면서 그토록 많은 사람들을 죽였는데, 제대로 뉘우친 적이 있었느냐?"

지팡이로 바닥에 놓인 바랑을 가리키며 덧붙였다.

"어서 바랑을 열어 보아라."

궁예가 무릎을 구부리고 바랑을 열었다. 눈처럼 흰 저고리와 바지와 물이 담긴 도자기가 나왔다.

"피비린내 나는 옷을 벗고 그 옷으로 갈아입거라."

궁예는 노인이 일러 준 대로 누런 삼베옷을 벗었다. 도자기를 기울여 손바닥에 물을 받아 얼굴을 씻고 맨살을 드러낸 윗몸을 닦았다. 흰 옷을 입은 궁예는 천천히 천제단으로 걸어갔고 머뭇대던 은부가 큰 걸음으로 뒤쫓았다. 제사를 마친 사람들이 돌계단 아래로 내려와 다른 사람들과 한데 모여 있었다. 제사장이 궁예를 돌아보았다.

"댁은 뉘신가요?"

"지나가던 사람입니다. 신령님과 여러 혼령들께 제를 올리려 합니다."

돌계단을 오른 궁예는 제단 앞에 이르러 향로에 향을 하나 꽂고 절하기 시작했다. 한 번 절할 때마다 속으로 죄목을 밝혔다.

'어렸을 때 친구들에게 못된 짓을 가르치고 시켰습니다.'

'아무런 죄 없는 짐승들과 몸이 성치 않은 사람들을 괴롭혔습니다.'

'전쟁터에서 많은 사람들을 죽였습니다.'

궁예는 전투 중에 죽인 병사들을 헤아리며 일백 배, 이백 배, 오백 배, 일천 배가 넘도록 잠깐도 절하기를 멈추지 않았다. 땀에 흠뻑 젖은 몸에서 제단 위로 뿌옇게 김이 피어올랐다. 궁예는 해가 진 뒤에도 절했고 안개가 걷히며 별이 총총 돋아난 한밤에도 절했다. 이튿날 해가 떠오른 뒤에도 쉬지 않고 절했다. 제단 앞 돌바닥이 땀에 젖어 번들거렸다.

또 하루가 가서 노을이 질 때 절을 마친 궁예는 은부와 무사들과 함께 천제단을 떠나 당골로 내려갔다. 처음엔 걸음을 잘 옮기지 못해 은부와 무사들의 부축을 받았다. 몸은 쇳덩이처럼 무거웠지만 낯빛이 무척 밝았다. 혼자서도 잘 걷게 되었을 때 태백산에서 어린 시절을 보낸 무사와 이야기를 나누었다.

"천제단 주위에 이미 죽어 껍질이 다 벗겨졌는데도 똑바로 서 있는 나무가 많더라고. 나무 이름이 무엇이지?"

"살아서 천 년 죽어서 천 년을 건딘다는 주목입니다."

"그렇게나 오래 된 나무들이야? 정말 놀랍구먼."

"겨울에 눈꽃이 필 때 꼭 다시 가서 보세요. 뼛속까지 얼어붙는 추위에 새파란 하늘을 배경으로 꼿꼿이 서 있는 모습이 그렇게 고고하고 아름다울 수 없답니다."

"단풍 빛깔이 저리 다채로운 까닭은 이 산에서 자라는 나무들이 그만큼 다양하다는 얘기겠지?"

"신갈나무와 층층나무, 당단풍나무며 함박꽃이며 피나무처럼 가을에 단풍이 지는 나무는 어디에서나 흔히 볼 수 있고요. 볕이 잘 들지 않는 북쪽 비탈엔 귀룽나무와 마가목이며 시닥나무가 많습니다. 남쪽 비탈에선 생강나무와 물박달나무며 고로쇠나무, 물푸레나무가 많이 자라지요."

궁예가 무사를 돌아보고 감탄했다.

"어찌 그리 잘 아는가? 나무마다 얽힌 이야기도 훤히 꿰고 있겠네."

무사가 멋쩍은 얼굴로 웃었다.

"제가 아는 만큼만 알지요."

"다음에 좀 더 들어봐야겠네. 아주 재미나겠어."

일행이 산비탈에서 마저 내려와 평평한 땅에 이르렀을 때였다. 궁예가 나란히 걷게 된 은부에게 물었다.

"어제 천제단에서 만난 노인이 누군지 궁금하지 않아?"

은부가 고개를 끄덕거렸다.

"많이 늙으셨지만 아주 꼬장꼬장하시던데. 잘못 걸렸다간 뼈도 못 추리겠어."

궁예가 껄껄 웃더니 말을 이었다.

"내 나이가 아직 열 살이 안 되었을 때 뵈었던 분이야. 두 해 넘게 산꼭대기에 있는 산장에서 함께 지냈지. 내가 날마다 골을 내고 무척 못되게 굴 때였어. 노인께서 어느 날 나를 부르시더니 모든 생명은 평등하다는 말씀을 해 주셨어. 구별 짓거나 차별하지 말라고 하셨지."

갑자기 한쪽 무릎이 꺾이면서 털썩 주저앉자 은부가 팔을 잡고 일으켰다.

"절하다가 무릎이 망가졌나 봐."

"괜찮아."

궁예가 절뚝절뚝 걸으며 덧붙였다.

"그때부터 열 해쯤 지난 뒤에, 세달사 큰스님께서 나한테 유언으로 거의 똑같은 말씀을 해 주셨어. 천제단에서 절하는 내내 큰스님 말씀을 속으로 읊고 또 읊었다네."

고개를 들고 빠르게 어두워지는 하늘을 올려다보며 중얼거렸다.

"세상 만물은 겉보기에 크고 작고 둥글고 모나고 예쁘고 못나게 생겼을 뿐, 그 바탕은 같다."

"바탕은 같은데 다르게 보일 뿐이다?"

"그래 맞아. 바로 그런 얘기지."

저만치 궁예 부대가 짐을 풀고 쉬는 막사에서 저녁밥 짓는 연기가 피어올랐다. 연기는 온갖 맛있는 음식 모양을 만들었다. 막걸리를 넣어 반죽해서 부풀려 찧은 떡, 기름에 부친 밀전병, 길게 뽑아 낸 가래떡이 하얗게 김을 뿜으며 하늘 끝으로 올라갔다.

궁예가 문득 생각난 얼굴로 은부에게 물었다.

"내가 절하는 동안 어디에 있었지?"

"줄곧 뒤에 서 있었잖아."

"자네까지 배를 곯게 해서 미안하게 됐네."

은부가 씩 웃었다.

"배를 곯기는. 아주 차가웠지만 먹을 만했어."

"뭐가?"

"젯밥 말이야. 천제단 옆쪽에 놓여 있더라고."

"이 친구, 어쩐지 얼굴이 멀쩡하다 했네!"

두 친구는 동시에 고개를 뒤로 젖히고 웃음을 터뜨렸다. 어찌나 큰소리로 웃던지, 멀찍이 떨어져 따라오던 무사들이 걸음을 멈추고 멍하니 바라보았다. 곧이어 저들도 서로 쳐다보고 하하하 웃었다.

작가 원재길

서울에서 태어나 일신중·양정고를 거쳐 연세대와 같은 대학원에서 한국사와 국문학을 공부했다. 시인과 소설가로 활동하며 시집 <지금 눈물을 묻고 있는 자들> <나는 걷는다 물먹은 대지 위를>, 소설 <모닥불을 밟아라> <적들의 사랑 이야기> <달밤에 몰래 만나다>, 동화 <총알 방귀> <바다로 가는 합창단> 등을 냈다. 강원도 원주 산골에서 농사짓고 글을 쓰며, 동네 청장년 모임과 독서 모임에 나간다.

궁예 이야기 1

발행일	2018년 4월 30일 초판 1쇄
	2019년 3월 15일 초판 2쇄
지은이	원재길
디자인	원새록
편집	이상희
펴낸이	원재길
펴낸곳	단강
등록	2017년 11월 6일 제419-2017-000023
주소	강원도 원주시 부론면 사기막길 388
전화	033-761-8796
전자우편	dan-gang@daum.net

ⓒ단강 2018
ISBN 979-11-963225-1-9 04810
ISBN 979-11-963225-0-2 (전2권)